CHRYSALIDE

Jay Asher

L'ISTANTE PERFETTO

Traduzione di Maria Carla Dallavalle

MONDADORI

Questo libro è un'opera di fantasia. Personaggi e luoghi citati sono invenzioni dell'autore e hanno lo scopo di conferire veridicità alla narrazione. Qualsiasi analogia con fatti, luoghi e persone, vive o scomparse, è assolutamente casuale.

librimondadori.it
mondichrysalide.it
anobii.com

ISBN 978-88-04-67613-3

This edition published by arrangement with Razorbill,
an imprint of Penguin Young Readers Group, a division of Penguin Random House LLC.

Titolo dell'opera originale
What Light
I edizione ottobre 2018

L'ISTANTE PERFETTO

A
JoanMarie Asher, Isaiah Asher e Christa Desir,
i tre portatori di doni di questa storia natalizia,

Dennis e Joni Hopper, e i loro figli Russel e Ryan,
che mi hanno ispirato...

Da
un ragazzo grato

1

«Detesto questo periodo dell'anno» dice Rachel. «Scusa, Sierra. So che lo ripeto spesso, ma è così.»

La foschia mattutina vela l'entrata della nostra scuola all'altra estremità del prato. Siamo ferme sul vialetto di cemento per evitare le chiazze di erba umida, ma Rachel non si sta lamentando per il brutto tempo.

«Ti prego, smettila» dico. «Mi farai piangere di nuovo. Voglio solo superare questa settimana senza...»

«Ma non è una settimana!» ribatte lei. «Sono due giorni. Mancano solo due giorni alle vacanze per il Ringraziamento, e poi starai via per un mese intero. Più di un mese!»

Mi aggrappo al braccio di Rachel mentre continuiamo a camminare. Anche se sono io che trascorrerò il periodo natalizio lontana da casa, Rachel si comporta come se fosse il *suo* mondo a essere messo sottosopra. Il suo viso imbronciato e le spalle abbassate sono un chiaro messaggio rivolto a me, per farmi sapere che sentirà la mia mancanza. Tutto sommato le sono grata per questa sua reazione melodrammatica. Anche se mi piace il luogo dove sto per andare, è sempre difficile lasciare le mie migliori amiche. Sapere che contano i giorni fino al mio ritorno rende, però, le cose più facili.

Indico la lacrima che mi è spuntata all'angolo dell'occhio. «Hai visto cos'hai combinato? Sei riuscita a farmi piangere ancora una volta.»

Stamattina, quando la mamma mi ha accompagnato qui dalla nostra tenuta agricola, il cielo era quasi sgombro di nubi. I braccianti, con le motoseghe che ronzavano come zanzare, tagliavano gli abeti destinati a diventare gli alberi di Natale di quest'anno.

La nebbia si addensava via via che scendevamo a valle. Si allargava sulle piccole fattorie, sull'autostrada e sulla città, portando con sé l'aroma tipico della stagione. In questo periodo dell'anno la nostra cittadina dell'Oregon profuma di abeti appena tagliati. In altre stagioni potrebbe odorare di granoturco o di barbabietole da zucchero.

Rachel mi tiene aperta una delle doppie porte a vetri e mi segue fino al mio armadietto. Poi scuote il suo orologio rosso glitterato davanti ai miei occhi dicendo: «Abbiamo ancora un quarto d'ora. Sono incavolata e ho freddo. Prendiamoci un caffè prima della campanella».

La regista del laboratorio di teatro, la prof Livingston, incoraggia spesso i suoi studenti, neppure troppo velatamente, ad assumere tutta la caffeina necessaria per allestire gli spettacoli in tempo. Dietro le quinte perciò c'è sempre un bollitore acceso. Rachel, in qualità di capo scenografa, può accedere liberamente all'auditorium.

Nel weekend il gruppo di teatro ha terminato le rappresentazioni della *Piccola bottega degli orrori*. Il set verrà smantellato solo dopo la pausa del Ringraziamento, quindi è ancora allestito quando io e Rachel accendiamo le luci in fondo alla sala. Seduta sul palcoscenico, fra il bancone del negozio di fiori e la grande pianta verde mangiauomini, c'è Elizabeth. Quando ci vede, si riscuote e ci rivolge un cenno con la mano.

Rachel si avvia per prima lungo il corridoio. «Quest'anno volevamo regalarti qualcosa da portare con te in California.»

La seguo oltre le file vuote di sedili rossi imbottiti. Alle mie amiche ovviamente non importa se in questi ultimi giorni di scuola sono una frignona. Salgo i gradini del palco. Elizabeth si alza e corre ad abbracciarmi.

«Avevo ragione!» esclama rivolgendosi a Rachel. «Ti avevo detto che avrebbe pianto.»

«Vi odio tutte e due.»

Poi mi porge due regali avvolti in una luccicante carta natalizia argentata, ma credo di sapere già cosa c'è dentro. La settimana scorsa eravamo insieme in un negozio di oggettistica in centro e le avevo notate mentre guardavano alcune cornici delle stesse dimensioni di queste scatole. Mi siedo per aprire i pacchetti e mi appoggio al bancone, sotto il vecchio registratore di cassa in metallo.

Rachel è seduta a gambe incrociate davanti a me, le nostre ginocchia quasi si toccano.

«State infrangendo le regole» dico infilando un dito sotto una piega dell'incarto. «Non dovremmo scambiarci i regali fino al mio ritorno.»

«Volevamo che portassi con te qualcosa che ti facesse pensare a noi ogni giorno» dice Elizabeth.

«Ci dispiace di non averlo fatto quando sei partita per la prima volta» aggiunge Rachel.

«Cioè quando eravamo ancora piccole?»

Per il mio primissimo Natale, mia madre era rimasta con me nella nostra azienda agricola nell'Oregon, mentre papà gestiva il vivaio di alberi di Natale in California. L'anno dopo la mamma avrebbe preferito restare di nuovo a casa, ma papà non voleva lasciarci sole un'altra volta. Piuttosto, aveva detto, avrebbe rinunciato alla sua attività stagionale per un anno e si sarebbe limitato a spedire gli alberi ai rivenditori sparsi in tutto il Paese. Mia madre però era dispiaciuta per le famiglie che ormai, per tradizione, venivano a comprare l'albero di Natale da noi. E benché fosse un'attività commerciale che papà aveva ereditato dal nonno, la coltivazione degli abeti rappresentava anche una piacevole consuetudine per entrambi i miei genitori. Si erano conosciuti proprio perché la mamma e i nonni erano clienti abituali del vivaio. Perciò è questo il luogo dove ogni anno, immancabilmente, trascorro il periodo che va dalla festa del Ringraziamento a Natale.

Rachel si distende, appoggiando le mani sul palcoscenico per sorreggersi. «I tuoi hanno già deciso se questo sarà il vostro ultimo Natale in California?» chiede.

Gratto via un pezzo di nastro adesivo che chiude un'altra piega. «Te l'hanno confezionato in negozio?»

«Sta cambiando argomento» sussurra Rachel all'orecchio di Elizabeth, ma abbastanza forte per farsi sentire da me.

«Scusate. Il fatto è che non sopporto l'idea che questo potrebbe essere il nostro ultimo anno. Per quanto vi voglia bene, mi spiacerebbe non andare laggiù. E poi – l'ho sentito per caso, i miei non me ne hanno ancora parlato – mi è sembrato di capire che sono preoccupati per lo stato dei conti. Finché non hanno preso una decisione, preferisco non aspettarmi niente.»

Se resistiamo per altre tre stagioni, saranno trent'anni che la nostra famiglia gestisce il vivaio. Quando i miei nonni acquistarono quell'appezzamento di terreno, la cittadina stava vivendo un momento di grande espansione. Negli agglomerati urbani più vicini alla nostra azienda agricola c'erano già dei vivai ben radicati sul territorio, anche se non erano numerosi. Oggi gli alberi di Natale si vendono dappertutto, dai centri commerciali ai negozi di ferramenta, oppure per raccogliere fondi da destinare in beneficenza. Le coltivazioni specializzate come la nostra non sono più molto comuni ormai. Se ci rinunciassimo, il nostro giro di affari si limiterebbe alla vendita ai supermercati o alle associazioni benefiche, oppure ad altri vivai.

Elizabeth mi posa una mano sul ginocchio. «Una parte di me vorrebbe che tu partissi anche l'anno prossimo, perché so che ti piace, ma se rimani qui potremmo finalmente passare le feste insieme per la prima volta.»

Non posso fare a meno di sorridere al pensiero. Sono affezionata a queste ragazze, ma anche Heather è una delle mie migliori amiche, e la vedo solo per un mese all'anno, quando vado in California. «Ci andiamo da sempre» dico. «Non riesco a immaginare come sarebbe... smettere di botto.»

«Te lo dico io come sarebbe» interviene Rachel. «Ultimo anno. Sci. Vasca idromassaggio. E il tutto in un paesaggio imbiancato!»

Ma io amo la nostra città californiana senza neve, proprio sulla costa, ad appena tre ore di viaggio a sud di San Francisco. Amo anche vendere gli alberi, vedere i clienti affezionati tornare da noi un anno dopo l'altro. Non mi sembrerebbe giusto dedicare così tanto tempo alla coltivazione degli abeti per poi spedirli ai grossisti.

«Sarebbe divertente, no?» mi chiede Rachel avvicinandosi e battendo rapidamente le palpebre. «Ecco. Immaginatelo con dei ragazzi.»

Scoppio a ridere coprendomi la bocca con la mano.

«O anche no» dice Elizabeth tirando indietro la spalla di Rachel. «Sarebbe bello passare qualche giorno soltanto fra noi, senza ragazzi.»

«Praticamente quello che succede a me ogni Natale» dico. «Ricordate? L'anno scorso sono stata mollata la sera prima di partire per la California.»

«È stato orribile» commenta Elizabeth, anche se ride sommessamente. «Poi lui che si porta quella tettona snob al ballo d'inverno e...»

Rachel le preme un dito sulle labbra. «Penso che se lo ricordi bene, Elizabeth.»

Abbasso lo sguardo sul primo pacchetto, ancora parzialmente avvolto. «Del resto, non posso dargli torto. Chi vorrebbe avere una relazione a distanza durante le feste? Io no.»

«Anche se...» interviene Rachel «l'hai detto tu stessa che nel vivaio lavorano dei gran bei ragazzi.»

«Certo.» Scuoto la testa. «Come se mio padre potesse mai permettere una cosa del genere.»

«Okay, non parliamone più» dice Elizabeth. «Apri i regali.»

Tiro un pezzo di scotch, ma la mia mente ormai è in California. Heather e io siamo amiche letteralmente da quando ho memoria. I miei nonni materni erano vicini di casa della sua famiglia. Quando morirono, i suoi genitori mi tennero con loro un paio d'ore al giorno per dare un po' di respiro alla mamma e papà durante il periodo delle vendite. In cambio ricevettero un bell'albero di Natale, qualche ghirlanda, e l'aiuto di due o tre lavoranti per sistemare le luci sul tetto.

Elizabeth sospira. «I tuoi regali. Coraggio.»

Strappo l'involucro da una parte.

Naturalmente le mie amiche hanno ragione. Mi piacerebbe trascorrere almeno un inverno qui, prima di diplomarci e di partire ognuna per la sua strada. Ho sempre sognato di stare con loro per il concorso di sculture di ghiaccio e tutte le altre attività che si svolgono da queste parti.

Ma le mie vacanze in California sono l'unica occasione in cui posso incontrare *l'altra* mia migliore amica. Ho smesso anni fa di riferirmi a Heather semplicemente come alla "mia amica invernale". Lei è una delle mie più care amiche, punto. Un tempo passavamo insieme anche alcune settimane d'estate, quando andavo a trovare i miei nonni, ma dopo la loro morte quelle visite cessarono. Quest'anno temo di non potermi godere appieno questo periodo con lei, sapendo che potrebbe essere l'ultimo.

Rachel si alza e attraversa il palcoscenico. «Ho bisogno di un caffè.»

«Ma sta aprendo i nostri regali!» le urla dietro Elizabeth.

«Sta aprendo il *tuo* regalo» ribatte Rachel. «Il mio ha il nastro rosso.»

Il primo pacchetto, quello con il nastro verde, contiene una cornicetta con un selfie di Elizabeth. Ha la lingua fuori da un lato della bocca e gli occhi che guardano nella direzione opposta. È simile a qualsiasi altra sua foto, ed è proprio per questo che mi piace così tanto.

Mi stringo la cornice al petto. «Grazie.»

Elizabeth arrossisce. «Figurati.»

«Ora apro il tuo!» urlo a Rachel oltre il palcoscenico.

Lei si avvicina lentamente con tre bicchieri di caffè fumante. Ne prendiamo uno ciascuno. Poso il mio da una parte mentre Rachel torna a sedersi davanti a me, poi inizio a scartare il suo regalo. Anche se staremo lontane solo per un mese, so che mi mancherà moltissimo.

Nella foto, Rachel appare di profilo, con il viso parzialmente coperto dalla mano, come se non volesse essere fotografata.

«In teoria volevo dare l'impressione di essere assediata dai paparazzi» spiega. «Come un'attrice famosa che esce da un ristorante alla moda. Nella vita reale probabilmente ci sarebbe un enorme bodyguard a coprirmi le spalle, ma...»

«Ma tu non sei un'attrice» la interrompe Elizabeth. «Vuoi diventare scenografa, no?»

«Fa parte del piano» dice Rachel. «Sai quante attrici ci sono nel mondo? Milioni. E tutte cercano disperatamente di farsi notare, il che è veramente scoraggiante. Un giorno, mentre disegnerò scenografie per qualche famoso produttore, lui mi guarderà e si renderà conto che è un delitto tenermi dietro la macchina da presa. Una come me dovrebbe stare davanti. E si prenderà tutto il merito di avermi scoperta, quando in realtà sarò stata io a *far sì* che lui mi scoprisse.»

«Quello che mi preoccupa» dico «è che, conoscendoti, so che sei convinta che succederà proprio così.»

Rachel beve un sorso di caffè. «Perché è così che andrà.»

Suona la prima campanella. Raccolgo la carta argentata e la appallottolo. Rachel la butta nella pattumiera dietro le quinte insieme ai nostri bicchieri vuoti. Elizabeth mette le due cornici in un sacchetto di carta, lo chiude e me lo passa.

«Immagino che non possiamo fare un salto da te prima che tu parta, vero?» chiede.

«Probabilmente no.» Scendo i gradini del palco dietro di loro, e senza fretta percorriamo la corsia centrale verso il fondo della sala. «Stasera andrò a letto presto, così domani posso lavorare un paio d'ore prima della scuola. E poi partiremo mercoledì mattina presto.»

«A che ora?» chiede Rachel. «Magari possiamo...»

«Alle tre» rispondo ridendo. Dalla nostra tenuta nell'Oregon alla California ci sono circa diciassette ore di viaggio, tenuto conto delle soste pipì e del traffico prenatalizio. «Naturalmente, se volete alzarvi all'alba...»

«No no, non importa» dice Elizabeth. «Ti manderemo un saluto nei nostri sogni.»

«I compiti ce li hai tutti?» chiede Rachel.

«Credo di sì.» Fino a due inverni fa, nella mia scuola, eravamo una dozzina a trasferirci per aiutare la famiglia nel lavoro stagionale. Quest'anno siamo rimasti in tre. Per fortuna, essendoci tante aziende agricole in zona, gli insegnanti sono abituati a adeguare i programmi di studio ai diversi periodi di raccolto. «Monsieur Cappeau ha dei dubbi sulla mia possibilità di *pratiquer mon français* mentre sono via, perciò dovrò mettermi in contatto con lui una volta alla settimana per fare una chiacchierata in lingua.»

«È questa l'unica ragione per cui vuole che lo chiami?» chiede Rachel con aria maliziosa.

«Non essere ridicola.»

«Ricordati che a Sierra non piacciono i tipi maturi» dice Elizabeth.

Ora rido anch'io. «Stai parlando di Paul, vero? Siamo usciti solo una volta, finché non l'hanno sorpreso con una lattina di birra aperta sulla macchina del suo amico.»

«A sua difesa, va detto che al volante non c'era lui» puntualizza Rachel. Prima che io possa ribattere, alza la mano. «Ma capisco. L'hai visto come un segnale di alcolismo incombente. O di pessima capacità decisionale. O... qualcosa.»

Elizabeth scuote la testa. «Sei troppo, troppo difficile, Sierra.»

Le mie amiche mi rimproverano sempre di avere standard troppo alti in materia di ragazzi. Il punto è che ho visto fin troppe coetanee rovinarsi con il ragazzo sbagliato. Forse non subito, ma alla fine succede così. Perché sprecare anni o mesi, o perfino giorni, con dei tipi del genere?

Prima di raggiungere le doppie porte che conducono alle aule, Elizabeth accelera il passo e si volta di scatto. «Sono in ritardo per inglese, ma ci vediamo nella pausa pranzo, okay?»

Sorrido, perché ci vediamo sempre a pranzo.

Ci inoltriamo nei corridoi della scuola mentre Elizabeth sparisce nel trambusto degli studenti.

«Ancora due pranzi insieme» dice Rachel fingendo di asciugarsi le lacrime. «È tutto quello che ci resta. Mi fa quasi venire voglia di...»

«Smettila!» la zittisco. «Non dirlo.»

«Oh, non preoccuparti per me.» Fa un cenno con la mano come per minimizzare. «Ho un sacco di cose da fare per tenermi impegnata mentre tu te la spassi in California. Dunque... lunedì prossimo cominceremo a smontare il set. Dovremmo metterci più o meno una settimana. Poi aiuterò il gruppo di danza con le scenografie per il ballo d'inverno. Non è teatro, ma mi piace mettere a disposizione i miei talenti dove sono richiesti.»

«Hanno già scelto il tema di quest'anno?» domando.

«*L'amore sotto la neve*. Può sembrare un po' melenso, lo so, ma mi sono venute delle idee fantastiche. Voglio decorare tutta la palestra in modo che i presenti abbiano l'impressione di ballare dentro una *boule de neige*. Perciò sarò impegnatissima fino al tuo ritorno.»

«Vedi? Non sentirai nemmeno la mia mancanza.»

«Giusto» dice lei. E mi dà una leggera gomitata mentre continuiamo a camminare. «Ma guai a te se non sentirai la mia.»

E la sentirò. Sentire la mancanza delle mie amiche è una tradizione natalizia che dura da tutta una vita.

2

Il sole fa appena capolino da dietro le colline quando parcheggio il furgone di papà sul ciglio della fangosa strada d'accesso. Tiro il freno a mano e contemplo uno dei miei panorami preferiti. La distesa di abeti inizia a poco meno di un metro dal finestrino del guidatore e si estende per oltre quaranta ettari di paesaggio ondulato.

Dall'altra parte del furgone, la piantagione arriva altrettanto lontano. Là dove termina il nostro appezzamento di terreno, su entrambi i lati, ci sono altre aziende agricole che portano avanti la coltivazione di altri abeti.

Spengo il riscaldamento e scendo, consapevole che il freddo sarà pungente. Mi raccolgo i capelli in una stretta coda di cavallo, la infilo sotto lo spesso giaccone invernale, mi tiro il cappuccio sulla testa e stringo i cordoncini sotto il mento.

L'aria umida è impregnata dell'odore di resina e la terra bagnata si attacca agli stivali pesanti. I rami mi graffiano le maniche quando tiro fuori il cellulare dalla tasca. Digito il numero di mio zio Bruce reggendo il telefono con la spalla contro la macchina mentre mi infilo i guanti da lavoro.

Lui mi risponde ridendo. «Non ti ci è voluto molto per arrivare lassù, Sierra!»

«Non andavo poi così forte» dico. Per la verità, prendere quelle curve e slittare nel fango è troppo divertente per poter resistere alla tentazione di premere il piede sull'acceleratore.

«Non preoccuparti, tesoro. Mi sono arrampicato tante volte su quella collina con il furgone.»

«Ti ho visto, ed è per questo che sapevo che sarebbe stato divertente. Comunque, sono quasi arrivata al primo fastello.»

«Un minuto e sono lì» dice. Prima che riattacchi, sento il motore dell'elicottero che inizia a girare.

Tiro fuori dalla tasca della giacca un giubbino di sicurezza arancione e faccio scivolare le braccia attraverso i buchi. La striscia di velcro che corre lungo il petto lo tiene ben chiuso, in modo che lo zio possa individuarmi facilmente dall'alto.

Da circa duecento metri più avanti sento provenire il ronzio delle motoseghe degli operai che scolpiscono i ceppi della produzione di quest'anno. Due mesi fa abbiamo iniziato a contrassegnare gli alberi che volevamo abbattere. Poco sotto la cima di un ramo abbiamo legato un nastro di plastica colorato – rosso, giallo o blu, a seconda dell'altezza – per aiutarci a fare una cernita quando avremmo caricato i furgoni. Le piante prive di nastro identificativo verranno lasciate sul posto perché continuino a crescere.

In lontananza scorgo l'elicottero rosso che si dirige da questa parte. Papà e mamma hanno contribuito ad acquistarlo in cambio dell'aiuto di zio Bruce per trasportare gli abeti nella stagione di punta.

L'elicottero ci consente di non sprecare terreno con una rete di vie di accesso alla coltivazione e di spedire gli alberi immediatamente dopo il taglio. Per il resto dell'anno, lo zio usa il mezzo per portare in giro i turisti sorvolando la costa rocciosa. A volte si trasforma addirittura in un eroe rintracciando qualche escursionista smarrito.

Dopo aver tagliato quattro o cinque abeti, i braccianti li dispongono l'uno accanto all'altro su due lunghi cavi, come se piazzassero delle traverse fra i binari della ferrovia. Sopra vi accatastano degli altri alberi fino a raccoglierne circa una decina. Poi allacciano le corde sulla fascina assicurandole bene per procedere con il carico.

Questo è il punto in cui intervengo io.

L'anno scorso è stata la prima volta in cui mio padre mi ha permesso di occuparmi di questa operazione. Di certo era tentato di obiettare che il lavoro era troppo pericoloso per una ragazzina di quindici anni, ma non osava dirlo apertamente. Alcuni dei ragazzi che assume come aiutanti stagionali sono miei compagni di classe, e a loro permette di maneggiare le motoseghe.

Le pale dell'elicottero fendono l'aria con un rumore sempre più forte – *pflamp-pflamp-pflamp-pflamp* – e il mio cuore batte all'unisono con il loro ritmo mentre mi preparo ad agganciare il mio primo fastello della stagione.

Mi sistemo accanto al lotto numero uno e mi sgranchisco le dita nei guanti. Il sole del primo mattino si riflette sul parabrezza dell'elicottero, che si porta dietro nel cielo una lunga scia di cavi insieme a un pesante gancio rosso.

Affondo gli stivali nel terreno mentre seguo con lo sguardo l'elicottero avvicinarsi, con le pale che continuano a ruotare sopra la mia testa. *Pflamp-pflamp-pflamp-pflamp*. Poi si abbassa lentamente, finché il gancio di metallo tocca gli aghi degli abeti affastellati. Faccio un movimento circolare con il braccio per chiedere di allentare il cavo. Quando scende ancora un po', afferro il gancio, lo infilo sotto le corde e poi indietreggio di due passi.

Guardando in alto, vedo zio Bruce che mi sorride. Io gli faccio un cenno, lui mi dà l'okay con il pollice alzato e poi riprende quota. Il pesante fastello di alberi oscilla e si assesta mentre viene sollevato da terra, e infine si allontana.

Una sottile falce di luna è sospesa sulla nostra tenuta agricola. Guardando fuori dalla finestra della mia stanza al primo piano, vedo le colline ondulate dissolversi nelle ombre profonde del crepuscolo. Da piccola me ne stavo qui fingendo di essere il capitano di una nave che osservava l'oceano di notte, con le sue lunghe onde, più scure del cielo stellato.

Questa vista resta la stessa ogni anno per via della rotazione del raccolto. Per ogni abete abbattuto, ne lasciamo cinque a dimora e, al suo posto, ne piantiamo uno piccolo. Nel giro di sei anni ciascuno di questi alberi sarà pronto per entrare nelle case di tutto il Paese come elemento centrale delle feste.

Per questa ragione, la mia famiglia ha delle tradizioni natalizie particolari. Il giorno prima del Ringraziamento, mia madre e io affrontiamo un lungo viaggio verso sud per raggiungere papà. Poi condividiamo la cena del Ringraziamento con Heather e la sua famiglia. Il giorno dopo iniziamo con la vendita degli abeti a tempo pieno, e non ci fermiamo fino alla vigilia di Natale, quando, esausti, ci scambiamo i doni. Non c'è spazio per molto altro nella nostra roulotte Airstream metallizzata, la nostra casa lontano da casa.

La tenuta agricola risale agli anni Trenta. I vecchi pavimenti e i gradini di legno rendono impossibile alzarsi dal letto nel cuore della notte senza far rumore, ma io resto attaccata alla parte meno scricchiolante della scala. Mancano tre gradini al pavimento della cucina quando mi sento chiamare dalla mamma in soggiorno.

«Sierra, faresti meglio a dormire per qualche ora.»

Quando papà non è a casa, mia madre si addormenta sul divano con la TV accesa. Il mio lato romantico vorrebbe credere che la camera da letto sembri troppo vuota quando lui non c'è. Il mio lato nonromantico, invece, pensa che addormentarsi sul divano sia per lei un atto di trasgressione.

Mi avvolgo nella vestaglietta e mi infilo ai piedi un paio di sneaker sfondate già pronte accanto al divano. Sbadigliando, mia madre raccoglie il telecomando dal pavimento e spegne la televisione. La stanza piomba nel buio.

«Dove stai andando?» mi chiede accendendo la lampada da tavolo.

«Nella serra. Porto in casa l'alberello, così non ce lo dimentichiamo.»

Invece di caricare la macchina la sera prima, di solito piazziamo tutti i nostri bagagli vicino alla porta d'ingresso, in modo da poter fare un ultimo controllo prima di partire. Una volta imboccata l'autostrada, il tragitto che ci aspetta è troppo lungo per poter tornare indietro.

«Sì, ma poi dritta a letto» dice mia madre. Condivide con me la disgrazia di non riuscire a dormire se è preoccupata per qualcosa. «Altrimenti non posso lasciarti guidare domani.»

Le prometto che lo farò e mi chiudo alle spalle la porta di casa, stringendomi nella vestaglia per difendermi dall'aria fredda della notte. La serra sarà calda, ma ci starò dentro soltanto per il tempo necessario a prendere l'alberello che ho da poco travasato in un secchio di plastica nero. Lo sistemerò accanto ai bagagli, e poi Heather e io lo pianteremo dopo la cena del Ringraziamento. E con questo saranno sei gli abeti coltivati nella nostra azienda agricola che ora crescono in cima a Cardinals

Peak, in California. Il piano per il prossimo anno è sempre stato quello di tagliare il primo che abbiamo piantato e di donarlo alla famiglia di Heather.

Una ragione in più per cui questa non può essere la nostra ultima stagione.

3

Da fuori la roulotte può somigliare a un thermos color argento coricato su un lato, ma dentro mi è sempre apparsa confortevole. A un'estremità c'è un piccolo tavolo da pranzo accostato alla parete, con una panchetta che altro non è che il prolungamento del bordo del mio letto. Il blocco cucina è composto da un lavello, un frigorifero, un piano cottura e un microonde. Il bagno sembra sempre più angusto ogni anno che passa, anche se i miei genitori hanno deciso di installare una doccia più spaziosa. Con una doccia standard sarebbe stato impossibile riuscire a lavarsi le gambe senza prima aver fatto un po' di stretching. Dal lato opposto della roulotte rispetto a dove dormo io si trova la stanza dei miei, in cui c'è a malapena spazio per un letto, un piccolo armadio e un poggiapiedi. La porta è chiusa ora, ma sento il respiro pesante di mia madre che si riprende dal lungo viaggio.

I piedi del mio letto toccano il mobiletto della cucina, sovrastato da un pensile di legno.

Conficco una puntina bianca nell'antina. Sul tavolo accanto a me ci sono le cornici che mi hanno regalato Rachel ed Elizabeth. Le ho disposte una sopra l'altra, collegandole con un luccicante nastro verde all'estremità del quale ho fatto un occhiello per poterle appendere e avere sempre con me le amiche che ho lasciato nell'Oregon.

«Benvenute in California» dico osservando le foto.

Con uno scatto mi sposto verso la testata del letto e apro le tendine. Un abete sbattuto contro la finestra mi strappa un urlo. Gli aghi grattano il vetro mentre qualcuno si sforza di rimetterlo diritto.

È Andrew che sbircia fra i rami, probabilmente per assicurarsi di non aver rotto il vetro. Arrossisce quando mi vede, e io abbasso lo sguardo per controllare se ho indossato una camicia dopo la doccia. Nel corso degli anni, qualche volta mi è capitato di aggirarmi nella roulotte con indosso soltanto l'asciugamano, dimenticandomi che ci sono molti maschi della mia età che lavorano nelle vicinanze.

L'anno scorso Andrew è diventato il primo e ultimo ragazzo a chiedermi di uscire qui. L'ha fatto appiccicando un bigliettino con lo scotch sulla finestra. Voleva essere un'idea carina, suppongo, ma è servita solo a farmi immaginare lui che si aggirava in punta di piedi al buio a pochi passi da dove dormivo. Per fortuna sono stata abbastanza sveglia da dirgli che non era opportuno uscire con un dipendente del vivaio. Non è una vera e propria regola, ma un paio di volte i miei genitori mi hanno fatto notare quanto sarebbe imbarazzante quella situazione per le persone che lavorano nella nostra azienda.

Papà e mamma si sono conosciuti quando avevano la mia età e lui lavorava con i suoi genitori proprio in questo appezzamento di terreno. Mia madre abitava a pochi isolati di distanza, e un inverno si presero una tale cotta che lui tornò per il campo estivo di baseball. Dopo essersi sposati e aver rilevato l'attività, iniziarono ad assumere come aiutanti stagionali i ragazzi della squadra di baseball del liceo locale che volevano guadagnare qualche dollaro extra durante le vacanze. Questo non è mai stato un problema quando ero bambina, ma una volta entrata nell'età della pubertà, nella roulotte sono state appese delle tende più spesse.

Anche se non riesco a sentirlo, vedo Andrew che mima la parola "Scusa" dall'altra parte della finestra. Finalmente riesce a raddrizzare l'albero e sposta il sostegno indietro di qualche centimetro, in modo che i rami più bassi non tocchino le piante circostanti.

Non è il caso di lasciare che il nostro passato imbarazzo ci impedisca di essere cordiali, perciò apro leggermente la finestra. «Quindi sei di nuovo qui» dico.

Andrew si dà un'occhiata intorno, ma non c'è nessun altro

cui potrei rivolgermi. È di fronte a me, con le mani in tasca. «Mi fa piacere rivederti.»

È bello quando i nostri lavoranti ritornano per più di una stagione, ma devo fare attenzione a non dare a questo ragazzo un'idea sbagliata. «Ho sentito che anche altri sono tornati.»

Andrew strappa qualche ago dall'abete più vicino. «Già» dice. Irritato, getta gli aghi a terra e si allontana.

Invece di lasciarmi turbare dall'incontro, apro ancora un po' la finestra e chiudo gli occhi. L'aria di qui non avrà mai lo stesso profumo di quella di casa, ma ci si avvicina. La vista è molto diversa, però. Invece di conifere che crescono su dolci colline, vedo piante costrette in supporti di metallo su uno spiazzo sterrato. Invece di centinaia di ettari di terreno coltivabile che si estendono fino all'orizzonte, ho davanti a me poco meno di un ettaro di terra che non va oltre Oak Boulevard. Dall'altra parte della strada c'è l'area di parcheggio vuota di un supermercato. Essendo il giorno del Ringraziamento, oggi il McGregor's Market ha chiuso presto.

Il McGregor's esiste da molto tempo prima che la mia famiglia cominciasse a vendere gli alberi in questa zona. Ora è l'unico supermercato in città che non fa parte di una catena. L'anno scorso il proprietario ha detto ai miei genitori che probabilmente avrebbe cessato l'attività e che al nostro ritorno non l'avremmo più trovato. Quando, un paio di settimane fa, papà ha chiamato per annunciare che era arrivato a destinazione, la prima cosa che gli ho chiesto è stata se McGregor's era ancora aperto. Da piccola mi piaceva quando mamma e papà mi portavano con loro a fare la spesa. In seguito avevano deciso di consegnarmi direttamente la lista e di farmi andare da sola. Da qualche anno a questa parte, ho la doppia responsabilità di fare entrambe le cose.

Vedo un'auto bianca attraversare lo spiazzo asfaltato, forse per assicurarsi che il supermercato sia realmente chiuso per la notte. Il guidatore rallenta passando davanti all'ingresso, poi attraversa il parcheggio sgommando e si reimmette nella strada principale.

Da un punto imprecisato del vivaio mi arriva la voce di mio padre, che esclama: «Dev'essersi scordato la salsa di mirtilli!».

Sento le risate dei ragazzi risuonare per tutto l'appezzamento.

Ogni anno, in circostanze simili, mio padre scherza sugli automobilisti frustrati che si allontanano in tutta fretta da McGregor's. "Non ci può essere festa del Ringraziamento senza torta di zucca!" dice, oppure: "Immagino che qualcuno abbia dimenticato il ripieno!". E ogni volta i ragazzi ridono di gusto.

Due di loro passano davanti alla roulotte trasportando un grande albero. Uno ha le braccia affondate nei rami mediani, mentre l'altro lo segue tenendo il tronco. Entrambi si fermano per consentire al primo di aggiustare la presa. Il compagno, mentre aspetta, guarda verso la roulotte e incontra il mio sguardo. Mi sorride, e poi sussurra qualcosa che non riesco a sentire ma che spinge l'amico a guardare a sua volta nella mia direzione.

Vorrei tanto essere sicura che i miei capelli non somiglino a un cespuglio aggrovigliato, anche se non ho nessuna ragione per farmi notare da quei due (non importa quanto siano carini). Così li saluto educatamente con un cenno e mi allontano.

Fuori dalla roulotte qualcuno sfrega la suola delle scarpe sui gradini di metallo. Benché non sia ancora piovuto da quando papà si è sistemato qui quest'anno, il terreno ha sempre delle zone bagnate. Più volte al giorno i mastelli vengono riempiti d'acqua e gli aghi vengono irrorati con i nebulizzatori.

«Toc toc!»

Non faccio neanche in tempo ad aprire la porta che Heather la spalanca ed entra squittendo di felicità. Butta le braccia in aria e mi stringe con slancio, facendo saltellare i suoi ricci scuri. Rido davanti alla sua accoglienza così calorosa e la seguo mentre si avvicina al mio letto e si inginocchia per osservare meglio le foto di Rachel ed Elizabeth.

«Me le hanno date prima di partire» le spiego.

Heather sfiora la cornice in alto. «Questa è Rachel, giusto? Cosa fa? Si nasconde dai paparazzi?»

«Oh, sarebbe felicissima di sapere che l'hai capito.»

Poi Heather si precipita alla finestra per guardare fuori e picchietta la punta delle dita sul vetro, richiamando l'attenzione di uno dei giovani aiutanti. Sta portando uno scatolone con la scritta VISCHIO verso una tensostruttura bianca e verde che chiamiamo sbrigativamente tendone, dove esponiamo gli alberelli spruzzati di neve artificiale, vendiamo altri articoli e battiamo gli scontrini.

Senza guardarmi in faccia, Heather mi chiede: «Hai notato quanto sono carini i ragazzi di quest'anno?».

Certo che l'ho notato, ma sarebbe molto più facile se non l'avessi fatto. Se mio padre avesse anche solo il sospetto che sto flirtando con uno dei suoi dipendenti, costringerebbe il malcapitato a tirare a lucido entrambi i gabinetti esterni nella speranza che la puzza mi tenga lontana da lui – cosa che, peraltro, succederebbe di sicuro.

Non che sia interessata a frequentare un ragazzo qui, che lavori per noi oppure no. Perché impegnarmi in una storia che il fato farebbe a pezzi la mattina di Natale?

4

Dopo esserci rimpinzati con la cena del Ringraziamento e aver riso per la consueta battuta del padre di Heather ("E ora possiamo andare in letargo per tutto l'inverno"), ci spostiamo verso quelle che sono diventate le nostre destinazioni tradizionali. I papà sparecchiano la tavola e lavano i piatti, in parte perché così possono continuare a piluccare il tacchino. Le mamme invece vanno in garage a recuperare gli scatoloni degli addobbi e iniziano a riempire la casa con una quantità esagerata di decorazioni natalizie. Heather corre al piano di sopra a cercare due torce, mentre io la aspetto in fondo alle scale.

Dall'armadio dell'ingresso prendo la felpa verde scuro con il cappuccio che mia madre indossava durante il viaggio. Sul davanti spicca la scritta gialla in stampatello LUMBERJACKS, con la mascotte del suo college. Proprio mentre mi sto infilando la felpa dalla testa, sento aprirsi la porta sul retro, segno che le madri stanno rientrando. Lancio una rapida occhiata al piano superiore per controllare se Heather sta per scendere. Avevamo intenzione di svignarcela prima che tornassero e chiedessero il nostro aiuto.

«Sierra?» mi chiama mia madre.

Mi tiro su i capelli dal colletto. «Stiamo uscendo!» rispondo.

Mia madre fa il suo ingresso in salotto con una grande scatola di plastica trasparente piena di ninnoli avvolti nella carta da giornale.

«Posso prendere in prestito la tua felpa?» chiedo. «Quando tu e papà tornate indietro, puoi metterti la mia.»

«No, la tua è troppo leggera.»

«Lo so, ma non starete fuori quanto noi. E poi, non fa così freddo.»

«E poi» incalza lei sarcasticamente, «avresti dovuto pensarci prima di uscire di casa».

Inizio a togliermi la maglia, ma lei mi fa cenno di tenerla.

«L'anno prossimo però resti qui per aiutarci a...» Le sue parole si perdono nel vuoto.

Sposto lo sguardo verso le scale. Mia madre non sa che ho sentito le conversazioni tra lei e papà, o quelle con zio Bruce, a proposito dell'eventuale chiusura del vivaio l'anno prossimo. A quanto ho capito, sarebbe stato più sensato cedere l'attività due anni fa, ma tutti sperano in una ripresa.

La mamma deposita il contenitore di plastica sul tappeto del soggiorno e tira via il coperchio.

«Certo, l'anno prossimo» confermo.

Heather scende dalle scale come un razzo con la felpa rossa scolorita che indossa solo una volta all'anno in questa particolare occasione. Ha i polsini sfilacciati e il collo slabbrato. L'abbiamo comprata in un negozio di abiti usati subito dopo il funerale di mio nonno, quando la mamma di Heather ci ha portato a fare shopping per cercare di distrarmi. Vedergliela indosso ha un sapore dolceamaro. Mi ricorda quanto mi mancano i miei nonni, ma anche che grande amica sia sempre stata Heather per me.

Si blocca in fondo alla rampa e mi fa scegliere fra due piccole torce elettriche, una viola e una azzurra. Opto per quella viola e me la infilo in tasca.

Nel frattempo mia madre scarta una candela a forma di pupazzo di neve avvolta nella carta di giornale. A meno che la mamma di Heather non abbia cambiato programmi per la prima volta da secoli, quella candela finirà nel bagno principale. Lo stoppino è annerito per via di quel breve istante in cui il padre di Heather l'aveva accesa l'anno scorso. Al primo accenno di odore di cera, la moglie si è messa a bussare sulla porta del bagno finché lui non l'ha spenta. "È una decorazione!" gli aveva urlato. "Non si accendono le decorazioni!"

Mia madre si volta verso la cucina. «Se volete uscire, è meglio che andiate subito» dice. «Heather, tua madre sta selezionando il candidato da presentare al concorso per il maglione natalizio più brutto dell'anno. Pare che abbia ottime probabilità di vincere.»

«È davvero così brutto?» chiedo.

Heather arriccia il naso. «Se non vince, vuol dire che i giudici non hanno il senso dell'orrido.»

Quando sentiamo aprirsi la porta sul retro, ci affrettiamo a guadagnare l'uscita e ci sbattiamo il portoncino alle spalle.

Accanto allo zerbino c'è l'alberello che ho portato dall'Oregon. Prima di partire l'avevo tolto dal suo vaso di plastica, perciò ora le radici sono legate in un ruvido sacchetto di iuta.

«Io lo prendo fino a metà altezza» dice Heather sollevando il fagotto grande come una palla da basket e sistemandoselo nell'incavo del gomito. «Tu prendi quella paletta che hai portato.»

La raccolgo e usciamo.

Non siamo neanche a metà strada verso Cardinals Peak quando Heather dice che è ora di fare cambio. Infilo la torcia nella tasca posteriore dei jeans e mi preparo ad accogliere l'albero fra le mie braccia.

«Ce l'hai?» mi chiede. Le faccio cenno di sì, e lei mi prende la paletta dalle mani.

Dopo aver aggiustato la presa, continuiamo ad arrampicarci su per la collina, che gli abitanti del posto chiamano affettuosamente montagna. Ci manteniamo al centro della stradina di accesso in terra battuta che ci costringe a inerpicarci per tre tornanti prima di arrivare a destinazione. Stanotte la luna somiglia a un'unghia tagliata e illumina a stento questo versante della collina. Quando ci sposteremo sull'altro fianco, le torce ci faranno ancora più comodo. Per ora le usiamo soprattutto per far scappare qualsiasi animaletto sentiamo muoversi fra i cespugli.

«Okay, quindi i ragazzi con cui lavori sono off limits» se ne esce Heather, come se continuasse una discussione già in corso nella sua mente. «Allora aiutami a pensare ad altre persone con cui potresti... insomma... passare il tempo.»

Scoppio a ridere e poi, con cautela, tiro fuori la torcia dalla tasca e gliela punto in faccia. «Oh. Dicevi sul serio.»

«Sì!»

«No» ribatto. Controllo di nuovo la sua espressione. «No! Tanto per cominciare, siamo impegnati per tutto il mese, quindi non c'è tempo. E in secondo luogo – ancora più importante – vivo in una roulotte in mezzo a una distesa di pini! E qualunque cosa io dica o faccia, mio padre mi sta con il fiato sul collo.»

«Comunque vale la pena di tentare» obietta Heather.

Inclino l'abete per allontanare gli aghi dal viso. «E poi, come ti sentiresti tu se sapessi che devi scaricare Devon subito dopo Natale? Ti sentiresti una persona orribile, te lo dico io.»

Heather tira fuori la paletta e se la sbatte contro la gamba. «Già che hai sollevato l'argomento, è più o meno quello che ho in mente di fare.»

«Che cosa?!»

Lei fa spallucce. «Senti, tu hai degli standard piuttosto alti in materia di relazioni sentimentali, quindi ti sembrerò sicuramente...»

«Perché tutti pensano che i miei standard siano alti? Che cosa vuol dire?»

«Non ti innervosire.» Heather ride. «I tuoi standard sono una delle ragioni per cui ti voglio bene. Hai questa solida... come dire... impostazione morale che trovo davvero fantastica. Ma una che intende lasciare il suo ragazzo dopo le vacanze di Natale si sente uno schifo. Capisci? In confronto.»

«Chi mai potrebbe progettare di mollare il fidanzato addirittura un mese prima?»

«Be', sarebbe crudele farlo proprio a ridosso del Ringraziamento, ti pare? Che cosa direbbe alla sua famiglia riunita per la cena? "Sono grato per avere il cuore a pezzi"?»

Ci rifletto in silenzio mentre continuiamo a camminare. «Credo che non ci sia mai un momento giusto, ma hai ragione quando dici che esistono anche momenti peggiori. Dimmi, da quanto tempo ci stai pensando?»

«Da poco prima di Halloween. Ma avevamo dei costumi così belli!»

A mano a mano che ci spostiamo sull'altro versante della collina, il chiarore della luna si attenua, costringendoci ad avvicinare la luce della torcia ai nostri piedi.

«Non è che Devon sia uno stupido o qualcosa del genere» spiega Heather. «Altrimenti non mi farei problemi a scaricarlo prima delle vacanze. È intelligente – anche se da come si comporta non sembrerebbe – ed è gentile e carino. È solo che sa essere così... noioso. O forse, più semplicemente, non ha un briciolo di spirito di iniziativa? Non so!»

Non giudicherei mai i motivi che inducono qualcuno a chiudere una relazione. Ciascuno di noi desidera o ha bisogno di cose diverse. Il primo ragazzo che ho lasciato, Mason, era sveglio e divertente, ma anche un po' troppo bisognoso di attenzioni. Pensavo mi piacesse l'idea che qualcuno avesse bisogno di me, ma ben presto la cosa diventa logorante. Ho scoperto che è molto meglio sentirsi desiderata.

«In che senso è noioso?»

«Mettiamola così. Se dovessi descriverti quanto è palloso, le parole che uscirebbero dalla mia bocca sarebbero più eccitanti.»

«Davvero? Non vedo l'ora di conoscerlo, allora.»

«Ecco perché hai bisogno di trovarti un ragazzo» ribatte Heather. «Così potremmo fare un'uscita a quattro e i miei appuntamenti non sarebbero così noiosi.»

Rifletto su quanto sarebbe imbarazzante iniziare una relazione con qualcuno sapendo che è inevitabilmente accompagnata da una data di scadenza.

Se l'avessi voluto, avrei potuto cedere all'insistenza di Andrew l'anno scorso.

«Preferisco glissare sull'idea dell'uscita a quattro. Ma grazie lo stesso.»

«Non ringraziarmi ancora» dice Heather. «Probabilmente te lo proporrò di nuovo.»

Dopo la curva successiva, che ci conduce quasi in cima a Cardinals Peak, lasciamo il sentiero sempre più stretto e ci addentriamo nella boscaglia alta fino al ginocchio. Heather scandaglia il buio con la sua torcia. Quello che sembra un coniglietto balza via spaventato.

Un'altra decina di passi e i cespugli si diradano. L'oscurità è troppo fitta per distinguere subito tutti e cinque i miei alberi, ma quando la torcia illumina il primo, mi si scalda il cuore. Heather sposta lentamente il fascio luminoso finché non li vedo tutti. Li abbiamo sistemati a parecchi centimetri di distanza per evitare che uno tolga la luce all'altro. La cima di quello che abbiamo piantato per primo sta già sovrastando la mia testa, e l'ultimo a essere stato messo a dimora mi arriva appena alla vita.

«Ciao, ragazzi» li saluto camminando in mezzo a loro. Continuando a tenere l'albero di quest'anno sotto il braccio, sfioro gli aghi degli altri con la mano libera.

«Sono salita qui lo scorso weekend» dice Heather. «Ho strappato le erbacce e ho smosso un po' il terreno in modo da facilitare il lavoro di questa sera.»

Appoggio il sacco di iuta per terra. «Stai diventando Miss Contadinella.»

«Non credo. Ma l'anno scorso ci abbiamo messo una vita a eliminare le erbacce dopo il tramonto, così...»

«In ogni caso, fingerò di credere che tu ti sia divertita. E qualunque sia la ragione per cui l'hai fatto, non ti saresti spinta fin qui se non fossi quella straordinaria amica che sei. Perciò grazie, davvero.»

Heather annuisce gentilmente e mi passa la paletta.

Mi guardo intorno alla ricerca della posizione ideale. Sono convinta che un nuovo albero debba sempre avere la vista migliore su ciò che accade sotto. Mi inginocchio sul terreno soffice smosso da Heather e inizio a scavare una buca abbastanza grande da contenere agevolmente le radici del nuovo arrivato.

Negli ultimi due anni abbiamo affrontato la scarpinata dandoci il cambio nel portare l'albero. Prima di allora, lo trascinavamo fin quassù con il carrettino rosso di Heather. Con il tempo questo posto è diventato un po' il mio vivaio personale, un modo per lasciare una traccia di me durante la mia assenza, quando io e la mia famiglia torniamo al Nord. Mi domando ancora una volta se l'anno prossimo avrò l'opportunità di tagliare l'abete più vecchio.

Questa stagione doveva essere perfetta, non affondata in un pantano di "E se...?". I dubbi, invece, sono tutti intorno a me, in tutto ciò che faccio. Non riesco a godermi pienamente nemmeno un istante senza chiedermi se sarà l'ultimo.

Slego la corda che tiene fermo il sacco di iuta. Quando lo rimuovo, le radici restano per lo più a posto, ancora coperte di terriccio, come lo erano a casa.

«Mi mancheranno queste escursioni» dice Heather.

Sistemo l'alberello nella buca allargando le radici con le dita.

Heather si inginocchia accanto a me e mi aiuta a riempire di nuovo la buca con la terra smossa. «Se non altro, abbiamo ancora un anno» dice.

Incapace di guardarla in faccia, spargo un'altra manciata di terriccio attorno alla base. Mi scrollo il residuo dalle mani battendole insieme e poi mi siedo per terra. Portandomi le ginocchia al petto, osservo le luci della città dall'alto della collina buia. Heather vive laggiù da quando è nata. E anche se mi trasferisco in questo posto solo per poche settimane all'anno, mi sembra di essere cresciuta qui anch'io. Tiro un lungo sospiro.

«Che c'è?» chiede Heather.

Alzo gli occhi verso di lei. «Potrebbe non esserci un prossimo anno.»

Lei mi scruta con aria corrucciata, senza parlare.

«I miei non me l'hanno detto apertamente» proseguo, «ma è da un po' che li sento discutere di questa eventualità. Potrebbe non esserci la necessità di tornare per un'altra stagione».

Ora Heather guarda giù, verso la città che si estende ai nostri piedi.

Da questa altezza, quando il Natale si avvicina e si accendono tutte le luci, è facile individuare il vivaio. A partire da domani, un rettangolo di lucine bianche delimiterà la nostra piccola piantagione temporanea. Ma stasera il luogo dove vivo è soltanto un posto buio in prossimità di una lunga strada illuminata dai fari abbaglianti delle auto di passaggio.

«Quest'anno sarà decisivo. So che i miei genitori desiderano venire qui tanto quanto me. Rachel ed Elizabeth, invece, farebbero i salti di gioia se io rimanessi nell'Oregon per Natale.»

Heather si siede accanto a me. «Sei una delle mie migliori amiche, Sierra. E so che per Rachel ed Elizabeth è la stessa cosa, perciò le capisco, ma loro possono stare con te per gran parte dell'anno. Non riesco a immaginare il periodo natalizio senza te e la tua famiglia.»

E io non voglio assolutamente perdermi l'ultimo Natale con Heather. È una cosa che fin dall'inizio sapevamo sarebbe potuta accadere. Abbiamo sempre parlato dell'ultimo anno con una sorta di trepido timore.

«Io provo la stessa sensazione» le dico. «Cioè, sarei curiosa di sapere come potrebbero essere le vacanze a casa mia, senza lezioni a distanza, finalmente libera di dedicarmi ai preparativi tipici del mese di dicembre.»

Heather contempla le stelle per un lungo istante.

«Ma sentirei la tua mancanza» continuo, «la mancanza di tutto questo, e molto, anche.»

La vedo sorridere. «Magari potrei fare un'eccezione e venire io da te per qualche giorno, farti visita durante la pausa natalizia.»

Appoggio la testa sulla sua spalla e lascio vagare lo sguardo. Non in alto verso le stelle, né in basso verso la città, ma lontano, davanti a me.

Heather accosta la sua testa alla mia. «Non pensiamoci ora» dice, e per un bel po' nessuna delle due aggiunge altro.

Infine mi volto a guardare l'alberello più giovane e con il piede faccio scivolare dell'altro terriccio verso il tronco esile. «Rendiamo memorabile questo Natale, non importa quello che succederà» concludo.

Heather si alza in piedi e ammira il profilo della città. Le prendo la mano e lei mi aiuta a rialzarmi. Rimango accanto a lei, decisa a non lasciarla andare.

«Non sarebbe strepitoso se mettessimo le luci su questi alberi, così tutti possono vederli da laggiù?» propone.

È una bella idea, un modo per condividere la nostra amicizia con tutti. Potrei scostare le tende della finestra sopra il mio letto e guardare il nostro boschetto ogni sera prima di addormentarmi.

«Ma mentre salivamo ho controllato. Su questa montagna non esiste nemmeno una presa elettrica.»

Rido. «La natura in questa città non è affatto al passo con i tempi.»

5

Con gli occhi ancora chiusi, sento mamma e papà uscire dalla roulotte e sbattere la porta. Mi volto sulla schiena e prendo un respiro profondo. Non desidero altro che poltrire qualche minutino in più. Una volta scesa dal letto, le giornate si susseguiranno con la stessa regolarità con cui cadono le tessere di un domino.

Il primo giorno di apertura, mia madre si sveglia carica di energia. Io invece sono più simile a papà. Sento il rumore dei suoi passi pesanti sullo sterrato mentre si avvia pigramente verso il tendone. Una volta arrivato, accende il grande bollitore metallico del caffè e quello dell'acqua calda e sistema le bustine di tè e di cioccolata istantanea che mettiamo a disposizione dei clienti. Le prime gocce di caffè bollente finiscono nel suo thermos, però.

Tolgo il cuscino alla francese da sotto la testa e me lo porto sul petto stringendolo in un tenero abbraccio. Da quando la madre di Heather partecipa alla gara del maglione natalizio più brutto, aggiudicandosi la vittoria due volte negli ultimi sei anni, ha preso l'abitudine di tagliare le maniche delle sue creazioni per trasformarle in guanciali. Cuce l'estremità dalla parte dei polsini, imbottisce la manica con l'ovatta, e poi chiude l'altra estremità. Un cuscino è riservato alla sua famiglia, l'altro è sempre destinato a me.

Sollevo quello che mi ha regalato ieri sera e lo osservo attentamente. È di un filato verde muschio, con un grande rettangolo blu scuro in corrispondenza del gomito, dove spicca l'immagine di una renna volante dal naso rosso in un turbinio di fiocchi di neve.

Stringo forte il cuscino sul petto e chiudo di nuovo gli occhi. Fuori, sento qualcuno che si avvicina alla roulotte.

«C'è Sierra?» chiede Andrew.

«No, in questo momento non è qui» risponde mio padre.

«Ah, okay. Ho pensato che potevamo lavorare insieme e risparmiare tempo.»

Stringo il cuscino ancora più forte. Non ho bisogno che Andrew stia fuori ad aspettarmi.

«Penso che stia ancora dormendo» dice papà. «Ma se vuoi fare qualcosa da solo, dai un'altra controllata ai servizi e vedi se c'è il sapone liquido.»

Questo è mio padre!

Sono davanti al tendone, ancora un po' assonnata ma pronta a dare il benvenuto ai primi clienti dell'anno. Un padre e una figlia, che potrebbe avere sette anni, scendono dalla loro auto. Lui le posa una mano leggera sulla testa mentre già osserva gli alberi esposti.

«Mi è sempre piaciuto questo profumo» dice l'uomo.

La bambina fa un passo avanti, gli occhi pieni di dolce innocenza. «È profumo di Natale!»

Già, profumo di Natale.

È quello che dicono in molti non appena arrivano da noi, come se avessero aspettato di pronunciare quelle parole per tutto il tragitto.

Mio padre sbuca fra due abeti rossi e si dirige verso il tendone, probabilmente sperando di trovare altro caffè. Per prima cosa, saluta i clienti e chiede loro se può essere di aiuto. Andrew, il berrettino sgualcito dei Bulldogs in testa, gli cammina a fianco con un tubo per innaffiare avvolto sulla spalla. Dice all'uomo che caricherà volentieri l'albero sulla sua auto non appena l'avranno scelto. Non dà nemmeno un'occhiata dentro per vedere se ci sono – merito di papà – e io soffoco una risatina.

«È pronta la cassa?» chiede mio padre rifornendo il suo thermos.

Io mi sistemo dietro al bancone addobbato con luccicanti festoni rossi e pungitopo fresco. «Sono ansiosa di vedere come andrà la prima vendita.»

Papà mi passa la mia tazza preferita, decorata con ghirigori e strisce dai colori pastello come un uovo di Pasqua (mi pare giusto circondarmi di oggetti che non siano necessariamente legati al Natale). Mi verso del caffè e apro una bustina di cacao in polvere che lascio cadere a pioggia nella tazza. Poi scarto un bastoncino di zucchero al sapore di menta e lo uso per mescolare il tutto.

Mio padre si appoggia al bancone e osserva la merce esposta. Con il thermos in mano, indica gli abeti che ha finito di spruzzare di neve artificiale questa mattina. «Pensi che ne abbiamo a sufficienza per ora?»

Lecco il bastoncino di zucchero per recuperare la polvere di cacao che vi è rimasta attaccata e poi lo rimetto nella tazza. «Ne abbiamo in abbondanza» lo rassicuro, e bevo il mio primo sorso di cioccolata. Ha il gusto di un Peppermint Mocha un po' scadente, ma a me piace.

Finalmente padre e figlia entrano nel tendone e si fermano davanti al registratore di cassa.

«Hai trovato un albero che ti piace?» chiedo alla piccola chinandomi verso di lei.

La bambina annuisce entusiasta, e noto un dettaglio adorabile nel suo sorriso: le manca un dentino davanti. «Oh, sì! Uno grandissimo!» mi dice.

È il primo albero che vendiamo quest'anno e non riesco a nascondere la mia eccitazione, insieme alla profonda speranza che questa stagione andrà abbastanza bene da giustificarne almeno un'altra ancora.

Il cliente mi porge la targhetta identificativa dell'abete scelto. Dietro di lui, Andrew sta spingendo l'albero attraverso una specie di grande bidone di plastica steso a terra, alla cui estremità c'è un velo di rete rossa e bianca. Mio padre afferra il tronco ed estrae il resto dell'albero mentre la rete si srotola imprigionando i rami. Una volta terminato il passaggio, i rami risultano tutti piegati in sicurezza verso l'alto. Poi lui e Andrew ruotano leggermente l'albero, tagliano la rete e fanno un nodo in cima. Il procedimento è simile a quello che segue la mamma di Heather quando imbottisce le maniche dei suoi maglioni per ricavarne dei cuscini, ma con risultati decisamente migliori.

Batto il primo scontrino della stagione e congedo i miei clienti con un gioioso «Buon Natale!».

A pranzo ho le gambe stanche e doloranti a forza di caricare alberi e stare dietro la cassa per ore di fila. Nel giro di un paio di giorni mi abituerò a tutto questo, ma oggi mi sento al settimo cielo quando Heather si presenta con un sacchetto pieno di avanzi della cena del Ringraziamento. La mamma ci spedisce nella roulotte, e la prima cosa che fa Heather quando ci sediamo a tavola è spalancare le tende.

«Solo per migliorare il panorama» mi dice inarcando le sopracciglia.

Neanche a farlo apposta, proprio in quel momento due ragazzi della squadra di baseball passano di lì trasportando un grande albero sulle spalle.

«Sei spudorata» le dico scartando un sandwich con tacchino e salsa di mirtilli rossi. «Ricorda che fino a Natale sei ancora impegnata con Devon.»

Heather si mette seduta a gambe incrociate sulla panca, o meglio, sul bordo del mio letto, ed estrae il suo panino dal sacchetto. «Mi ha chiamato ieri sera e mi ha attaccato un bottone di venti minuti sul fatto che era andato all'ufficio postale.»

«Insomma, non è granché come conversatore» commento. Addento il mio sandwich e mi lascio sfuggire qualche mugolio di piacere non appena i sapori tipici del Ringraziamento mi deliziano il palato.

«Tu non capisci. Mi ha raccontato la stessa storia la settimana scorsa ed era altrettanto insulsa.» Alla mia reazione divertita, Heather, esasperata, comincia a gesticolare. «Dico sul serio! Non me ne frega niente della vecchia scorbutica in coda davanti a lui che voleva spedire una scatola di ostriche in Alaska. E a te?»

«Ti pare che io possa spedire delle ostriche in Alaska?» Mi avvicino e le do una tiratina ai capelli. «Sei un po' cattivella, però.»

«Sono solo sincera. Ma se vogliamo parlare di cattiveria, ti ricordo che tu hai scaricato quel poveretto perché era *troppo* preso. Diciamo piuttosto che l'hai distrutto.»

«Mason? Era così appiccicoso!» protesto. «Parlava di farsi un viaggio in treno fin qui e raggiungermi per le vacanze. Questo all'inizio dell'estate, pensa un po'! E uscivamo insieme solo da poche settimane.»

«Ma era un'idea così tenera» dice Heather. «Sapeva già che non sarebbe riuscito a fare a meno di te per un mese. Io invece potrei benissimo fare a meno degli stupidi aneddoti di Devon per un mese.»

Quando Heather aveva iniziato a uscire con lui, era presissima, e questo succedeva non più tardi di un paio di mesi fa.

«In ogni modo» prosegue, «è per questo che dobbiamo fare un'uscita a quattro. Una cosa casuale, senza impegno. Non c'è bisogno che ti innamori o altro.»

«Bene, buono a sapersi. Grazie.»

«Ma almeno io avrei qualcuno con cui parlare» insiste.

«Non mi importa di fare il terzo incomodo fra voi due. Potrei anche intervenire, se Devon tirasse di nuovo in ballo la storia delle ostriche. Ma quest'anno è già stato abbastanza stressante; ci manca solo un fidanzato a complicare le cose.»

Attraverso la finestra, qualche albero più in là, Andrew e un altro ragazzo ci stanno osservando. Parlano e ridacchiano senza sosta, e non distolgono lo sguardo neppure quando si accorgono di essere stati scoperti.

«Ci guardano mangiare?» chiedo. «Che cosa triste.»

Andrew si volta, probabilmente per controllare se c'è mio padre nei paraggi, e poi ci fa un cenno con la mano. Prima che io possa decidere se rispondere o no al saluto, papà invita entrambi a tornare al lavoro. Io ne approfitto per tirare la tenda.

«Be', *lui* sembra ancora interessato» osserva Heather inarcando un sopracciglio.

Scuoto la testa. «Senti, non importa chi sia il ragazzo in questione: con mio padre che ci sorveglia senza tregua, sarebbero soltanto guai. Esiste qualcuno che meriti questa fatica? Perché, se esiste, non è certo fuori da questa finestra.»

Heather tamburella con le dita sul tavolo. «Dev'essere qualcuno che non lavora qui... Qualcuno che tuo padre non possa spedire a pulire i gabinetti.»

«Ti sei persa il passaggio in cui dicevo che non intendo cercarmi un fidanzato?»

«Non me lo sono perso» dice Heather. «Lo sto semplicemente ignorando.»

Certo. «Okay, giusto per amor di conversazione, supponiamo che io sia interessata a qualcuno – cosa che peraltro non è vera. Che tipo di ragazzo potrei attrarre secondo te, considerando che sparirò dalla sua vita fra un mese?»

«Non devi necessariamente sollevare il problema» dice Heather. «Ovviamente fa parte del gioco, e comunque un mese è più di quanto durano certe coppie. Perciò non preoccuparti di questo. Consideralo un flirt natalizio.»

«"Un flirt natalizio"? È questo che hai appena detto?» esclamo alzando gli occhi al cielo. «Ti conviene stare alla larga da Hallmark Channel in questo periodo dell'anno.»

«Pensaci! Sarebbe una relazione rilassata perché ha una data di scadenza. E avresti una bella storia da raccontare alle tue amiche una volta tornata a casa.»

Sono consapevole che non riuscirò a vincere questo round. Heather è implacabile quanto Rachel, anzi, di più, il che è tutto dire. L'unico modo per uscirne è rimandare le cose fino al momento in cui la sua idea non sarà più realizzabile perché sarà troppo tardi.

«Ci penserò su» concludo.

Sento le risate familiari di due donne provenire da fuori, così scosto la tenda per dare un'occhiata. Due signore di mezza età della Downtown Association sono dirette verso il tendone con le braccia cariche di manifesti.

Riavvolgo quello che rimane del mio sandwich per portarlo con me e do un abbraccio a Heather. «Terrò gli occhi aperti alla ricerca di un Romeo per le vacanze, ma devo proprio tornare al lavoro ora.»

Anche Heather ripone il suo panino nell'incarto e lo infila nella borsa. Poi mi segue fuori dalla roulotte e si avvia verso la macchina. «Terrò gli occhi aperti anch'io» mi urla dietro.

Quando entro nel tendone, le responsabili della Downtown Association stanno chiacchierando con la mamma. La più anziana, con una lunga treccia grigia, le mostra un manifesto dove campeggia un camion dell'immondizia addobbato di lucine natalizie. «Se poteste affiggerne qualcuno anche quest'anno, la città ve ne sarebbe molto grata. Stavolta la nostra parata di Natale sarà più imponente che mai! Non vogliamo rischiare che qualche membro della nostra comunità se la perda.»

«Certo» dice la mamma, e la donna posa quattro locandine sul bancone. «Sierra li appenderà questo pomeriggio.»

Prendo la pistola sparapunti ed esco dal tendone con le locandine in mano. Guardandole, soffoco una risata. Non so se un camion della nettezza urbana, benché addobbato a festa, possa attirare una folla numerosa. Certamente rende più intensa la sensazione di trovarsi in una cittadina di provincia.

Quand'ero piccola, qualche volta i genitori di Heather mi portavano con loro a vedere la parata, e devo ammettere che era uno spettacolo divertente con un tocco sentimentale. La maggior parte delle parate che vedo oggi sono quelle che vengono trasmesse in TV, e si svolgono a New York o Los Angeles. Tra i partecipanti non figurano di certo gruppi come la Società dei Padroni di Carlini, o gli Amici della Biblioteca, o i trattori che sparano carole natalizie in stile country a tutto volume. Ma non faccio fatica a immaginarmi questi gruppi che sfilano per le strade della mia città natale nell'Oregon.

Attacco l'ultimo manifesto a un palo della luce di legno all'ingresso del vivaio, sparando una graffetta ai due angoli superiori. Mentre faccio scorrere la mano verso il fondo del foglio per spianarlo, sento la voce di Andrew dietro di me.

«Hai bisogno di aiuto?»

Le mie spalle si irrigidiscono. «Ho finito, grazie.»

Fisso altre due graffette negli angoli in basso. Poi faccio un passo indietro e fingo di studiare il mio lavoro, indugiando abbastanza a lungo perché Andrew prosegua per la sua strada. Quando mi volto, scopro che non stava parlando con me, bensì con un ragazzo bellissimo più o meno della nostra età, poco più alto di Andrew. Regge un albero con una mano e si scosta i capelli scuri dagli occhi con l'altra.

«Grazie, ce la faccio da solo» dice, e Andrew si allontana.

Il ragazzo mi guarda e sorride, rivelando una deliziosa fossetta sulla guancia sinistra. Mi sento immediatamente avvampare e abbasso lo sguardo. Con le farfalle nello stomaco, prendo un respiro profondo, ricordando a me stessa che un sorriso accattivante non dice assolutamente nulla di una persona.

«Lavori qui?» La sua voce è morbida e mi ricorda le canzoni crooner che i miei nonni ascoltavano durante le feste.

Alzo gli occhi imponendomi di mantenere un atteggiamento professionale. «Hai trovato quello che cercavi?»

Il suo sorriso persiste, insieme a quell'irresistibile fossetta. Mi sposto una ciocca di capelli dietro le orecchie e mi sforzo di non distogliere lo sguardo. Devo trattenermi dall'impulso di avvicinarmi.

«Sì, grazie» dice lui.

Il modo in cui mi osserva – quasi mi studiasse – mi provoca una certa agitazione. Mi schiarisco la voce e guardo altrove, ma quando mi volto, lui si sta già allontanando con l'albero di Natale issato sulla spalla come se non pesasse quasi nulla.

«Davvero una bella sfumatura di rosso, Sierra.»

In piedi accanto al palo della luce, Andrew mi guarda scuotendo la testa. Vorrei trovare subito una replica sarcastica, ma la mia lingua non si è ancora sciolta.

«Sai che le fossette, in sostanza, sono una deformità?» continua. «Significa che hai un muscolo della faccia che non si è sviluppato del tutto ed è rimasto corto. Fa un po' schifo, se ci pensi bene.»

Sposto il peso del corpo su un piede e rivolgo a Andrew la mia migliore occhiata del tipo "Be', la pianti o no?". Questa forse gli arriva con una carica di cattiveria maggiore di quanto intendessi, ma se lui pensa che questo tipo di gelosia sia il modo giusto per conquistarmi, si sbaglia di grosso.

Riporto la sparapunti nel tendone e aspetto. Forse il tipo con la fossetta tornerà per comprare delle decorazioni o uno dei nostri innaffiatoi con il beccuccio extra lungo. O forse avrà bisogno di luci o di vischio. Eppure mi sento stordita. Ho esposto a Heather tutte le ragioni – buone ragioni – per cui non voglio farmi coinvolgere da nessuno, e tali ragioni non sono certo cambiate negli ultimi dieci minuti. Starò qui per un mese. Un mese! Non ho il tempo né la disposizione d'animo per farmi coinvolgere.

Comunque, l'idea ormai si è insediata dentro di me. Forse, tutto sommato, un flirt a scadenza ravvicinata non mi dispiacerebbe. Forse non sarei così difficile, come amano definirmi le mie amiche, se sapessi che non resterei – che non potrei restare – con questo ragazzo per più di qualche settimana. Se poi capita che sia sexy, e con un'adorabile fossetta, bene, buon per lui. E per me.

Mando un messaggio a Heather nel pomeriggio:

Cosa comporta esattamente un flirt natalizio?

6

Il sole è appena sorto, ma quando mi sveglio ho già due messaggi che mi aspettano.

Il primo è di Rachel, che si lamenta della mole di lavoro richiesta per organizzare il ballo d'inverno quando le persone sane di mente o ripassano per gli esami finali o si dedicano allo shopping natalizio. Se fossi lì con lei, sono sicura che mi convincerebbe facilmente ad aiutarla, ma non c'è molto che io possa fare a quasi millecinquecento chilometri di distanza. Per fortuna conciliare il lavoro nel vivaio con i miei impegni scolastici non è troppo complicato.

I miei insegnanti mi mandano appunti e schemi, e io mi dedico ai compiti nei momenti di calma quando posso dare un'occhiata online.

Parlare con Monsieur Cappeau una volta alla settimana non sarà la cosa più divertente del mondo, ma almeno mi permette di continuare a fare pratica per prepararmi alla parte orale dell'esame di francese.

Seduta sul letto, leggo il secondo messaggio, quello di Heather:

Ti prego, dimmi che sei seria quando parli di un flirt natalizio. Devon ha passato tutta la sera a parlare della sua squadra di fantacalcio. Salvami! Se continua così, presto diventerò la sua fantaragazza.

Mi alzo e le scrivo un SMS:

Un tipo molto carino è venuto a comprare un albero ieri.

Mentre sto per andare a farmi una doccia, lei risponde:

Dettagli!

Prima di riuscire a slacciarmi il nodo dei pantaloni del pigiama, mi scrive di nuovo:

Lascia stare! Mi racconterai quando arrivo con il pranzo.

Dopo la doccia indosso un maglione grigio e un paio di jeans. Mi raccolgo i capelli in una coda di cavallo alta, sfilo qualche ciocca in modo che scenda a incorniciarmi il viso, aggiungo un filo di trucco e poi esco ad affrontare il freddo del mattino. Sotto il tendone trovo la mamma intenta a mettere un po' di spiccioli nel registratore di cassa. Quando mi vede, mi indica la tazza pasquale ancora fumante sul bancone, con un bastoncino di zucchero che spunta fuori.

«Sei qui da molto?» le chiedo.

Lei soffia piano sulla sua bevanda. «Non è facile riuscire a dormire con quei messaggi che arrivano a raffica sul tuo telefono.»

«Oh. Mi dispiace.»

Poco dopo arriva papà, che saluta entrambe con un bacio sulla guancia. «Buongiorno, ragazze.»

«Sierra e io stavamo parlando dei suoi messaggini» dice mia madre. «Immagino che lei non abbia bisogno di una sana dormita per mantenersi bella, ma...»

Papà la bacia sulle labbra. «Nemmeno tu ne hai bisogno, tesoro.»

«Chi ha detto che stavo parlando di me?» ribatte lei.

Lui si sfrega la barba ruvida e grigia che gli copre la mascella. «Eravamo d'accordo che è importante che rimanga in contatto con le sue amiche, no?»

Preferisco non dire che un messaggio era di Heather.

«È vero» conferma la mamma, e poi, indirizzandomi un'occhiata severa, aggiunge: «Magari, però, chiedi alle tue amiche di dormire, di tanto in tanto».

Me le immagino, Rachel ed Elizabeth: in questo preciso momento probabilmente sono al telefono, impegnate a pianificare il resto di questo lungo weekend del Ringraziamento.

«Visto che avete tirato fuori l'argomento» dico, «non pensate che sia ora di farmi sapere se l'anno prossimo torneremo qui oppure no?»

La mamma batte le palpebre e tira indietro la testa per guardare papà.

Lui beve una lunga sorsata dal suo thermos. «Ti sei messa a origliare le nostre conversazioni?»

Mi attorciglio una ciocca di capelli intorno al dito. «Non stavo origliando. Ho sentito *per caso* la vostra conversazione» puntualizzo. «Coraggio, fatemi sapere. Quanto mi devo preoccupare?»

Papà beve un altro sorso prima di rispondere. «Non c'è motivo di preoccuparsi per l'azienda» dice. «La gente avrà sempre bisogno di alberi di Natale, anche se magari li comprerà al supermercato. Al massimo non ci occuperemo più della vendita diretta.»

Mia madre, visibilmente a disagio, mi tocca il braccio. «Faremo il possibile per tenere aperto questo punto vendita.»

«Non sono preoccupata solo per me. Naturalmente vorrei che questo posto rimanesse in attività per motivi personali, ma anche perché esiste da quando l'ha aperto il nonno. È qui che voi due vi siete conosciuti. È la vostra vita.»

Mio padre annuisce lentamente e alla fine si stringe nelle spalle. «Il vivaio è la nostra vita, in effetti. Credo di averlo sempre visto come una specie di premio dopo tutte le levatacce e le lunghe giornate di lavoro che devo affrontare nell'Oregon. È così bello vedere le persone felici quando trovano esattamente l'albero che cercavano. Sarà dura farne a meno.»

Apprezzo tantissimo il fatto che i miei genitori non abbiano mai lasciato che questa attività diventasse soltanto una questione di affari.

«Tutto questo continuerà a succedere da qualche altra parte con i nostri alberi» prosegue mio padre, «ma...»

Ma sarà qualcun altro a vederlo succedere.

Mia madre toglie la mano dal mio braccio ed entrambe guardiamo papà. Sarebbe un duro colpo per lui.

«Negli ultimi anni l'azienda ha stentato a chiudere in pareggio» spiega. «L'anno scorso, con i bonus che ho distribuito ai dipendenti, siamo andati addirittura in perdita. Siamo riusciti a recuperare grazie alle vendite ai grossisti, e credo che d'ora in poi le cose andranno proprio in questa direzione. Zio Bruce si è concentrato su questa eventualità mentre eravamo via.» Beve un altro sorso. «Non so per quanto tempo potremo ancora tirare avanti prima di ammettere che...»

Lascia la frase sospesa, incapace di pronunciare quelle parole, o preferendo non farlo.

«Quindi potrebbe essere finita» sbotto. «Il nostro ultimo Natale in California.»

Il viso di mia madre è uno specchio di dolcezza. «Non abbiamo ancora deciso nulla, Sierra. Ma se fossi in te, farei di tutto per rendere questo Natale davvero memorabile.»

Heather entra nella roulotte con altri due sacchetti di avanzi. Ha gli occhi accesi di eccitazione, e so che non vede l'ora che io le spiattelli tutto sul tipo carino che è passato di qui ieri. Devon entra subito dopo di lei, gli occhi fissi sul telefono. Anche se tiene la testa bassa, capisco che è un bel ragazzo.

«Sierra, questo è Devon. Devon, questa è... Devon, tira su quella testa.»

Lui mi guarda e sorride. I suoi corti capelli castani gli incorniciano le guance tonde, ma è la sua espressione tranquilla a rendermelo subito simpatico.

«Piacere di conoscerti.»

«Piacere mio.» Sostiene il mio sguardo abbastanza a lungo da dimostrarmi che è sincero, poi il suo viso sprofonda di nuovo sul cellulare.

Heather gli passa una delle borse di cibo. «Tesoro, va a portare questa a quei ragazzi laggiù. E poi aiutali a caricare gli alberi, insomma, renditi utile.»

Devon prende il sacchetto senza staccare gli occhi dal cellulare ed esce dalla roulotte. Heather si siede a tavola davanti a me, e io sposto il computer sul cuscino al mio fianco.

«Immagino che i tuoi genitori non fossero in casa quando Devon è passato a prenderti» dico. Heather sembra non capire, così indico i suoi capelli. «Sei un po' scarmigliata.»

Con le guance in fiamme, si dà una frettolosa ravviata. «Oh, grazie...»

«Allora, le cose stanno migliorando fra te e Mister Monosillabi?»

«È un bel soprannome. Se la scelta è fra ascoltarlo e baciarlo, la seconda opzione significa fare un uso della sua bocca di gran lunga migliore.»

Scoppio a ridere.

«Lo so, lo so, sono terribile. Piuttosto, raccontami del tizio che è venuto qui.»

«Non ho idea di chi sia. Non c'è molto da dire.»

«Com'è?» Heather toglie il coperchio del contenitore rivelando un'insalata di tacchino con noci e sedano. Evidentemente in casa sua stanno ancora cercando di sbarazzarsi degli avanzi della cena del Ringraziamento.

«L'ho intravisto di sfuggita, ma mi è sembrato che avesse più o meno la nostra età. Aveva una fossetta che...»

Heather si protende sul tavolo, gli occhi ridotti a una fessura. «Capelli scuri? Un sorriso micidiale?»

Come fa a conoscere questi dettagli?

Tira fuori il telefono, e dopo qualche istante mi mostra proprio la foto del ragazzo di cui stavo parlando. «È lui?» mi chiede. Non sembra affatto felice.

«Come fai a saperlo?»

«La prima cosa che hai menzionato è stata la fossetta. Quello è stato l'indizio rivelatore.» Heather scuote la testa. «Senza contare il fatto che ho una gran fortuna. Scusa, Sierra, ma no. Non Caleb.»

Quindi si chiama Caleb. «Perché no?»

Lei si sposta indietro e posa le dita sul bordo del tavolo. «Semplicemente non è la scelta ideale, okay? Troviamo qualcun altro.»

Non ho intenzione di arrendermi così, e lei lo sa benissimo.

«Sono solo delle voci» dice, «ma sono abbastanza sicura che ci sia del vero. In ogni caso, è successa una cosa.»

«Che cosa?» Questa è la prima volta che la sento parlare di qualcuno in modo così criptico. «Mi stai facendo diventare agitata.»

Heather scuote la testa. «Non voglio immischiarmi. Odio spettegolare, ma non ho nessuna intenzione di fare un'uscita a quattro con lui.»

«Racconta.»

«Non c'è niente di certo, okay? È solo quello che ho sentito.» Mi guarda negli occhi, ma io sono decisa a non dire una parola finché non arriva al dunque. «Dicono che abbia aggredito sua sorella con un coltello.»

«Che cosa?!» Mi si torce lo stomaco. «Quel ragazzo è... Lei è ancora viva?»

Heather ride, non so se per la mia espressione scioccata o perché stava scherzando.

Ho ancora il cuore in tumulto, ma alla fine sdrammatizzo anch'io con una risatina.

«No, non l'ha uccisa» mi tranquillizza. «Per quanto ne so, sua sorella sta bene.»

Quindi non era uno scherzo.

«Però non vive più qui» aggiunge. «Non so se è per via dell'aggressione, ma è quello che pensano quasi tutti.»

Mi distendo sul letto e mi metto una mano sulla fronte. «È una notizia shock.»

«Continueremo a cercare» mi conforta Heather dandomi dei colpetti sulla gamba.

Vorrei dirle di non preoccuparsi. Vorrei dirle che non mi interessa più avere un flirt natalizio, specialmente se il mio radar è così arrugginito che l'unico ragazzo su cui ho messo gli occhi in passato ha minacciato sua sorella con un coltello.

Dopo aver finito l'insalata di tacchino, usciamo per raggiungere Devon e tornare ciascuno ai propri impegni. Lo troviamo seduto a un tavolo da picnic dietro il tendone con un gruppo di lavoranti, tutti intenti a piluccare gli avanzi di Heather. C'è anche una ragazza graziosa che non ho mai visto prima, praticamente avvinghiata a Andrew.

«Mi sa che non ci siamo mai incontrate. Sono Sierra.»

«Oh, i tuoi genitori sono i proprietari di questo posto, vero?» La ragazza allunga una mano curata e io la stringo. «Io sono Alyssa. Sono passata di qui per pranzare con Andrew.»

Lancio un'occhiata a Andrew, che in questo momento ha il viso di tre sfumature di rosso diverse.

Lui alza le spalle. «Noi non siamo... sì, insomma...»

Alyssa appare delusa. Si mette una mano sul cuore e guarda Andrew. «Voi due siete...?»

«No!» mi affretto a dire.

Non capisco bene che cosa stia cercando di fare Andrew. Se sta con lei, vuole forse farmi capire che non è una cosa seria? Come se mi importasse! In ogni caso, spero che la loro diventi una storia seria.

Magari Alyssa lo aiuterà a superare qualsiasi cosa lui provi per me.

«Ci vediamo più tardi?» chiedo a Heather.

«Io e Devon possiamo passare a prenderti dopo la chiusura» dice. «Potremmo uscire e cercare di conoscere della gente, anzi, *qualcuno*. Perché ne vuoi solo uno, giusto?»

Heather non solo è assillante, ma non tenta nemmeno di essere discreta.

«Un mese, Sierra. Possono succedere tante cose in un mese» mi suggerisce con un'espressione ammiccante.

«Non stasera» dico. «Magari tra un po'.»

Ma nei giorni successivi non riesco a smettere di pensare a Caleb.

7

Quasi tutti i giorni feriali Heather passa a farmi un saluto durante il tragitto di ritorno da scuola. Qualche volta si trattiene con me alla cassa e mi aiuta quando arrivano dei clienti con i figli piccoli. Mentre io servo le mamme o i papà, lei distrae i bambini.

«Ieri sera ho chiesto a Devon cosa voleva per Natale» mi dice davanti al distributore di bevande. Sta tuffando dei minimarshmallow nella cioccolata calda, uno dopo l'altro.

«E lui che cosa ha detto?»

«Aspetta, sto contando.» Dopo aver intinto il suo diciottesimo marshmallow, beve un sorso di cioccolata. «Ha alzato le spalle. Quello è stato il massimo della conversazione. Perciò ho concluso che forse è meglio così. Immaginati se volesse qualcosa di costoso. In quel caso, se mi facesse la stessa domanda, sarei *costretta* a dire qualcosa di costoso anch'io.»

«E questo sarebbe un problema, perché...»

«Non possiamo scambiarci un regalo importante sapendo che di lì a pochi giorni dovrò scaricarlo!»

«Ma potete comunque farvi un pensierino» suggerisco. «Qualcosa di poco impegnativo.»

«Fatto in casa e pensato amorevolmente? È ancora peggio!» Heather si avvicina a un alberello innevato e sfiora i fiocchi di neve artificiale. «Come si fa a mollare un poveretto che ha appena intagliato una statuetta di legno o qualcosa del genere per te?»

«La stai facendo troppo complicata.» Tiro fuori una scatola di cartone piena di sacchettini di vischio e la appoggio sullo sgabello. «Forse dovresti farlo subito. Lui ne soffrirà in ogni caso.»

«No, ho assolutamente deciso di resistere per tutte le vacanze.» Heather mi raggiunge dall'altra parte del banco continuando a sorseggiare la sua cioccolata. «È ora di mettersi a cercare seriamente qualcuno per te, piuttosto. La parata di Natale si sta avvicinando e voglio che tu esca con noi.»

Mi protendo sul bancone per rifornire l'espositore di vischio. «Comincio a pensare che quest'idea del flirt natalizio non funzionerà. Ammetto di averla presa in considerazione quando ho visto Caleb, ma è chiaro che le prime impressioni non sono il mio forte.»

Heather mi guarda dritto negli occhi e accenna verso il parcheggio. «Ricordatelo bene questo, okay? Perché sta arrivando.»

Sono scioccata.

Lei indietreggia leggermente e mi fa segno di seguirla. Mi indica un vecchio pick-up violetto. L'abitacolo è vuoto.

Se quello è il suo furgone, che cosa ci fa qui Caleb? Ha già comprato un albero. Sotto la ribalta posteriore, sul paraurti, c'è un adesivo con il nome di una scuola di cui non ho mai sentito parlare.

«Dov'è la Sagebrush Junior High?» chiedo.

Heather alza le spalle, e il ricciolo che si era portata frettolosamente dietro l'orecchio le ricade sul viso.

In questa città ci sono sei scuole elementari che confluiscono in un'unica scuola media, la stessa che ho frequentato anch'io, e poi in un unico liceo. Da piccola, ogni inverno frequentavo la stessa classe di Heather per un mese, dopodiché ho iniziato a seguire le lezioni online.

Heather sbircia fra gli alberi. «Oh! Eccolo qui. Dio, se è carino.»

«Lo so» bisbiglio. Evito di seguire il suo sguardo e mi concentro invece sulla punta delle mie scarpe che scava per terra.

«Ecco che arriva» sussurra lei dandomi una gomitata, e prima che io possa dire una parola, si fionda dalla parte opposta del tendone.

Con la coda dell'occhio vedo qualcuno fare capolino tra due alberi. Caleb si dirige deciso verso di me con un sorriso smagliante e la sua immancabile fossetta. «Sei tu Sierra?»

Non riesco a fare altro se non annuire.

«Allora sei tu quella di cui parlano i ragazzi che lavorano qui.»

«Come dici?»

Gli sfugge una risatina nervosa. «Non sapevo se c'era un'altra ragazza che lavorava nel vivaio.»

«Solo io. I miei genitori sono i proprietari di questo posto. Lo gestiscono loro.»

«Ora si spiega perché hanno tutti paura di parlarti» dice, e visto che resto zitta, continua: «Ero qui l'altro giorno. Mi hai chiesto se avevo bisogno di aiuto, ricordi?».

Non so cosa dire. Caleb sposta il peso del corpo da un piede all'altro. Poiché il silenzio si protrae, lui continua a dondolarsi sulle gambe, e la cosa quasi mi diverte. Se non altro, non sono l'unica a essere nervosa.

Alle sue spalle vedo due dei nostri lavoranti che raccolgono le ramaglie con il rastrello.

Caleb si avvicina a me e li osserva. Io mi impongo di non scostarmi. «È vero che tuo padre li costringe a pulire i bagni se osano rivolgerti la parola?»

«Anche se solo *ha il sospetto* che vogliano rivolgermi la parola.»

«Allora i vostri bagni devono essere estremamente puliti» commenta Caleb, che è la battuta da rimorchio più strana che io abbia mai sentito, se di questo si tratta.

«Posso esserti utile in qualche modo?» chiedo. «So che hai già comprato un albero.»

«Quindi ti ricordi di me.» Sembra un po' troppo compiaciuto nel constatarlo.

«Sono io che faccio l'inventario» dico, spacciando il fatto che mi ricordassi di lui per pura efficienza professionale, «e sono brava nel mio lavoro.»

«Capisco.» Annuisce lentamente. «Che tipo di albero ho acquistato?»

«Un abete rosso.» Non ho idea se sia vero.

Ora sembra davvero colpito.

Aggiro il bancone, mettendo la cassa e il vischio tra di noi. «C'è qualcos'altro che possiamo fare per te?»

Lui mi porge il tagliandino identificativo di un albero. «Questo è più grande dell'altro, perciò ci sono due ragazzi che lo stanno caricando sul mio furgone in questo momento.»

Mi ritrovo a fissarlo negli occhi troppo a lungo, così distolgo bruscamente lo sguardo concentrandomi sulla merce in esposizione. «Ti serve un addobbo da abbinare? Sono tutti freschi.

O una decorazione?» Una parte di me vorrebbe semplicemente vendergli l'albero, in modo che lui se ne vada ponendo fine al mio imbarazzo, ma un'altra parte desidera che lui rimanga.

Caleb resta in silenzio per qualche istante, il che mi costringe a guardarlo di nuovo mentre è intento a osservare gli articoli esposti sotto il tendone. Forse ha davvero bisogno di qualcos'altro. O forse sta cercando un pretesto per trattenersi ancora un po'. Poi, quando vede l'angolo ristoro, la sua bocca si allarga in un sorriso. «Berrei volentieri una cioccolata calda, piuttosto.»

Si avvicina alla torre di bicchieri capovolti e ne prende uno. Alle sue spalle scorgo Heather, che fa capolino da dietro un abete innevato mentre sorseggia a sua volta la sua cioccolata. Quando incrocia il mio sguardo, scuote la testa e sillaba "Pessima idea", per poi sgusciare di nuovo fra i rami.

Il mio cuore perde un battito nell'istante in cui Caleb toglie un bastoncino di zucchero dall'involucro per mescolare il cacao in polvere nell'acqua calda. Non appena lo lascia andare, il bastoncino continua a girare, trascinato nel vortice della bevanda.

«Anch'io la preparo così.»

«E come se no?»

«In pratica è una versione povera di un Peppermint Mocha.»

Lui inclina la testa di lato e guarda la sua bevanda con occhi nuovi. «Sì, puoi anche definirlo così, ma suona un po' come un insulto.» Passa il bicchiere nell'altra mano e si protende sul bancone per stringere la mia.

«Piacere di fare ufficialmente la tua conoscenza, Sierra.»

Guardo prima la sua mano, poi lui, ed esito per una frazione di secondo. In quell'istante vedo le sue spalle abbassarsi leggermente. So bene che non è il caso di essere così critica per alcune voci di cui nemmeno Heather era sicura. Gli stringo la mano. «Tu sei Caleb, giusto?»

Il suo sorriso vacilla. «Quindi qualcuno ti ha parlato di me.»

Mi sento gelare. Anche se non è lui il ragazzo con cui vivrò una romantica avventura durante il periodo natalizio, non merita di essere giudicato da una persona che fino a pochi minuti fa non sapeva nemmeno come si chiamava. «Devo aver sentito il tuo nome da qualcuno che ti ha aiutato» dico.

Sorride, ma la sua fossetta stavolta non appare. «Allora, quanto ti devo?»

Batto lo scontrino e lui estrae un portafoglio gonfio di banconote. Me ne porge due da venti e un fascio di biglietti da uno.

«Non sono riuscito a cambiare le mance di ieri sera» si giustifica, arrossendo leggermente. La fossetta ricompare, ancora più marcata.

Mi ci vuole una forza di volontà non indifferente per non chiedergli dove lavora, in modo da fingere di capitare da quelle parti per caso. «Gli spiccioli fanno sempre comodo» dico, contandoli uno a uno e consegnandogli cinquanta centesimi di resto.

Lui si mette le monete in tasca e l'imbarazzo svanisce, lasciando spazio a una rinnovata sicurezza. «Magari ci rivediamo prima di Natale.»

«Sai dove trovarmi» dico. Non so se le mie parole sono apparse come un invito, o se era esattamente quello che intendevo. Voglio davvero rivederlo? Non sta a me valutare la sua storia pregressa, ma non posso dimenticare la sua espressione abbattuta di poco fa, quando ho avuto un'esitazione prima di stringergli la mano.

Si dirige verso l'uscita del tendone facendo scivolare il portafoglio nella tasca posteriore dei pantaloni. Gli do un attimo di vantaggio e poi sguscio fuori da dietro il bancone per guardarlo uscire. Mentre sale sul furgone, porge qualche dollaro di mancia a uno dei ragazzi.

Heather mi raggiunge e insieme restiamo a osservarlo mentre, aiutato da un nostro dipendente, solleva la ribalta posteriore del pick-up.

«Per come la vedo io, eravate impacciati entrambi» commenta. «Scusami, Sierra. Non avrei dovuto dirti nulla.»

«No, non hai tutti i torti. Non so quanto ci sia di vero, ma quel ragazzo si porta un gran peso sulle spalle.»

Lei mi guarda con aria scettica. «Sei ancora interessata a lui, vero? Stai davvero pensando di farti coinvolgere.»

Io rido e torno alla mia postazione. «È carino, tutto qui. E questo non è abbastanza per farmi coinvolgere.»

«Bene, è molto saggio da parte tua» dice Heather, «ma è il primo ragazzo per cui ti vedo così imbarazzata da quando ti conosco.»

«Anche lui era imbarazzato!»

«Sì, ha avuto i suoi momenti, ma la gara l'hai vinta tu.»

Dopo una telefonata con Monsieur Cappeau dove gli descrivo la mia settimana in francese, mia madre mi lascia staccare prima dal lavoro. Negli ultimi anni Heather organizza una maratona cinematografica che vede protagonisti gli attori per cui di recente si è presa una cotta e un secchio di popcorn senza fondo. Papà si è offerto di prestarmi il suo furgone, ma io decido di andare a piedi.

Se fossi stata a casa, avrei afferrato le chiavi senza pensarci due volte per evitare il freddo. Qui, perfino a novembre inoltrato, fuori c'è una temperatura piacevole.

Durante il tragitto mi ritrovo a passare davanti all'altro vivaio a conduzione familiare in città. Il loro assortimento di abeti e il tendone rosso e bianco adibito a punto vendita occupano tre file del parcheggio di un supermercato. Mi fermo sempre da loro un paio di volte durante la stagione per salutare. Come i miei genitori, raramente gli Hopper abbandonano il tendone una volta aperte le vendite.

Con le braccia sepolte nella chioma di un pino, il signor Hopper sta accompagnando un cliente nel parcheggio. Io mi avvicino sgusciando fra le auto parcheggiate per fargli il primo saluto di quest'anno. Il ragazzo che lo aiuta a reggere l'albero lascia cadere il tronco sul cassone di un pick-up violetto.

Caleb?

Il signor Hopper spinge dentro il resto dell'albero, e prima che io riesca a svignarmela, si volta nella mia direzione. «Sierra?»

Prendo un respiro profondo e mi giro. Il signor Hopper mi viene incontro con indosso una giacca a quadri arancione e nera e un berretto con paraorecchie coordinato. Mentre mi avvolge in un caldo abbraccio, ne approfitto per sbirciare Caleb. È appoggiato al furgone e i suoi occhi mi sorridono.

Scambio quattro chiacchiere con il signor Hopper e gli prometto di tornare a fargli visita prima di Natale. Quando lui rientra nel vivaio, Caleb mi sta ancora guardando mentre sorseggia qualcosa da un bicchiere di plastica con il coperchio.

«Dimmi, qual è la tua dipendenza?» chiedo. «Gli alberi di Natale o le bevande calde?»

La sua fossetta si accentua e io mi avvicino. Ha i capelli sparati sulla fronte, come se sollevare tutti quegli alberi non gli lasciasse abbastanza tempo per pettinarsi. Prima che lui possa rispondere alla mia domanda, il signor Hopper e uno dei suoi aiutanti caricano un secondo abete sul furgone.

Caleb mi guarda stringendosi nelle spalle.

«Scherzi a parte, che cosa ci fai qui?» chiedo.

Lui chiude il battente posteriore con disinvoltura, come se farsi sorprendere in un altro vivaio non fosse abbastanza strano. «Mi piacerebbe sapere cosa ci fai *tu* qui, piuttosto» dice. «Tieni d'occhio la concorrenza?»

«Oh, non esiste concorrenza nel periodo natalizio. Ma visto che sembri un esperto, secondo te qual è la rivendita migliore?»

Caleb beve un sorso, e io osservo il suo pomo d'Adamo andare su e giù quando deglutisce. «La tua famiglia li batte alla grande. Qui non c'è nemmeno l'ombra di un bastoncino di zucchero.»

«Come osano!» esclamo, fingendo disgusto.

«Appunto! Mi conviene tenervi ben stretti come fornitori.»

Beve un altro sorso, poi resta in silenzio. Intende dire che acquisterà altri alberi? Questo significherebbe nuove occasioni di incontrarlo, e non so come sentirmi al riguardo.

«Chi mai comprerebbe così tanti abeti in un giorno?» chiedo. «O anche in una stagione?»

«Per rispondere alla tua prima domanda» dice lui, «soffro di dipendenza da cioccolata calda. Suppongo che, se proprio devo avere una dipendenza, questa non sia la peggiore. Quanto alla seconda domanda, quando possiedi un furgone, finisci per trovare diversi modi per utilizzarlo. Per esempio, l'estate scorsa ho aiutato tre colleghi di lavoro di mia madre con il trasloco.»

«Capisco. Così tu sei quel genere di ragazzo.» Mi avvicino a uno dei suoi abeti e giocherello con gli aghi. «Quello su cui tutti possono contare.»

Lui appoggia le braccia sulla sponda del cassone. «La cosa ti sorprende?»

Mi sta mettendo alla prova perché sa che ho sentito delle voci su di lui. E ha ragione a farlo, perché io non so bene come rispondergli. «Dovrebbe sorprendermi?»

Dà un'occhiata agli alberi che ha comprato, e intuisco che è deluso poiché ho abilmente evitato di rispondere alla domanda.

«Immagino che questi alberi non siano tutti per te» dico.

Sorride.

Mi protendo leggermente verso di lui, incerta se sia opportuno o meno, ma al tempo stesso sentendomi obbligata a farlo. «Be', se hai intenzione di comprarne degli altri, conosco abbastanza bene i proprietari dell'altro vivaio. Penso di poterti procurare uno sconto.»

Caleb tira fuori il portafoglio, ancora pieno zeppo di biglietti da un dollaro, e ne estrae alcuni. «In realtà sono passato un paio di volte da quando ti ho visto appendere il manifesto della parata, ma tu non c'eri.»

Sta forse ammettendo che ha sperato di vedermi? Non posso chiederglielo in modo diretto, naturalmente, così indico il suo mucchietto di banconote. «Sai, in banca potrebbero cambiarti tutti quegli spiccioli con qualche taglio più grosso.»

Lui si rigira il portafoglio in mano. «Cosa vuoi che ti dica, sono pigro.»

«Se non altro, riconosci i tuoi difetti» dico. «È un bene.»

Si rimette il portafoglio in tasca. «Riconoscere i miei difetti è una cosa che mi riesce piuttosto bene.»

Se fossi più audace, sfrutterei quella frase come pretesto per chiedergli di sua sorella, ma una domanda simile potrebbe indurlo a salire immediatamente sul furgone e ad andarsene.

«Difetti, eh?» Mi avvicino di un passo. «Considerando tutti gli alberi che compri e la gente che aiuti a traslocare, devi essere in cima alla lista dei cattivi di Babbo Natale.»

«Se la metti in questo modo, suppongo di non essere così male.»

Faccio schioccare le dita. «Forse consideri il fatto di essere goloso di dolci un peccato capitale.»

«No, non ricordo di averlo mai sentito nominare in chiesa» ribatte lui. «Ma la pigrizia sì, e io sono molto pigro. Non ho ancora comprato un pettine nuovo per sostituire quello che ho perso qualche mese fa.»

«E guarda i risultati» dico, lanciando un'occhiata ai suoi capelli. «È quasi imperdonabile. Ti conviene perlustrare altri vivai alla ricerca di abeti scontati.»

«*Perlustrare?*» ripete lui. «Cioè, è una bella parola, ma credo di non averla mai usata.»

«Oh, ti prego, non dirmi che la consideri difficile.»

Caleb ride, e la sua risata è così perfetta che vorrei continuare a provocarla. Ma la disinvoltura con cui ci prendiamo reciprocamente in giro non è una buona cosa. Per quanto sia carino, per quanto sia facile scherzare insieme a lui, devo tenere a mente le preoccupazioni di Heather.

Come se potesse vedere i pensieri che mi frullano in testa, Caleb assume un'espressione risentita. Il suo sguardo torna a posarsi sugli alberi. «Qualcosa non va?» chiede.

Se continuiamo a incrociarci in città, ci sarà sempre una conversazione inespressa – questa diceria – sospesa fra di noi.

«Ascolta, è evidente che ho sentito dire una cosa...» Le parole mi si seccano in gola. Ma perché avverto il bisogno di dirle? Possiamo semplicemente tornare a essere il cliente e la ragazza degli alberi. Non è necessario tirare in ballo la questione.

«Hai ragione, è molto evidente» dice lui. «Lo è sempre.»

«Ma io non voglio crederci se...»

Caleb tira fuori le chiavi di tasca continuando a evitare il mio sguardo. «Allora non preoccuparti. Possiamo essere gentili l'uno con l'altra, io verrò a comprare da te, ma...» Serra la mascella. Capisco che sta cercando di alzare gli occhi per guardarmi, ma non ci riesce.

Non c'è altro che io possa aggiungere. Non mi ha detto che le voci sul suo conto sono infondate. Le parole successive devono venire da lui.

Si avvicina alla cabina del suo pick-up, sale e chiude la portiera.

Io faccio un passo indietro.

Lui mette in moto, e mentre si allontana mi fa un timido cenno di saluto con la mano.

8

Il sabato non inizio a lavorare prima di mezzogiorno, così, quando Heather passa a prendermi di prima mattina, le propongo di andare al Breakfast Express. Lei mi guarda con un'aria strana, ma si avvia in quella direzione.

«Hai scoperto se puoi venire alla parata con noi?» mi chiede.

«Non dovrebbe essere un problema. Ci va tutta la città. Non saremo certo sommersi di clienti nel frattempo.»

Ripenso al triste cenno di saluto che Caleb mi ha rivolto quando se n'è andato ieri sera e al peso che gravava sulle sue spalle e che gli ha impedito di guardarmi in faccia. Anche se ci sono tutte le ragioni per non farmi coinvolgere, continuo a desiderare di vedere il suo furgone entrare di nuovo nel nostro vivaio.

«Devon pensa che dovresti invitare Andrew alla parata» dice Heather. «Aspetta, so che cosa stai per dire...»

Per poco le palle degli occhi non mi cadono sul cruscotto della sua auto. «Hai detto a Devon che è una pessima idea?»

Lei alza una spalla. «È convinto che tu debba dargli una possibilità. Non sto dicendo che sono d'accordo con lui, ma a Andrew piaci sul serio.»

«Bene, invece a me lui non piace per niente.» Mi rannicchio sul sedile. «Wow. Forse sono stata un po' dura.»

Heather accosta al marciapiede davanti al Breakfast Express, una tavola calda in stile anni Cinquanta ricavata in due carrozze ferroviarie dismesse. Una ospita il fast food vero e proprio, e l'altra funge da cucina. Sotto entrambi i vagoni, le ruote di acciaio sono ancorate a veri binari fissati su traverse di legno scheggiato. Ma la cosa migliore è che servono la colazione – *solo* la colazione – a qualsiasi ora del giorno.

Prima di spegnere il motore, Heather, guardando fuori, mi avverte: «Senti, non ti ho detto niente perché so che ti piace venire qui».

«Okay» azzardo, incerta su dove voglia andare a parare. «Se preferisci qualche altro posto...»

«No, ma prima di entrare è meglio che tu sappia che Caleb lavora qui.» Aspetta che io assorba il colpo: in effetti la notizia è decisamente spiazzante.

«Oh.»

«Non so se è di turno oggi, ma può darsi di sì. Perciò preparati a questa possibilità.»

Il mio cuore batte sempre più forte mentre ci avviciniamo ai gradini d'ingresso. Heather apre la porta di metallo rossa, e io la seguo a ruota.

Dischi in vinile e fotografie di vecchi film e programmi televisivi tappezzano le pareti fino al soffitto. Il corridoio centrale è fiancheggiato da tavoli per quattro persone e sedie con i cuscini rivestiti di un tessuto impermeabile rosso dai riflessi argentati. Solo tre sono occupati in questo momento.

«Forse non c'è» dico. «Forse è il suo giorno...»

Prima ancora di finire la frase, la porta della cucina si apre e appare Caleb. Indossa una camicia bianca con i bottoni al colletto, un paio di pantaloni di tela e un berrettino di carta da gelataio. Serve due colazioni a un tavolo, poi si appoggia il vassoio sul fianco e si dirige verso di noi. Dopo alcuni passi, riconoscendoci, batte le palpebre facendo correre lo sguardo fra me e Heather. Ha un sorriso un po' esitante, ma almeno sorride.

Io affondo le mani nella tasca del giaccone. «Caleb. Non sapevo che lavorassi qui.»

Lui prende due menu da un ripiano e il suo sorriso si attenua. «Saresti venuta lo stesso se l'avessi saputo?»

Non so come rispondere.

«Questo era il suo posto preferito quand'era piccola» mi viene in soccorso Heather.

«È vero» confermo. «Andavo matta per i minipancake.»

Caleb si avvia lungo il corridoio. «Non c'è bisogno di spiegazioni.»

Io e Heather lo seguiamo a un tavolo dalla parte opposta della carrozza. Come ogni altro séparé cui passiamo davanti, anche questo ha il suo finestrino rettangolare che si affaccia sulla strada dove abbiamo parcheggiato.

«È il tavolo migliore del locale» afferma Caleb.

Heather e io ci sediamo l'una di fronte all'altra.

«Che cosa lo rende così speciale?» chiedo.

«È il più vicino alla cucina.» Gli torna il sorriso. «Il caffè arriva prima rispetto a tutti gli altri tavoli. In più, mi permette di chiacchierare più facilmente con le persone che conosco.»

A questo punto Heather prende in mano un menu e comincia a leggerlo attentamente. Senza distogliere lo sguardo, ne fa scivolare un altro verso di me. Non so se vuole essere un'ostentazione di indifferenza nei confronti di Caleb, ma è quella l'impressione che mi dà.

«Se ti annoi, noi siamo qui» gli dico.

Caleb osserva Heather, che continua a fingersi impegnata nella lettura. Nessuno parla per alcuni secondi, finché lui si arrende e sparisce dietro la porta della cucina.

Spingo il menu di Heather sul bordo del tavolo. «Che c'è? Guarda che ormai ha capito che sei stata tu a riferirmi delle voci che circolano. Peccato che tu non sappia nemmeno se sono vere.»

«Non so *quanto* ci sia di vero» puntualizza lei. «Mi dispiace, è solo che non sapevo proprio cosa dire. Sono preoccupata per te.»

«Perché? Perché lo ritengo un bel ragazzo? Per quanto mi riguarda, è l'unica cosa che depone a suo favore.»

«Ma è evidente che lui è interessato a te, Sierra. Lo vedo tutti i giorni a scuola e non è mai così chiacchierone. E questo è positivo, ma non è il caso di mostrarti così sfacciatamente disposta a flirtare con lui quando...»

«Ehi ehi!» Alzo una mano. «Prima di tutto, io non sono disposta a fare un bel niente. Seconda cosa, non lo conosco nemmeno, perciò non hai motivo di preoccuparti.»

Heather riprende in mano il menu, ma mi accorgo che non lo sta leggendo.

«Ecco quello che so di Caleb» riassumo. «Lavora in una tavola calda e compra una quantità esagerata di alberi di Natale. E anche se probabilmente continuerò a incrociarlo in città, la cosa finisce qui. Non devo vederlo più di così, e non voglio sapere più dì così. Okay?»

«Ricevuto» dice Heather. «Scusami.»

«Bene.» Mi appoggio allo schienale. «Quindi forse ora potrò godermi i miei minipancake senza questo nodo allo stomaco.»

Heather abbozza un sorriso. «Saranno proprio quei cosi a causarti un nodo allo stomaco.»

Prendo la lista e scorro le varie portate, anche se so già che cosa finirò per ordinare. Questo mi dà modo di avere un posto dove guardare mentre insisto sull'argomento. «Inoltre, qualsiasi cosa sia successa, lui si sta ancora tormentando.»

Heather sbatte il menu sul tavolo. «Ne hai parlato con lui?»

«Non ne abbiamo avuto l'occasione, ma il linguaggio del corpo era molto eloquente.»

Heather fissa la porta chiusa della cucina. Quando si volta verso di me, si preme le mani sulle tempie. «Perché le persone sono così complicate?»

Rido. «Già, perché? Sarebbe molto più semplice se fossero tutti come noi.»

«Okay, prima che torni, ecco cosa so di lui. Ed è soltanto quello che so per certo, niente pettegolezzi.»

«Perfetto.»

«Io e Caleb non siamo mai stati amici, ma lui è sempre stato carino nei miei confronti. Dev'esserci – o dev'*esserci stato* – un altro suo lato, ma io non l'ho mai visto.»

«Allora non essere così fredda con lui.»

«Ci sto provando.» Heather si china in avanti e posa una mano sulla mia. «Voglio davvero che tu ti goda queste settimane, ma non puoi farlo se il ragazzo in questione si porta sulle spalle più peso di un jumbo jet da carico.»

A un certo punto la porta si apre e ne esce Caleb con un blocchetto e una matita in mano. Si ferma accanto al nostro tavolo.

«Assumono qui?» chiede Heather d'un tratto.

Caleb posa blocco e matita. «Stai cercando lavoro?»

«Io no, ma Devon sì. Si rifiuta di cercarlo da solo, ma sono sicura che metterebbe un po' di pepe nella sua vita.»

«Tu sei la sua ragazza» le faccio notare sorridendo. «Quello non dovrebbe essere compito *tuo*?»

Lei mi sferra un calcio sotto il tavolo.

«O stai cercando di liberarti di lui?» insinua Caleb.

«Non ho detto questo» ribatte Heather un po' troppo in fretta.

Caleb ride. «Meno ne so, meglio è. Ma chiederò al mio capo quando arriva.»

«Grazie» dice Heather.

«Se stai pensando di ordinare una cioccolata calda» dice Caleb rivolgendosi a me, «sappi che non abbiamo bastoncini di zucchero qui. Potrebbe non essere all'altezza dei tuoi standard.»

«Un caffè va bene. Ma con un quintale di panna e zucchero.»

«Io prendo una cioccolata calda» dice Heather. «Puoi aggiungere qualche marshmallow extra?»

Caleb annuisce. «Torno subito.»

Una volta che si è allontanato, Heather mi sussurra: «Hai sentito? Ci tiene a soddisfare i tuoi standard».

Mi protendo anch'io verso di lei. «È un cameriere» dico. «È il suo lavoro.»

Poco dopo Caleb torna con una tazza di ceramica arricchita da una pila esagerata di marshmallow. La appoggia sul tavolo facendone traboccare alcuni.

«Non preoccuparti, sta per arrivare dell'altro caffè» mi dice.

La porta all'estremità opposta della carrozza si apre. Quando Caleb si volta per vedere chi è entrato, i suoi occhi si accendono di un misto di sorpresa e felicità. Mi volto anch'io e vedo una mamma con due gemelline di circa sei anni che gli sorridono. Sono magroline, ed entrambe indossano una felpa con i polsini sfilacciati e di una taglia in più. Una tiene in mano un foglio con il disegno di un albero di Natale e lo sventola in alto per mostrarlo a Caleb.

«Torno subito» ci dice lui a bassa voce. Si avvicina alle bambine che gli consegnano il disegno. «È bellissimo. Grazie.»

«È l'albero che ci hai regalato» dice una delle due sorelline.

«È tutto addobbato ora» le fa eco l'altra. «È proprio così.»

Caleb osserva attentamente il disegno.

«Non ricordano di aver mai avuto un albero di Natale» aggiunge la mamma sistemandosi la tracolla sulla spalla. «Io stessa fatico a ricordare l'ultima volta in cui ne ho avuto uno. E quando sono tornate a casa da scuola, i loro visetti... ecco, non so descrivere...»

«Grazie per il pensiero» dice Caleb stringendosi il foglio contro il petto. «Ma è stato un piacere per me.»

La madre prende un respiro profondo. «Le bambine ci tenevano a ringraziarti di persona.»

«Abbiamo detto una preghierina per te» aggiunge una di loro.

Caleb china leggermente il capo verso di lei. «Lo apprezzo molto, grazie.»

«Quando abbiamo chiamato il banco alimentare, un signore ci ha detto che è stata una tua iniziativa» dice la donna. «Ci ha detto anche che lavori qui e che probabilmente non ti sarebbe dispiaciuto se fossimo passate a farti un salutino.»

«Be', aveva ragione. In effetti...» Caleb si scosta di lato e indica il tavolo più vicino. «Che ne dite di una cioccolata calda?»

Le bambine non stanno più nella pelle, ma la mamma frena il loro entusiasmo. «Non possiamo restare. Noi...»

«Ve le preparo da portare via» propone Caleb avviandosi in cucina.

Io mi volto subito verso Heather. «Allora è per questo che compra tutti quegli alberi?» le bisbiglio. «Per darli a famiglie che non conosce nemmeno?»

«Non ti ha detto niente quando li ha acquistati?»

Guardo fuori dalla finestra le auto che passano. Gli ho fatto pagare quel primo abete a prezzo pieno, e sono sicura che il signor Hopper ha fatto altrettanto. E invece eccolo qui, che lavora in una tavola calda e compra alberi in continuazione. Non so bene come conciliare questa nuova informazione con l'altra storia che ho sentito su di lui.

Poi Caleb esce dalla cucina: in una mano tiene un vassoietto di carta con tre bicchieri da asporto, nell'altra una tazza di caffè che mi piazza davanti prima di proseguire verso la famigliola. Fisso Heather mentre sorseggio il mio caffè, già mescolato con la perfetta combinazione di panna e zucchero.

Infine Caleb torna indietro e si ferma accanto al nostro tavolo. «Il caffè va bene?» chiede. «L'ho mescolato direttamente io perché non potevo portare le loro ordinazioni e la tua con la panna e lo zucchero.»

«È perfetto.» Do un altro calcio a Heather sotto il tavolo. Lei mi guarda e io piego leggermente la testa da una parte come per esortarla a farsi un po' più in là. Se dovessi chiedere a Caleb di sedersi accanto a me, sarebbe un segno inequivocabile che sono interessata. Ma se fosse Heather a invitarlo, dopo aver detto che è già impegnata con Devon, la nostra diventerebbe una semplice conversazione fra amici.

Heather si sposta. «Accomodati pure, ragazzo degli alberi.»

Caleb ha l'aria sorpresa, ma è compiaciuto per l'invito. Dà una rapida occhiata agli altri tavoli prima di sedersi di fronte a me.

«Sapete» esordisce Heather, «è passato un bel po' di tempo dall'ultima volta che qualcuno mi ha regalato un disegno di un albero di Natale.»

«Non me l'aspettavo» dice Caleb. Sposta il foglio in mezzo al tavolo, girandolo in modo che io lo veda bene. «È bellissimo, vero?»

Osservo ammirata quel piccolo capolavoro, e poi guardo Caleb, ancora intento a studiarlo.

«Certo che sei un tipo poliedrico» dico.

«Non posso fare a meno di sottolineare che hai usato la parola "poliedrico"» mi risponde senza staccare gli occhi dal disegno.

«E non è la prima volta» aggiunge Heather.

Lui la guarda. «Credo sia la prima persona ad averla mai pronunciata qui dentro.»

«Tu – anzi, voi due – siete ridicoli» sbotto. «Heather, digli che hai usato il verbo "perlustrare" in una frase prima. Sono quattro sillabe.»

«Certo che ho...» Si interrompe e guarda Caleb. «No, in realtà credo di non averlo mai usato in vita mia.»

I due battono il cinque.

Io allungo il braccio e gli strappo dalla testa quello stupido berrettino da gelataio. «Allora dovrebbe usare parole più interessanti, signore. E procurarsi un pettine.»

«Il mio berretto, prego» dice mostrandomi il palmo aperto. «O la prossima volta che faccio un acquisto da te pago in biglietti da un dollaro, ognuno girato in un verso differente.»

«Benissimo» replico, continuando a tenere il trofeo fuori dalla sua portata.

Caleb si alza in piedi con la mano tesa per reclamare il suo cappellino, e alla fine smetto di scherzare e glielo restituisco. Lui si ricaccia subito quell'obbrobrio in testa.

«Se passi al vivaio, non aspettarti disegni, ma oggi lavoro da mezzogiorno alle otto.»

Heather mi fissa mentre sul suo viso affiora un sorriso stentato, e quando Caleb si allontana per occuparsi di altri clienti, mi dice: «In pratica gli hai appena chiesto di fare un salto da te».

«Lo so» dico alzando la mia tazza. «Quello sì che era un chiaro tentativo di flirtare.»

Mi presento al lavoro con un'ora di anticipo rispetto alle indicazioni di mia madre, il che è una buona cosa. Il vivaio è in piena attività poiché è appena arrivato un camioncino carico di rifornimenti direttamente dalla nostra azienda agricola. Dotata di guanti da lavoro, salgo la scaletta sul retro del furgone. Mi arrampico con cautela fin sullo strato superiore di abeti, tutti avvolti nella reticella e coricati su un fianco l'uno sopra l'altro, con gli aghi che sfregano contro l'orlo dei miei pantaloni. Dev'essere piovuto per buona parte del tragitto, perché gli alberi bagnati sprigionano un profumo che mi ricorda casa.

Altri due aiutanti si uniscono a me, muovendo i piedi il meno possibile per evitare di spezzare i rami. Infilo le dita nella rete di un albero e piegando le ginocchia lo faccio scivolare oltre il bordo del furgone, in modo che uno dei ragazzi possa afferrarlo e trasportarlo fino a una catasta che si va facendo sempre più alta dietro il tendone.

Andrew prende l'albero successivo, ma invece di portarlo a destinazione lui stesso, lo passa a qualcun altro.

«Preso!» urla battendo le mani due volte.

Sono tentata di dirgli che non stiamo facendo una gara, ma d'un tratto interviene papà, che gli posa una mano sulla spalla. «I servizi devono essere riforniti immediatamente» dice. «E fammi sapere se hanno bisogno di una ripulita più energica. A tua discrezione.»

Quando iniziano a dolermi i muscoli, mi concedo un attimo di pausa per fare un po' di stretching alla schiena e riprendere fiato. Anche quando si è stremati dalla fatica, al vivaio è facile mantenere il sorriso sulle labbra. Osservo i clienti che si muovono fra gli alberi, la gioia che traspare dai loro volti si nota anche da quassù.

Scene come queste mi accompagnano da tutta la vita. Ora

mi rendo conto che le uniche persone che vedo sono quelle che *avranno* un albero di Natale in casa. Le persone che non vedo, invece, sono quelle che ne vorrebbero uno ma non possono permetterselo. Le stesse che Caleb aiuta con la sua iniziativa.

Mi metto le mani sui fianchi e mi guardo intorno. Oltre il nostro vivaio – oltre l'ultima casa della città – Cardinals Peak si staglia contro un cielo azzurro senza nuvole. Quasi in cima a quella collina c'è il mio boschetto di conifere, che non riesco a distinguere da qui.

Mio padre sale la scala per aiutarmi a scaricare altri abeti. Dopo averne calati alcuni, si blocca e mi guarda di sottecchi appoggiando le mani sulle ginocchia. «Sono stato troppo duro con Andrew?» mi chiede.

«Non preoccuparti, sa che non sono interessata.»

Papà riprende a lavorare con un sorriso compiaciuto sul volto.

Penso ai ragazzi che lavorano nel vivaio. «Credo che tutti qui sappiano che sono off limits.»

Lui si raddrizza e si asciuga i palmi bagnati sui jeans. «Tesoro, pensi che io e tua madre possiamo aver esagerato con le restrizioni?»

«No, a casa no.» Gli passo un altro albero. «Ma qui... Chiunque decidessi di frequentare, credo che non ti andrebbe a genio.»

Lui afferra un altro abete, ma poi si ferma per guardarmi negli occhi. «Perché so quanto sia facile prendersi una cotta in breve tempo. Fidati, non è semplice andarsene lasciandosi alle spalle qualcuno cui si tiene molto.»

Scarico altri due alberi e noto che lui mi sta ancora guardando. «Okay. Capisco.»

Quando ha finito di sistemare i nuovi arrivi, si toglie i guanti e li infila nella tasca posteriore dei pantaloni. Poi si dirige verso la roulotte per fare un sonnellino e io vado nel tendone per dare una mano alla cassa. Sto per raccogliermi i capelli in una crocchia quando vedo Caleb davanti al bancone.

Decido di lasciare i capelli sciolti sulle spalle e sposto qualche ciocca sulle guance.

Gli passo accanto per raggiungere la mia postazione. «Di nuovo qui per illuminare il Natale di qualcun altro?»

Lui sorride. «L'idea è quella.»

Gli faccio cenno di seguirmi al tavolo con i bollitori. Vicino alla mia tazza pasquale poso un bicchiere di carta per lui e apro un sacchetto di preparato per cioccolata calda. «Raccontami, com'è nata questa iniziativa degli alberi?»

«È una lunga storia» dice, e il suo sorriso si smorza leggermente. «Se ti accontenti della versione semplificata, il Natale è sempre stato molto sentito nella mia famiglia.»

So che sua sorella non vive più con lui; forse questo fa parte della versione non-semplificata. Gli porgo il bicchiere con tanto di bastoncino di zucchero. La sua fossetta riappare quando vede la mia tazza a tema pasquale, ed entrambi beviamo un sorso guardandoci negli occhi.

«I miei genitori ci lasciavano comprare qualsiasi albero desiderassimo» prosegue. «Invitavamo gli amici e decoravamo insieme tutta la casa. Cucinavamo una pentola di chili con carne e poi andavamo in giro a cantare canzoni natalizie per beneficenza. Suona tutto un po' sdolcinato, vero?»

«La mia famiglia *vive* di queste tradizioni natalizie sdolcinate» dico indicando gli abeti innevati intorno a noi. «Ma questo non spiega perché compri tutti quegli alberi per gli altri.»

Caleb continua a sorseggiare la sua cioccolata. «La mia parrocchia organizza una grande colletta durante le feste» spiega. «Raccogliamo varie cose per le famiglie bisognose, come giacconi e spazzolini da denti. È fantastico. Ma qualche volta è bello regalare alle persone ciò che desiderano, invece di limitarsi a soddisfare le loro necessità primarie.»

«Capisco.»

Soffia via il vapore dalla superficie della sua bevanda. «In famiglia non festeggiamo più il Natale come facevamo una volta. Sì, facciamo l'albero, ma la cosa finisce lì.»

Vorrei chiedergli perché, ma sono sicura che anche questo fa parte della versione non-semplificata.

«Per farla breve, quando ho iniziato a lavorare al Breakfast Express mi sono reso conto che potevo spendere le mie mance per le famiglie che desideravano un albero di Natale, ma non potevano permetterselo.» Mescola la cioccolata con il bastoncino alla menta. «Probabilmente se guadagnassi più mance mi vedresti ancora più spesso.»

Risucchio un piccolo marshmallow e me lo lecco via dalle labbra. «Potresti mettere un contenitore apposito. Ci disegni un alberello sopra e aggiungi un biglietto dove spieghi a cosa è destinato quel denaro.»

«Ci avevo pensato. Ma preferisco usare i miei soldi. Mi dispiacerebbe se quella mancia extra in qualche modo venisse sottratta a un'organizzazione benefica che dà alle persone quello di cui hanno realmente bisogno.»

Poso la tazza e, guardando i suoi capelli, butto lì: «A proposito di cose di cui le persone hanno realmente bisogno, non muoverti». Corro dietro il bancone per agguantare un sacchettino di carta e glielo consegno. Lui mi lancia un'occhiata sorpresa.

Prende il sacchetto, ci guarda dentro, e ride di gusto quando tira fuori il pettine viola che ho acquistato per lui in farmacia.

«È ora di iniziare ad affrontare quei famosi difetti di cui parlavamo» dico.

Si infila il pettine in tasca e mi ringrazia. Prima che io possa spiegargli che il pettine è fatto per districare i capelli, i signori Richardson fanno il loro ingresso nel tendone.

«Mi stavo chiedendo che fine avevate fatto!» esclamo accogliendoli con un caloroso abbraccio. «Di solito siete clienti fissi del giorno dopo il Ringraziamento.»

I Richardson sono una famiglia di otto persone e si servono da noi da quando avevano soltanto due figli. Ogni anno arrivano con una scatola di biscotti fatti in casa e si fermano a chiacchierare con me mentre i bambini litigano per stabilire quale sia l'albero più bello. Oggi, dopo avermi salutato, corrono subito fuori per iniziare la ricerca.

«Abbiamo avuto dei problemi con la macchina mentre eravamo diretti in New Mexico» spiega il signor Richardson. «Abbiamo passato la festa del Ringraziamento nella stanza di un motel in attesa che arrivasse la cinghia della ventola.»

«Grazie al cielo c'era una piscina in albergo, altrimenti i ragazzi si sarebbero scannati.» La signora Richardson mi porge una scatola di biscotti blu decorata con i cristalli di neve. «Abbiamo provato una nuova ricetta quest'anno. L'abbiamo trovata su Internet, e tutti giurano che sono deliziosi.»

Tolgo il coperchio e prendo un biscotto a forma di pupazzo di neve riuscito un po' male, con sopra un quintale di glassa e confettini di zucchero. Caleb si avvicina incuriosito, così lo invito a provarli, e lui sceglie una renna mutante con gli incisivi da coniglio.

«Quest'anno, come forse vi sarete accorti, anche i più piccoli hanno dato il loro contributo» spiega il signor Richardson.

Emetto un mugolio di piacere già al primo morso. «Oh Dio, mmh... Sono davvero deliziosi!»

«Godeteveli pure» dice la signora Richardson «perché il prossimo anno torno a quelli di Pillsbury.»

Caleb recupera una briciola che gli è caduta dalle labbra. «Sono squisiti.»

«Una collega mi ha consigliato di provare il croccante alla menta» interviene il signor Richardson. «Dice che con una ricetta così semplice nemmeno i bambini riuscirebbero a fare pasticci.» Allunga una mano per assaggiare, ma la moglie lo blocca afferrandogli il gomito.

Caleb prende un altro biscotto e lo fulmino con un'occhiataccia. «Ehi! Hai superato il tuo contingente.» So che muore dalla voglia di prendermi in giro per aver detto "contingente", ed è divertente vedere che si trattiene a fatica, ma preferisce mangiare il biscotto.

«Mangiatene quanti ne volete» dice la signora Richardson. «Posso dare la ricetta a te e al tuo ragazzo e...»

Alla parola "ragazzo" il signor Richardson dà una gomitata alla moglie. Io gli sorrido per fargli capire che non c'è problema. Tra l'altro, uno dei loro figli sta sbraitando fuori.

La donna sospira. «Ci ha fatto piacere rivederti, Sierra.»

Il signor Richardson ci fa un cenno di saluto prima di andarsene. Una volta uscito dal tendone, lo sento urlare: «Babbo Natale ti vede, Nathan!».

Caleb ruba un altro biscotto e se lo lancia in bocca.

«Babbo Natale ti vede, Caleb» lo ammonisco puntandogli il dito contro.

Lui alza le mani con aria innocente e si avvia verso l'angolo ristoro per prendere un tovagliolo che poi si passa sulle labbra. «Ti va di accompagnarmi nel giro di consegna degli alberi di stasera?» chiede.

Per poco non mi strozzo con il boccone in gola.

Getta il tovagliolo appallottolato nel bidone verde della plastica. «Non sei obbligata se non...»

«No, mi farebbe piacere. Ma stasera lavoro.»

Mi guarda negli occhi con un'espressione spenta. «Non c'è bisogno che trovi delle scuse, Sierra. Sii diretta con me.»

Mi avvicino. «Lavoro fino alle otto. Te l'ho detto, ricordi?» Perché questo ragazzo è sempre così sulla difensiva?

Caleb si morde il labbro superiore e guarda fuori. «So che ci sono delle cose di cui dobbiamo parlare, ma non è ancora il momento, okay? Solo, se puoi, non credere a tutto quello che senti.»

«Ti accompagnerò un altro giorno, Caleb. D'accordo? Molto presto.» Attendo che torni a guardarmi negli occhi. «A meno che tu non voglia.»

Prende un altro tovagliolo per pulirsi le mani. «Sì che lo voglio. Penso che ti piacerebbe.»

«Bene, perché il fatto che tu voglia che ti accompagni significa molto.»

Trattiene un sorriso, ma la fossetta lo rivela. «Sei stata tu a coltivare questi alberi. Meriti di vedere ciò che rappresentano per queste famiglie.»

«Lo vedo ogni giorno» dico indicando i clienti con il mio bastoncino di zucchero.

«Questo è diverso.»

Mescolo la cioccolata e studio le spirali che vengono a formarsi nel liquido caldo. Ho come l'impressione che questa sarà più di una semplice uscita tra amici. Ho come l'impressione che Caleb mi abbia appena invitato a uscire con lui. Se davvero l'ha fatto, e gli alberi non c'entrano niente, una parte di me vorrebbe dire di sì. Ma sinceramente, quanto so io di lui? E lui sa ancora meno di me.

Tira fuori il pettine e se lo fa ciondolare davanti agli occhi. «Questo non verrà usato finché non ti impegnerai fissando una data precisa.»

«Oh, ora stai giocando pesante. Fammi pensare. Questo weekend ci sarà parecchio movimento qui, quindi sarò esausta dopo il lavoro. Possiamo andare lunedì quando esci da scuola?»

Caleb alza lo sguardo, come se stesse controllando un'agenda immaginaria. «Lunedì non lavoro. Andata! Passo a prenderti dopo pranzo.»

Usciamo insieme dal tendone, e io decido di mostrargli alcuni dei miei abeti preferiti. Qualunque cifra abbia deciso di spendere oggi, mi assicurerò che si procuri gli esemplari migliori. Mi dirigo verso un abete balsamico su cui ho messo gli occhi da un po', ma lui si avvia verso il parcheggio.

Mi fermo. «Dove stai andando?» chiedo.

Caleb si volta. «Non ho soldi per un albero in questo momento.» Il suo sorriso è caldo ma malizioso. «Ho ottenuto quello per cui sono venuto qui.»

9

Il lavoro rallenta la domenica sera, così mi ritiro presto nella roulotte e mi metto a chattare con Rachel ed Elizabeth. Apro il portatile e scosto le tendine della finestra accanto al tavolo, nel caso avessero ancora bisogno di me fuori. Quando i volti delle mie amiche appaiono sul monitor, avverto una stretta al cuore per la lontananza.

Nel giro di qualche minuto, però, mi sorprendo a ridere al racconto di Rachel che mi descrive il tentativo della sua insegnante di spagnolo di far cucinare le *empanadas* a tutta la classe.

«Sembravano dischi da hockey bruciacchiati» dice. «Non sto scherzando! Dopo la lezione abbiamo letteralmente giocato a hockey in corridoio.»

«Mi mancate da morire, ragazze.» Avvicino la mano allo schermo per sfiorare i loro visi, e loro fanno altrettanto.

«Come va?» chiede Elizabeth. «Non per essere invadente, ma ci sono novità riguardo il prossimo anno?»

«Be', ho sollevato l'argomento. I miei genitori ce la stanno mettendo tutta per far funzionare le cose, ma non so se stiamo andando in questa direzione. Sono sicura che voi ne sarete felici, ma...»

«No» mi interrompe Elizabeth. «Qualsiasi cosa succederà, avrà un risvolto amaro.»

«Non vorremmo mai che il vivaio chiudesse» dice Rachel, «ma naturalmente ci piacerebbe che rimanessi qui con noi.»

Guardo fuori dalla finestra. Tre clienti sono tutto ciò che vedo muoversi fra gli alberi. «Non mi pare che ci sia tanto lavoro come l'anno scorso» dico alle mie amiche. «I miei genitori analizzano le vendite tutte le sere, ma ho troppa paura di indagare.»

«Allora non farlo» dice Elizabeth. «Quel che sarà, sarà.»

La mia amica ha ragione, ma ogni volta che mi dedico ai compiti o mi prendo una pausa, mi domando se potrei fare di più. Perdere questo posto sarebbe un colpo durissimo, soprattutto per mio padre.

Rachel si avvicina allo schermo. «Okay, è il mio turno? Tu non hai idea delle assurdità che mi tocca sopportare per organizzare il ballo d'inverno. Ho a che fare con un branco di dilettanti!» E parte a raccontare la storia di due primini che, mandati in un negozio di bricolage a procurarsi dei fiocchi di neve artificiale, sono tornati con dei brillantini.

«Sul serio?» chiedo, allibita.

«Dei brillantini! Non si sono resi conto che avremmo avuto bisogno di *qualcosa* su cui metterli, questi benedetti brillantini? Non è che possiamo gettarli in aria!»

Immagino di partecipare al ballo. I miei compagni di classe, in abito lungo e smoking, danzano lanciando in aria manciate di lustrini che ricadono a cascata, illuminati dalle luci vorticanti. Rachel ed Elizabeth ridono e volteggiano con le braccia spalancate. E io guardo Caleb con la testa buttata indietro e gli occhi chiusi, sorridendo.

«Dunque... ho conosciuto qualcuno» butto lì. «Sì, insomma, in un certo senso.»

Segue una pausa di silenzio che sembra durare quanto un'eternità.

«Qualcuno, cioè... un ragazzo?» chiede Rachel.

«Per il momento siamo solo amici. Credo.»

«Guarda come sei arrossita!» esclama Elizabeth.

Mi nascondo il viso tra le mani. «Non so. Forse non è nulla. Sai, lui è...»

Rachel mi interrompe. «No! No-no-no-no. Ti proibisco di fare la difficile e mettere subito in evidenza che cosa non va in lui. Non quando sei in modalità "cotta a puntino".»

«Non faccio la difficile stavolta. Davvero! È un tipo dolcissimo che dona alberi di Natale alle persone in difficoltà.»

Rachel si appoggia allo schienale e incrocia le braccia. «Ma?»

«È qui che comincia a fare la difficile» dice Elizabeth.

Faccio correre lo sguardo dall'una all'altra, ciascuna incorniciata nel suo piccolo riquadro sullo schermo. Entrambe si aspettano che io indichi il lato negativo. «Ma è probabile che questo ragazzo dolcissimo abbia aggredito sua sorella con un coltello.»

Le mie amiche rimangono a bocca aperta.

«O forse l'ha solo minacciata. Non so. Non gliel'ho chiesto.»

Rachel si batte un pugno sulla testa e poi apre le dita come se il suo cervello fosse esploso. «Un coltello, Sierra?»

«Potrebbe trattarsi soltanto di voci.»

«Be', sono voci piuttosto inquietanti» commenta Elizabeth. «Che ne pensa Heather?»

«È stata lei a riferirmele.»

Rachel si avvicina di nuovo allo schermo. «Tu sei la persona più esigente che io conosca in materia di ragazzi. Che cosa ti prende?»

«Lui sa che ho sentito dei pettegolezzi su di lui, ma si chiude in se stesso ogni volta che si presenta l'occasione di parlarne.»

«Devi affrontarlo apertamente» suggerisce Elizabeth.

«In un luogo pubblico, però!» mi raccomanda Rachel con l'indice alzato.

Hanno ragione. Certo che hanno ragione. Devo scoprire qualcos'altro prima di farmi coinvolgere ancora di più.

«E fallo prima di baciarlo» aggiunge Rachel.

Rido. «Dovremmo essere soli perché ciò accada.»

Mi sento trasalire al pensiero che saremo davvero soli domani. Dopo essere uscito da scuola, Caleb mi porterà con sé a consegnare un albero.

«Parlagliene» dice Rachel. «Se è tutto un fraintendimento, sarà una bella storia da raccontare quando sarai tornata a casa.»

«Non mi sto innamorando di qualcuno in modo che tu abbia qualcosa da raccontare ai tuoi compagni del laboratorio di teatro.»

«Fidati del tuo istinto» mi consiglia Elizabeth. «Magari Heather ha capito male. Questo tipo non si troverebbe in un riformatorio o qualcosa del genere, se avesse davvero accoltellato sua sorella?»

«Non ho detto che l'ha accoltellata. Non so che cosa è accaduto esattamente.»

«Vedi? Ho già frainteso il pettegolezzo.»

«Proverò a chiedergli chiarimenti domani. Andremo a consegnare un albero di Natale insieme.»

Rachel si appoggia allo schienale. «Certo che hai una vita ben strana, ragazza mia.»

Anche se mamma e papà sono ancora nella roulotte a terminare un pranzo tardivo, sento i loro sguardi su di me mentre mi avvio con Caleb verso il suo furgone. Con i loro occhi addosso e la mano di Caleb che sfiora la mia, quel tragitto mi sembra il più lungo della mia vita.

Mi siedo sul sedile del passeggero e Caleb mi chiude la portiera. Dietro di me, nel cassone, c'è l'ennesimo albero di Natale. È un abete rosso notevolmente scontato – scusa, papà – e stiamo per recarci nel luogo in cui è desiderato, ovunque si trovi. In tutto il tempo che ho trascorso in questo vivaio, stagione dopo stagione, non ho mai seguito il destino di un albero dal momento in cui cessa di essere di nostra proprietà fino all'ingresso nella sua futura casa.

«Prima raccontavo alle mie amiche di questa tua idea di distribuire gli alberi. Pensano che sia molto generoso da parte tua.»

Caleb mette in moto. «*Distribuire* gli alberi, eh?» ripete divertito. «Ho sempre pensato che si trattasse di consegnarli.»

«È lo stesso! Hai finito di assillarmi per le mie scelte lessicali?» Non gli dico che, in un certo senso, la cosa mi piace.

«Magari adotterò alcune delle tue trovate linguistiche prima che tu torni a casa.»

Mi avvicino e gli do un colpetto sulla spalla. «Ti piacerebbe!»

Lui mi sorride e inserisce la marcia. «Dipende da quante volte potrò vederti.»

Gli lancio un'occhiata, e mentre registro le sue parole, mi sento pervadere da un'ondata di calore.

Quando raggiungiamo la strada principale, mi chiede: «Pensi che potremo vederci spesso?».

Vorrei tanto potergli dare una risposta, ma prima di fare previsioni sul tempo che trascorreremo insieme, ci sono delle cose che ho bisogno di sapere. Solo che vorrei che fosse *lui* a dirmele, come del resto aveva promesso di fare.

«Dipende. Quanti altri abeti pensi di donare quest'anno?»

Lui sbircia nella corsia accanto, ma il suo sorriso si riflette nello specchietto laterale. «Ci sono le feste di mezzo, perciò le mie mance saranno discrete, ma devo dire che anche gli alberi scontati possono diventare costosi. Senza offesa, eh.»

«Be', non posso applicarti uno sconto maggiore, perciò dovrai puntare tutto sul tuo fascino per ottenere più mance.»

Ci immettiamo nell'autostrada in direzione nord. La piramide frastagliata di Cardinals Peak si staglia contro il cielo che annuncia il crepuscolo.

«Scommetto che non sapevi che ho sei giovani abeti che crescono lassù» dico indicando la cima della collina.

Caleb mi rivolge una rapida occhiata e poi guarda fuori dal finestrino l'incombente massa scura. «Hai una coltivazione di abeti su Cardinals Peak?»

«Non proprio una coltivazione, ma ne pianto uno all'anno.»

«Davvero? Come ti è venuta l'idea?»

«In realtà risale a quando avevo cinque anni.»

Inserisce la freccia, dà un'occhiata alle sue spalle e si sposta nella corsia laterale. «Non puoi tirarti indietro adesso» dice. «Voglio sentire tutta la storia, fin dal principio.» I fari delle auto che ci superano illuminano il suo sorriso incuriosito.

«Okay, va bene.» Mentre parlo, tengo la mano sulla cintura di sicurezza che mi attraversa il petto in diagonale. «Quando avevo cinque anni, piantai un albero speciale con mia mamma. Prima di allora avevamo piantato decine di alberi, ma questo in particolare lo tenemmo separato, circondandolo con una rete di protezione e tutto quanto. Sei anni dopo, quando ne avevo undici, lo tagliammo e lo donammo al reparto maternità del nostro ospedale.»

«Un bellissimo gesto» commenta lui.

«Non è niente, paragonato a quello che fai tu, Mister Beneficenza. Per i miei genitori donare un albero all'ospedale era una consuetudine che si ripeteva ogni anno come ringraziamento da quando ero nata. Pare che mi ci sia voluto parecchio tempo per convincermi a entrare a far parte di questo mondo.»

«Mia mamma dice che mia sorella si è dimostrata un tipetto difficile fin dalla nascita» dice Caleb.

Rido. «Alle mie amiche farebbe piacere sapere che mi hai appena definito in questo modo.»

Lui mi guarda con aria interrogativa, ma non posso assolutamente spiegargli cosa intendevo dire.

«In ogni caso, quell'anno decidemmo di piantare un albero per l'ospedale che fosse specificatamente un dono da parte mia. All'epoca l'idea mi entusiasmava. Ma passati sei anni, essendomi presa cura di quell'albero con tanto amore per tutta la sua vita – per quasi tutta la *mia* vita –, al momento di tagliarlo piansi tutte le mie lacrime. Mia madre racconta che mi inginocchiai davanti al ceppo e mi disperai per un'ora.»

«Ohi ohi!»

«Se ti piacciono le storie melodrammatiche, ti dirò di più: anche l'albero si mise a piangere. In un certo senso. Quando una pianta cresce, assorbe l'acqua dal terreno attraverso le radici, giusto? Bene, quando viene tagliata, talvolta le radici continuano a succhiare acqua e a convogliarla verso il ceppo sotto forma di goccioline di linfa.»

«Simili a lacrime?» dice Caleb. «Ma è straziante!»

«Lo so.»

Le luci dei fari che si riflettono attraverso il finestrino rivelano un sorrisetto ironico sul suo viso. «Be', devi ammettere che è una storia a dir poco... strappalacrime.»

Alzo gli occhi al cielo. «Di battute che fanno piangere ne ho già sentite un'infinità, carissimo.»

Caleb mette di nuovo la freccia per spostarsi verso il successivo svincolo di uscita. È una curva stretta e mi devo reggere alla portiera.

«Ecco perché tagliamo un paio di centimetri dal tronco prima di lasciar uscire gli alberi dal vivaio» spiego. «Questo permette di ricominciare con un taglio fresco che continuerà a tirare su acqua. L'albero non può bere, se è sigillato dalla linfa.»

«Ma davvero...?» Si trattiene. «Oh, capisco, è una mossa molto saggia.»

«Comunque. Dopo aver consegnato il mio albero in ospedale, mio padre mi diede quel disco spesso circa tre centimetri che aveva tagliato dalla base. Lo portai in camera mia e su un lato vi dipinsi un albero di Natale. Ce l'ho ancora in bella vista sul cassettone.»

«Mi piace» commenta Caleb. «Non credo di aver mai conservato qualcosa con un significato così simbolico. Ma cosa c'entra questo con la tua piccola piantagione sulla collina?»

«Dunque, il giorno dopo ci stavamo preparando per trasferirci qui, come ogni anno» riprendo a raccontare. «Eravamo già partiti quando scoppiai di nuovo a piangere. Mi ero resa conto che avrei dovuto piantare un albero per sostituire quello che avevamo tagliato. Non potevamo fermarci, però, così pregai mia madre di fare una sosta alla nostra serra, presi un alberello in un vaso e lo caricai in macchina assicurandolo con la cintura al sedile posteriore.»

«E poi l'hai piantato qui» conclude Caleb.

«Sì, e da allora ne porto uno con me ogni anno. Il mio piano è sempre stato quello di tagliare quel primo abete l'anno prossimo e regalarlo alla famiglia di Heather. Ne comprano sempre uno da noi, ma quello sarà speciale.»

«È una storia bellissima.»

«Grazie.» Guardo fuori dal finestrino mentre passiamo davanti a una serie di alberghi a due piani che occupano due isolati. Poi chiudo gli occhi, chiedendomi se sia il caso di dare voce alla mia idea. «Ma che ne dici se... non so... se fossi tu a donare quell'albero a qualcuno che ne ha davvero bisogno?»

Superiamo un altro isolato in silenzio. Infine mi volto verso di lui, sperando di vedere un sorriso sincero sul suo volto. Gli ho appena proposto di dare in beneficenza il primo abete che ho piantato in California. Invece Caleb continua a fissare la strada, assorto nei suoi pensieri.

«Pensavo che ti avrebbe fatto piacere.»

Batte le palpebre. Un sorriso esitante gli sfiora le labbra. «Grazie.»

"Davvero?" vorrei dirgli. "Perché non mi sembri molto entusiasta."

Abbassa leggermente il finestrino, lasciando che l'aria gli scompigli i capelli. «Scusami» dice. «Stavo cercando di immaginarmi il tuo abete in casa di un estraneo. Avevi già dei progetti per quella pianta, ed erano bellissimi progetti. Non cambiarli per me.»

«Be', forse è quello che voglio.»

Caleb svolta nel parcheggio di un complesso condominiale a quattro piani e si infila in un posto libero vicino all'ingresso. «Facciamo così: nei prossimi mesi io terrò gli occhi aperti per individuare la famiglia perfetta, e quando tornerai porteremo insieme l'albero nella sua nuova casa.»

Cerco di nascondere ogni minima traccia di incertezza riguardo il futuro. «E se l'anno prossimo io non volessi più uscire con te?»

Il suo viso si rabbuia e io mi pento subito delle mie parole infelici. Speravo in una replica sarcastica, e invece annaspo alla ricerca di un modo per recuperare. «Voglio dire, e se l'anno prossimo fossi sdentato? Sai, per via di quella dipendenza da bastoncini di zucchero e cioccolata calda...»

Lui sorride e apre la portiera. «Ti dico io cosa farò: terrò i denti perfettamente puliti per tutto l'anno.» E l'imbarazzo del momento si scioglie.

Scendo dal furgone sorridendo e mi dirigo verso il retro. La maggior parte delle finestre degli appartamenti sono buie, ma alcune sono incorniciate da fili di lucine colorate. Caleb abbassa la sponda ribaltabile nascondendo l'adesivo della Sagebrush Junior High appiccicato sul paraurti. Comincia a tirare l'albero per il tronco, e io gli do una mano afferrando i rami.

«Ora che sto migliorando le tue abitudini in materia di igiene personale e vocabolario, c'è qualcos'altro in cui posso esserti utile?» gli chiedo.

Lui mi rivolge un sorriso accompagnato dall'immancabile fossetta e con un cenno del capo mi indica il palazzo. «Tu comincia ad avviarti. Se davvero vuoi renderti utile, dovrai liberare la tua agenda da tutti gli altri impegni.»

Con me a fare da apripista, trasportiamo l'albero verso l'ingresso del condominio. Chiudo gli occhi e rido, incredula per le parole che mi sono appena sfuggite di bocca. Mi volto indietro e, non so come, riesco a trattenermi dal dirgli: "Considerala già libera".

10

Il vano dell'ascensore è troppo piccolo per riuscire a mantenere dritto l'albero in tutta la sua altezza. Caleb preme il pulsante del terzo piano, e quando le porte si riaprono, io sguscio fuori per prima e afferro il tronco che lui inclina in avanti. Lo trasciniamo insieme fino alla porta in fondo al corridoio. Caleb è costretto a bussare con il ginocchio. Un angioletto di cartoncino colorato, forse opera di un bambino piccolo, è fissato allo spioncino con una puntina da disegno.

L'angelo tiene fra le piccole mani una fascia con la scritta FELIZ NAVIDAD.

Ci apre la porta una donna corpulenta dai capelli grigi che indossa un abito a stampa floreale. Indietreggia con un'espressione felice e sorpresa stampata sul viso. «Caleb!»

«Buon Natale, signora Trujillo» risponde lui continuando a reggere il tronco.

«Luis non mi ha detto che venivi. E con un albero!»

«Voleva che fosse una sorpresa. Signora, vorrei presentarle la mia amica Sierra.»

La donna sembra pronta a stringermi in un abbraccio, ma si trattiene vedendo che ho le mani occupate. «È un vero piacere conoscerti» dice. Colgo il cenno d'intesa che scambia con Caleb, ma faccio finta di niente.

«Al banco alimentare ho saputo che avreste gradito un abete» dice Caleb, «quindi sono felice di avervelo portato.»

La signora Trujillo arrossisce e lo ringrazia con una raffica di colpetti sul braccio. «Oh, che caro ragazzo. Hai un cuore d'oro!» Attraversa ciabattando la stanza adibita a soggiorno e sala da pranzo. Si china facendo dilatare il motivo floreale del vestito e tira fuori un treppiedi da sotto il divano. «Non abbiamo nemmeno montato l'albero sintetico, Luis è così impegnato con la scuola! E tu me ne hai appena portato uno vero!»

Io e Caleb teniamo l'albero in mezzo a noi mentre lei fa spazio nella stanza calciando delle riviste da una parte e sistemando il treppiedi nell'angolo. Non fa che ripeterci quanto le piaccia il profumo di resina.

Guardando Caleb, si preme le mani sul petto e poi le batte in un tentativo di applauso. «Grazie, Caleb. Grazie, grazie, grazie.»

«Credo che ti abbia sentito, mamma» urla una voce dall'altra parte della stanza.

Caleb si volta verso un ragazzo più o meno della nostra età che spunta da uno stretto corridoio. Dev'essere Luis. «Ehi, amico.»

«Luis! Guarda che cosa ci ha portato Caleb.»

Luis osserva l'abete con un sorriso imbarazzato. «Grazie per averlo trasportato fin qui.»

La signora Trujillo mi tocca il braccio. «Sei una compagna di scuola dei ragazzi?»

«No, in realtà io vivo nell'Oregon.»

«I suoi genitori sono i proprietari di un vivaio in città» aggiunge Caleb. «È da lì che arriva questo.»

«Davvero?» La donna mi guarda. «Stai insegnando a Caleb a diventare il tuo fattorino?»

Luis ride, ma sua madre ha l'aria confusa.

«No» dice Caleb lanciandomi un'occhiata fugace. «Non esattamente. Noi...»

Io lo fisso a mia volta. «Vai avanti.» Sono proprio curiosa di sentirlo spiegare che cosa siamo noi due.

Lui si schermisce. «Siamo diventati buoni amici negli ultimi giorni.»

La signora Trujillo alza entrambe le mani. «Capisco. Faccio troppe domande. Caleb, vuoi portare un po' di *turrón* ai tuoi da parte mia?»

«Certo!» dice Caleb. La guarda come se lei gli avesse offerto un bicchiere d'acqua in mezzo al deserto. «Sierra, devi assolutamente provarlo.»

La signora Trujillo batte le mani. «Sì! Te ne do un pezzettino da assaggiare. Ne ho fatto per un esercito. Io e Luis ne porteremo un po' anche ai nostri vicini di casa più tardi.»

La donna ordina al figlio di andare a prendere dei tovaglioli e ci porge un pezzo di quello che sembra un croccante alle arachidi, ma con le mandorle. Ne spezzo un angolo e lo assaggio: una vera delizia! Caleb ha già divorato metà della sua porzione.

La signora Trujillo è raggiante. Ne mette qualche altro pezzetto in un sacchettino di plastica da portare a casa. La ringraziamo di nuovo e ci apprestiamo a congedarci. Infine stringe Caleb in un lungo abbraccio e per l'ennesima volta ci esprime tutta la sua gratitudine per il regalo inaspettato.

In attesa dell'ascensore, con i sacchetti gonfi di *turrón* in mano, chiedo: «Ma Luis è un tuo amico?».

Caleb annuisce e aggiunge: «Spero che la situazione non lo abbia messo a disagio». Una volta entrati in ascensore, preme il pulsante del piano terra. «Gli addetti del banco alimentare tengono delle liste dove le famiglie possono segnare gli articoli di cui hanno bisogno. Di tanto in tanto li ho pregati di chiedere se a qualcuno poteva far piacere ricevere un albero per Natale, ed è da questi elenchi che ho ricavato gli indirizzi. Quando ho visto quello dei Trujillo, ho chiesto a Luis se per lui andava bene, ma...»

«Non mi è sembrato molto entusiasta» osservo. «Pensi che fosse a disagio?»

«Gli passerà. Sapeva che sua madre ne desiderava uno. E ti posso garantire che è la donna più gentile che io conosca. È sempre riconoscente per tutto. Non giudica nessuno. Una persona come lei merita di avere ciò che desidera, una volta tanto.»

Quando arriviamo al piano terra, Caleb mi fa cenno di uscire per prima. Risaliti sul camioncino, riprendiamo l'autostrada per tornare al vivaio.

«Quindi perché fai questo?» chiedo, convinta che parlare della sua iniziativa sia un modo sicuro per indurlo ad affrontare argomenti più personali.

Lui prosegue per circa mezzo isolato senza rispondere. Alla fine dice: «Scommetto che mi hai raccontato degli abeti che coltivi sulla collina apposta per...».

«Quel che è giusto è giusto.»

«Il motivo per cui lo faccio è simile al motivo per cui so che Luis supererà questo momento difficile. Lui sa che il mio è un gesto sincero. Per un certo periodo, dopo il divorzio dei miei genitori, siamo stati nella stessa barca dei Trujillo. Con quello che guadagnava, mia madre faticava già a comprarci dei regalini, figuriamoci un albero di Natale.»

Aggiungo questa informazione a una lista sempre più lunga di piccoli dettagli riguardanti Caleb. «Come vanno le cose adesso?» chiedo.

«Meglio. È diventata caporeparto, e siamo tornati a poterci permettere un albero di Natale. Il primissimo che ho comprato da te era per noi.» Mi rivolge un rapido sguardo e sorride. «Si trattiene ancora con gli addobbi, ma sa quanto sia importante questa tradizione per noi, fin da quando eravamo piccoli.»

Rivedo davanti agli occhi tutte quelle banconote da un dollaro che ha tirato fuori la prima volta. «Ma quell'albero l'hai pagato tu.»

«Non proprio.» Ride. «Mi sono solo assicurato di averne uno più grande.»

Vorrei chiedergli di sua sorella, ma preferisco non turbare la calma che traspare dal suo viso mentre guarda attraverso il parabrezza. Heather ha ragione: qualsiasi cosa stia succedendo tra noi non deve durare oltre Natale. Se mi fa piacere passare del tempo con lui, perché complicare tutto? Chiedere non farebbe che spingerlo a ritirarsi di nuovo nel suo guscio.

O forse, per essere sincera, non voglio conoscere la risposta.

«Sono felice che siamo riusciti a fare questa cosa insieme stasera» gli dico. «Grazie.»

Lui mi rivolge un largo sorriso e poi mette la freccia per uscire dall'autostrada.

Caleb mi aveva promesso che sarebbe passato di nuovo dal vivaio in settimana. Quando finalmente lo vedo arrivare sul suo pick-up, preferisco rimanere nella mia postazione anziché andargli incontro per salutarlo. Non voglio che sappia con quanta ansia aspettavo questo momento. In un certo senso spero che sia lo stesso motivo per cui non è passato subito il giorno dopo; forse nascondeva la stessa trepidazione di rivedermi.

Dopo aver lasciato passare un tempo più che sufficiente perché lui mi trovi, decido di sbirciare fuori. Andrew gli sta dicendo qualcosa e sottolinea i vari passaggi puntando il dito verso terra. Caleb fissa un punto indefinito alle sue spalle, le mani affondate nelle tasche della giacca. Quando Andrew indica rabbiosamente la nostra roulotte – dove papà sta parlando al telefono con zio Bruce – Caleb chiude gli occhi e lascia ricadere le braccia lungo i fianchi. Subito dopo Andrew si allontana inoltrandosi in mezzo agli alberi e quasi mi aspetto che ne sbatta via uno con un calcio.

Mi ritiro in fretta dietro la cassa. Qualche secondo dopo, Caleb entra sotto il tendone. Non sa che ho assistito al suo battibecco con Andrew, e si comporta come se niente fosse.

«Sto andando al lavoro» dice, rivelandomi che il suo sorriso con la fossetta può essere finto. «Ma non potevo passare di qui senza salutarti.»

Siamo soli da non più di un minuto quando mio padre posa i guanti da lavoro sul bancone e svita il tappo del thermos per andare a rifornirsi di caffè. «Sei qui perché ti serve un altro albero?» chiede senza alzare lo sguardo.

«No, signore» risponde Caleb. «Stavolta no. Mi sono fermato soltanto per salutare Sierra.»

«Basta che tu non le faccia perdere troppo tempo. Ha un mucchio di lavoro da sbrigare, e poi deve pensare ai compiti» ribatte papà mentre riavvita lentamente il tappo del thermos.

Poi gli dà una pacca sulla spalla passandogli davanti, e io mi sento morire per l'umiliazione. Parliamo per un altro paio di minuti e poi accompagno Caleb al suo furgone. Apre la portiera, ma prima di salire mi indica con un cenno del capo il manifesto della parata che stavo appendendo la prima volta che ci siamo visti.

«È domani sera. Sarò lì con qualche amico. Dovresti partecipare anche tu.»

Partecipare? Vorrei prenderlo in giro per non essere stato abbastanza coraggioso da chiedermi di andarci con lui.

«Ci penserò.»

Dopo che se n'è andato, torno nel tendone con gli occhi bassi, sorridendo. Lungo il tragitto mi trovo davanti mio padre.

«Sierra...» Sa che non ho voglia di sentire quello che sta per dirmi, ma deve farlo comunque. «Sono sicuro che è un bravo ragazzo, ma ti prego, sii prudente a iniziare una storia ora. Hai da fare, e presto lasceremo la città e...»

«Non sto iniziando un bel niente. Mi sono fatta un amico, papà. Smettila di essere apprensivo.»

Lui ride e sorseggia il suo caffè. «Perché non possiamo tornare a quando ti vestivi da principessa?»

«Io non mi sono mai vestita da principessa.»

«Stai scherzando? Ogni volta che la mamma di Heather vi portava alla parata, tu indossavi il tuo vestitino più bello e fingevi di essere la Reginetta d'Inverno.»

«Appunto!» esclamo. «Reginetta, non principessa. Mi hai allevato a un rango più alto.»

Papà fa un inchino profondo, come se si trovasse davanti a un esponente della famiglia reale. Poi si avvia verso la roulotte e io proseguo fino al tendone. Dentro, appoggiato al bancone, c'è Andrew.

Mi sistemo dietro la cassa e spingo da una parte i guanti da lavoro di mio padre. «Di che cosa stavate parlando tu e Caleb là fuori?»

«Ho notato che ultimamente bazzica spesso da queste parti» dice Andrew.

«E allora?» ribatto io incrociando le braccia.

Lui scuote la testa. «Tu pensi che sia tanto speciale perché fa del bene ai bisognosi. Ma non lo conosci.»

Vorrei replicare che è *lui* a non sapere niente di Caleb, ma la verità è che probabilmente Andrew ne sa veramente molto più di me. Perché sono così stupida da non aver ancora avuto il coraggio di discutere con Caleb delle voci che circolano sul suo conto?

«Se tuo padre non vuole che nessuno dei suoi dipendenti ti inviti fuori» obietta Andrew, «figurati se approverebbe uno come Caleb.»

«Basta! La cosa non ti riguarda.»

Lui abbassa lo sguardo. «L'anno scorso sono stato un idiota. Ti ho lasciato quello stupido bigliettino appiccicato alla finestra, quando invece avrei dovuto chiederti di uscire con me a viso aperto.»

«Andrew» dico con estrema calma, «non è questione di mio padre né di Caleb né di nessun altro. Facciamo in modo che i nostri rapporti sul lavoro non diventino ancora più imbarazzanti, d'accordo?»

Lui mi guarda intensamente con un'espressione dura. «Stai alla larga da Caleb. Sei ridicola anche solo a pensare di poter essere sua amica. Lui non è quello che pensi che sia. Non essere...»

«Dillo!» I miei occhi si stringono a fessura. Se osa darmi della stupida, papà lo licenzierà senza troppi scrupoli.

Andrew taglia corto e si allontana bruscamente.

11

La sera della parata vado in centro città con Heather e Devon. La madre di Heather fa parte del comitato organizzativo e ci ha chiesto di arrivare presto. Non appena ci presentiamo al gazebo blu delle iscrizioni, consegna a ciascuno di noi una borsa piena di coccarde e un blocco per spuntare l'elenco degli iscritti. La maggior parte dei gruppi si sono già accreditati, ma ogni anno capita che nuove organizzazioni si aggreghino senza essersi registrate. La mamma di Heather ci ha affidato il compito di individuarle.

Devon lancia un'occhiata a Heather. «Sul serio? Dobbiamo fare questo?»

«Sì. È uno dei vantaggi di essere il mio ragazzo. Se non ti va...» Accenna alle persone che passano davanti a noi.

Per niente scoraggiato dal tono di sfida della sua fidanzata, Devon le stampa un bacio sulla guancia. «Ne vale davvero la pena.» Mentre si ritrae, mi rivolge uno sguardo d'intesa. Sì, è consapevole di essere indisponente a volte.

«Prima di iniziare prendiamoci un caffè» dice Heather. «Si sta facendo freddo.»

Dopo esserci districati in mezzo a un chiassoso gruppo di boy scout, proseguiamo per un altro isolato e mezzo fino a raggiungere una caffetteria fuori dal percorso della parata. Heather spedisce Devon a ordinare e aspetta fuori con me.

«Devi dirglielo» la esorto. «Non fa bene a nessuno dei due tirare avanti così.»

Lei butta indietro la testa e sospira. «Lo so. Ma deve migliorare il rendimento scolastico questo semestre. Non voglio essere io quella che lo distrae dall'obiettivo.»

«Heather...»

«Sono terribile. Lo so! Lo so.» Mi guarda dritto negli occhi, ma poi viene attirata da qualcosa in lontananza dietro di me. «A proposito di chiarimenti necessari, mi pare che quello laggiù sia Caleb.»

Mi volto di scatto. Eccolo là, dall'altro lato della strada, seduto sulla spalliera di una panchina alla fermata dell'autobus con altri due ragazzi. Uno di loro sembra Luis. Decido di aspettare che Devon arrivi con i nostri caffè mentre raccolgo il coraggio per avvicinarmi.

Un autobus accosta al marciapiede rombando e temo di aver perso la mia occasione. Ma quando riparte, Caleb e i suoi amici sono ancora seduti lì a chiacchierare e ridere. Caleb si sfrega le mani energicamente e se le caccia nelle tasche del giaccone. Nel frattempo Devon esce dal bar e mi porge un bicchiere di caffè, ma io scuoto la testa.

«Vado a cambiare l'ordinazione» dico ai miei due amici. «Vi spiace controllare le iscrizioni senza di me? Vi raggiungo più tardi.»

«Nessun problema» dice Heather. Devon sospira, chiaramente seccato perché io sono riuscita a sganciarmi dall'incarico mentre lui è costretto a rimanere. Prima che si possa lamentare, però, Heather lo guarda e dice: «Perché? Perché sì!».

Esco dal bar con un bicchiere in ciascuna mano e attraverso la strada lentamente in modo da non versare nemmeno una goccia dal coperchio. Prima di raggiungere Caleb, qualche metro più in là, noto un ragazzo alto con l'uniforme bianca dei suonatori della banda. Sta scendendo da un'auto, seguito a ruota da una ragazza leggermente più grande che indossa una divisa da cheerleader con la mascotte dei Bulldogs sul petto.

Un altro membro della banda con un flauto in mano gli si avvicina a passo spedito. «Jeremiah!»

Caleb distoglie l'attenzione dal suo gruppo di amici. Jeremiah apre il bagagliaio e ne estrae un tamburo con una lunga cinghia. Poi lo richiude, si avvolge la cinghia intorno al braccio e infila le due bacchette nella tasca posteriore.

Rallento a mano a mano che mi avvicino alla panca. Caleb

non si è ancora voltato nella mia direzione, concentrato com'è sui due ragazzi e sulla cheerleader. L'auto riparte e vedo la donna al volante sporgersi e guardare Caleb. Lui le fa un sorriso esitante e poi abbassa lo sguardo.

Sento il flautista parlare di una ragazza che vedrà dopo la parata. Quando passa davanti alla panca, Jeremiah lancia un'occhiata a Caleb. Non ne sono sicura, ma mi pare di scorgere un accenno di tristezza sul viso di entrambi.

La cheerleader raggiunge Jeremiah e, afferrandolo per il gomito, lo conduce via. Caleb li segue con lo sguardo, ed è in quel momento che si accorge di me.

«Ce l'hai fatta» dice.

Gli porgo un bicchiere. «Sembravi infreddolito.»

Lui beve un sorso e poi si copre la bocca come per nascondere un sorriso. «Peppermint Mocha» dice dopo aver deglutito. «Non poteva che essere così.»

«E pure quello originale» aggiungo.

Luis e l'altro ragazzo si protendono, attratti da qualcosa lungo la strada. All'incrocio è parcheggiata una decappottabile bianca e rosa dal profilo allungato. La portiera è aperta e una liceale con un lungo abito blu tempestato di paillette e una fascia azzurra viene aiutata ad accomodarsi sul sedile posteriore.

«Quella è Christy Wang?» chiedo. Anni fa, quando frequentavo la scuola elementare qui per qualche settimana tra novembre e dicembre, Christy era l'unica persona che non mi faceva mai sentire la benvenuta. Diceva che non ero una vera californiana. Deve aver cambiato completamente personalità per vincere il titolo di "Reginetta d'Inverno". O forse il merito va all'aspetto incredibilmente attraente che ha con quell'abito.

«È una giornata splendida per la parata, gente» dice Luis con una strana voce da annunciatore. «Semplicemente splendida! E quest'anno la Reginetta d'Inverno è una sventola da paura. Immagino che Babbo Natale l'abbia messa al primissimo posto della lista delle bimbe buone, anzi... *bone*.»

Il ragazzo seduto accanto a Luis scoppia a ridere.

Caleb li spintona scherzosamente l'uno contro l'altro. «Amico, abbi un po' di rispetto. È la nostra regina.»

«Cosa diavolo state facendo, ragazzi?» chiedo.

«Facciamo la telecronaca della parata» spiega il tipo che non conosco. «Ogni anno, chissà perché, questo evento non ha copertura televisiva, perciò facciamo un favore a questa città. A proposito, io sono Brent.»

Gli tendo la mano libera. «Sierra.»

Caleb mi guarda, imbarazzato. «È una tradizione che si ripete tutti gli anni.»

Brent punta un dito verso di me. «Tu sei la ragazza degli alberi di Natale! Ho sentito tanto parlare di te.»

Caleb beve una lunga sorsata e si stringe nelle spalle, fingendo innocenza.

«Mi fa piacere rivederti, Luis» dico.

«Anche a me» dice lui. La sua voce è dolce, forse impastata di un leggero disagio. Si rianima quando vede passare un uomo con una scarpa slacciata. «Ed ecco a voi il Club dei Trendsetter! Cominciate allacciando una scarpa e l'altra no. Se siete cool, la vostra idea prenderà piede. Questo qui? Questo non sa neanche cosa sia la moda.»

«Attento a non inciampare, elegantone!» gli urla dietro Brent. L'uomo si volta, e Brent gli fa un gran sorriso salutandolo con la mano.

Rimangono tutti in silenzio per qualche istante mentre se ne stanno lì a guardare la gente che passa. Caleb sorseggia la sua bevanda e io mi accingo a tornare sui miei passi.

«Dove stai andando?» mi chiede. «Rimani.»

«No, non ti preoccupare. Non voglio interrompere la vostra telecronaca.»

Caleb guarda i suoi amici stabilendo una sorta di silenziosa comunicazione tra maschi, poi si rivolge a me. «No. È tutto a posto.»

Brent ci caccia con ampi gesti delle mani. «Su, su, bambini, andate a divertirvi.»

Caleb saluta i suoi amici battendo il cinque e poi mi guida verso il percorso della parata. «Grazie ancora per la cioccolata.»

Passiamo davanti ad alcuni negozi aperti fino a tardi per l'occasione. Mi volto verso di lui nella speranza che abbia inizio una conversazione fluida e disinvolta. Caleb mi guarda e ci scambiamo un sorriso, ma subito dopo entrambi torniamo a fissare dritto davanti a noi. Mi sento così impedita con Caleb, così insicura e imbarazzata.

Alla fine gli chiedo l'unica cosa che mi viene in mente: «Chi era quel ragazzo di prima?».

«Brent?»

«No, quello che suona il tamburo nella banda.»

Caleb rimane in silenzio ancora per qualche istante. «Ah, Jeremiah. È un mio vecchio amico.»

«E preferisce sfilare in una parata piuttosto che fare la telecronaca con voi? Sconvolgente.»

Lui sorride. «No, non credo. Ma non uscirebbe con noi nemmeno se potesse.»

«C'è un motivo dietro?» chiedo dopo un'esitazione.

La sua risposta è immediata. «Sì, ma è una lunga storia, Sierra.»

Mi sto chiaramente comportando da impicciona, lo so. D'altra parte, perché dovrei prendere in considerazione anche soltanto un'amicizia con lui se non posso fare nemmeno una semplice domanda? Tra l'altro non è che sia saltata fuori dal nulla. Riguarda una scena che si è svolta proprio davanti ai miei occhi. Se una cosa così piccola lo spinge ad alzare un muro, non so se ho voglia di stare con lui. In passato mi sono allontanata da una persona per molto meno.

«Puoi tornare dai tuoi amici, se vuoi. Io comunque devo aiutare Heather.»

«Preferisco venire con te.»

Mi fermo. «Caleb, penso che tu debba restare con i tuoi amici stasera.»

Chiude gli occhi e si passa una mano fra i capelli. «Lasciami riprovare.»

Lo guardo, in attesa.

«Jeremiah era il mio migliore amico. Poi sono successe delle cose di cui immagino tu abbia sentito parlare, e i suoi genitori non hanno più voluto che ci frequentassimo. Sua sorella è una specie di maresciallo – una versione in miniatura di sua madre – e in qualche modo riesce sempre a mettersi in mezzo.»

Rivedo la scena di poco prima, il modo in cui la madre di Jeremiah ha guardato Caleb mentre si allontanava in macchina e il modo in cui la ragazza ha trascinato via il fratello lungo il marciapiede. Mi piacerebbe conoscere altri dettagli, ma è necessario che Caleb voglia raccontarmeli. L'unico modo per avvicinarci è aspettare che sia lui a chiedermi di entrare nel suo mondo.

«Se senti il bisogno di sapere che cosa è successo, te lo dirò, ma non ora» dice Caleb.

«Allora presto.»

«Ma non qui. È la parata di Natale! E abbiamo degli ottimi Peppermint Mocha da gustare.» Guarda qualcosa alle mie spalle e fa un sorrisetto. «In ogni caso, probabilmente ti perderesti metà delle cose che dico per colpa della banda.»

In quel preciso istante, i musicisti, marciando a passo cadenzato, esplodono in una rumorosa interpretazione di *Little Drummer Boy*.

«Giusta osservazione!» urlo cercando di sovrastare la musica.

Troviamo Heather e Devon a qualche metro di distanza dal punto di partenza della parata. Devon stringe la cartelletta sul petto quasi fosse una copertina di Linus, mentre lei lo guarda torva.

«Che succede?» chiedo.

«La Reginetta d'Inverno ha chiesto il suo numero!» sbotta Heather. «E in mia presenza!»

Un debole sorriso increspa le labbra di Devon, e io quasi gli sorrido a mia volta. Christy Wang non è cambiata per niente. Questo mi induce a chiedermi se tutte quelle chiacchiere di Heather riguardo la necessità di rompere con Devon in realtà non fossero altro che... chiacchiere, appunto. Deve provare qualcosa per lui, anche se traspare solo sotto forma di gelosia.

Io e Caleb li seguiamo fino a un piccolo varco tra gli spettatori seduti sul ciglio del marciapiede. Heather si siede per prima e io mi stringo vicino a lei. Devon rimane in piedi e Caleb lo saluta con il pugno prima di sistemarsi accanto a me.

«Davvero gli ha chiesto il numero?»

«Sì!» sibila Heather. «E io ero lì, proprio vicino a lui!»

Devon si piega in avanti. «Io non gliel'ho dato, però. Le ho detto che avevo già una ragazza.»

«Ecco, *avevo* è la parola giusta» ribatte Heather.

«In effetti è una Reginetta d'Inverno niente male» dice Caleb.

Colgo una punta di ironia nella sua voce, ma gli do comunque una gomitata. «Non è divertente.»

Lui sorride e batte le palpebre con un'espressione da santarellino. Prima che Heather possa aggiungere altro, o che Devon si possa scavare una buca ancora più profonda, la banda dei Bulldogs svolta l'angolo, preceduta dalle cheerleader. La folla accoglie con entusiasmo la versione strumentale di *Jingle Bell Rock*.

Mi soffermo a guardare Jeremiah, che picchia allegramente sul suo tamburo con le bacchette. Tutti seguiamo lo spettacolo applaudendo a ritmo di musica, ma a un certo punto io smetto di battere le mani e resto a osservare Caleb. Mentre tutti gli altri hanno già girato la testa per veder sfilare il gruppo successivo, i suoi occhi sono ancora fissi sulla banda. I tamburi sono distanti ormai, ma lui continua a tenere il ritmo picchiettando le dita sulle ginocchia.

Caleb alza la ribalta posteriore del suo furgoncino dopo aver caricato un altro albero. «Sei sicura di avere tempo per accompagnarmi?» mi chiede.

In realtà non ho tempo. Ogni anno il nostro vivaio viene preso d'assalto dopo la parata, ma io e Caleb siamo tornati subito qui per chiedere a mia madre se potevo fare una consegna con lui. Mi ha concesso mezz'ora.

«Non c'è nessun problema» dico. Vedendo altre due auto entrare nel parcheggio, Caleb mi lancia un'occhiata scettica. «Okay, forse non è il momento più adatto, ma voglio venire con te» aggiungo.

Mi sorride con la sua classica fossetta sulla guancia e gira intorno al furgone per salire. «Bene.»

Dopo un breve tragitto ci fermiamo davanti a una casa piccola e buia. Caleb prende l'albero al centro e io afferro il tronco. Saliamo i gradini di cemento davanti all'ingresso, e dopo aver rinsaldato la presa, Caleb suona il campanello. Il mio cuore comincia a battere più forte. Mi è sempre piaciuto vendere gli alberi di Natale, ma sorprendere le persone con questo dono mi dà un tipo di eccitazione completamente nuovo.

La porta si apre subito. Un uomo dall'aria irritata fa correre lo sguardo da Caleb all'abete. Accanto a lui, una donna apparentemente esausta mi rivolge un'occhiata infastidita.

«Quelli del banco alimentare ci avevano detto che sareste passati prima» sbotta lui in malo modo. «Ci siamo persi la parata per aspettare voi!»

Caleb abbassa gli occhi per un istante. «Mi dispiace tanto. Avevo avvertito che sarei passato dopo.»

Oltre la porta d'ingresso, nel soggiorno, intravedo un bambino che dorme nel box con solo il pannolino indosso.

«Non è quello che hanno detto a noi. Quindi hanno mentito?» insiste la donna. Spalanca la porta e ci fa cenno di entrare. «Mettetelo pure in quel vaso.»

Caleb e io portiamo dentro l'albero, che ora mi sembra dieci volte più pesante, e lo sistemiamo in un angolo buio mentre i padroni di casa stanno a guardare. Dopo aver tentato più volte di farlo stare dritto, facciamo qualche passo indietro per vedere l'effetto finale. Poiché l'uomo non ha nulla da obiettare, Caleb mi fa cenno di seguirlo verso l'uscita.

«Vi auguro di passare un buon Natale» dice congedandosi.

«Le premesse non sono state delle migliori» borbotta la donna. «Ci siamo persi la parata per colpa vostra.»

Mi volto di scatto, pronta a rispondere per le rime. «Questo l'abbiamo capito, razza di...»

Caleb mi afferra la mano e mi trascina verso la porta. «Ci dispiace, scusateci ancora.»

Lo seguo scuotendo la testa, e una volta risaliti sul furgone, esplodo: «Non ci hanno nemmeno ringraziato. Neppure una volta!».

Caleb mette in moto. «Hanno dovuto rinunciare alla parata. Erano frustrati.»

Lo guardo, allibita. «Stai scherzando? Gli hai portato un albero gratis!»

Caleb inserisce la retromarcia e si immette sulla strada. «Non faccio questo per guadagnarmi una medaglia d'oro. Hanno un bambino piccolo e probabilmente erano stanchi. Perdersi la parata – al di là del fraintendimento – sarebbe deprimente comunque.»

«Ma tu investi i tuoi soldi, sacrifichi il tuo tempo libero...»

Lui mi guarda e sorride. «Quindi tu lo faresti solo per sentirti dire dalla gente quanto sei brava?»

Vorrei mettermi a urlare e a ridere insieme per quanto sono state assurde quelle persone. Per quanto è assurdo Caleb in questo momento! Invece resto senza parole, e lui lo sa. Ride e poi guarda nello specchietto retrovisore per cambiare corsia.

Caleb mi piace. Mi piace ancora di più ogni volta che lo vedo. E questo non può che portare al disastro. Io partirò alla fine del mese, mentre lui resterà qui, e il carico di tutte le parole non dette fra di noi sta diventando troppo pesante da sopportare ancora a lungo.

Una volta tornati al vivaio, Caleb accosta il furgone continuando a tenere il motore acceso. «Giusto perché tu lo sappia, mi rendo conto che sono stati ingrati a reagire in quel modo davanti a un albero regalato. Credo anche, però, che a tutti è concesso di avere una giornata storta.»

Le luci che circondano il vivaio gettano delle ombre all'interno del furgoncino. Caleb mi guarda, i lineamenti seminascosti, ma i suoi occhi catturano la luce e chiedono comprensione.

«Sono d'accordo» dico.

12

È una giornata di lavoro intenso nel vivaio, la più impegnativa finora. Ho a malapena il tempo di andare in bagno, figuriamoci di pranzare, così, nei rari momenti di pausa tra un cliente e l'altro, pilucco un po' di *mac and cheese* senza lasciare la mia postazione. Monsieur Cappeau mi ha mandato un'email stamattina chiedendomi di chiamarlo domani o nei prossimi giorni *pour pratiquer*, ma l'appuntamento con lui è decisamente in fondo alla mia lista delle cose da fare.

Oggi la nuova partita di abeti è arrivata presto, non soltanto prima che aprissimo, ma addirittura prima che arrivassero i dipendenti. Papà ha chiesto ad alcuni dei ragazzi più affidabili di anticipare l'inizio del turno, in modo da poter contare su un gruppetto di persone in grado di scaricare il lotto in tempi brevi.

Nonostante sia esausta per aver faticato così tanto ancor prima dell'ora di colazione, sono felice di questo lavoro extra. Sembra che gli affari si stiano risollevando, e tenere aperto il vivaio anche l'anno prossimo appare un'eventualità sempre più concreta.

Sono alla cassa accanto a mia madre. Indicando i signori Ramsay fuori dal tendone, mi lancio in una specie di telecronaca della compravendita di alberi, come facevano Caleb e i suoi amici alla parata.

«Signore e signori, a quanto pare i Ramsay stanno litigando per decidere se sia il caso o meno di pagare un supplemento per questo stupendo abete bianco» dico.

Mia madre mi guarda con l'aria di chi sta mettendo in dubbio la mia sanità mentale, ma io proseguo imperterrita.

«Non è la prima volta che assistiamo a questa scena, e non penso di rovinarvi la sorpresa se vi dico che sarà la signora Ramsay a spuntarla. Non è mai stata una fan dell'abete del Colorado, qualunque cosa pensi suo marito.»

La mamma ride, facendomi cenno di abbassare la voce.

«Attenzione! La decisione sembra imminente!»

Ora siamo entrambe incollate alla scena che si sta svolgendo sotto i nostri occhi.

«La signora Ramsay agita le braccia» continuo, «esortando suo marito a decidersi, se vuole portare a casa qualcosa. Lui mette a confronto gli aghi dei due esemplari. Quale sarà il prescelto, gente? Quale sarà? E il vincitore è... il vincitore è... l'abete bianco!»

La mamma e io alziamo i pugni in aria e battiamo il cinque.

«Ancora una volta è la signora Ramsay a vincere.»

Poi la coppia entra nel tendone e mia madre, trattenendo una risata, si defila. Quando il signor Ramsay mi porge l'ultima banconota da venti dollari, io e la moglie ci scambiamo un sorriso complice. Detesto vedere qualcuno andarsene anche solo leggermente deluso, così lo rassicuro dicendogli che hanno fatto un'ottima scelta. Gli abeti bianchi hanno degli aghi molto più resistenti rispetto ad altre varietà. Non ci sarà bisogno di passare l'aspirapolvere prima dell'arrivo dei nipotini.

Prima che lui possa riporre il portafoglio, la signora Ramsay glielo prende di mano e mi fa scivolare in tasca un biglietto da dieci dollari come mancia per il mio supporto. Se ne vanno entrambi felici, anche se lei gli dà un bonario colpetto sul braccio rimproverandogli di essere troppo tirchio.

Rimango a fissare la banconota mentre nella mia mente prende forma un'idea confusa. Raramente ricevo delle mance, poiché la maggior parte dei clienti le danno ai ragazzi che li aiutano a caricare in macchina i loro acquisti.

Invio un SMS a Heather:

Che ne dici di preparare dei biscotti da te stasera?

La nostra roulotte è perfetta come casa su quattro ruote, ma non è adatta a un attacco di frenesia dolciaria.

Lei mi risponde immediatamente:

Certo!

Mando subito un messaggio a Caleb:

Se domani vai a fare una consegna, vorrei accompagnarti. Potrei perfino contribuire con qualcosa, oltre alla mia ammaliante personalità. Scommetto che non hai mai usato questo aggettivo prima d'ora!

Qualche minuto dopo, Caleb risponde:

No, mai usato. E sì, puoi venire.

Metto via il cellulare e sorrido tra me e me. Per il resto del pomeriggio e della sera, la trepida aspettativa di trascorrere altro tempo con Caleb mi aiuta a resistere alla stanchezza. Ma mentre chiudo la cassa tirando le somme della giornata, mi rendo conto che questo tempo non merita di essere speso solo per consegnare alberi e fare biscotti. Se questo ragazzo è in grado di rendermi così felice ora, ed è chiaro che il nostro rapporto si sta facendo più intenso, devo assolutamente scoprire cos'è successo con sua sorella. Ha ammesso che è successo qualcosa, ma alla luce di tutto quello che so su di lui e che gli ho visto fare, non posso credere che sia così brutto come pensano alcune persone.

O almeno, spero che non lo sia.

Il giorno dopo il tempo scorre a rilento. Io e Heather siamo rimaste sveglie fino a tardi a parlare e a preparare biscotti a casa sua. Devon è passato giusto in tempo per aggiungere glassa e zuccherini colorati e aiutarci ad assaggiarne almeno una dozzina. Avendoli sperimentati in prima persona, devo ammettere che i suoi aneddoti sono davvero di una noia mortale. La sua abilità nel decorare i biscotti, però, ha *quasi* compensato la sua mancanza di sintesi.

Finisco di spiegare a un cliente come capire il prezzo dei nostri abeti in base ai nastri colorati legati ai rami. Una volta ascoltata la spiegazione, l'uomo prosegue il suo giro da solo e io mi sorreggo a un albero chiudendo per un attimo gli occhi stanchi. Riaprendoli, vedo avvicinarsi il furgone di Caleb, e d'un tratto mi sento rianimata.

Anche mio padre lo nota, però. Quando rientro nel tendone, lo trovo ad aspettarmi vicino alla cassa, con qualche ago di pino attaccato ai capelli.

«Perdi ancora il tuo tempo dietro quel tipo?» chiede con un tono pateticamente retorico.

Gli scrollo gli aghi dalla spalla. «Quel tipo si chiama Caleb e non lavora qui, perciò non puoi impedirgli di parlare con me. In più, e questo devi ammetterlo, è il nostro cliente migliore.»

«Sierra...» Non finisce la frase, ma voglio che lui sappia che sono perfettamente consapevole della nostra situazione.

«Resteremo qui ancora per qualche settimana. Lo so. Non c'è bisogno che tu me lo ripeta.»

«È solo che non voglio che tu ti faccia troppe illusioni. E nemmeno lui, se è per questo. Ricordati che non sappiamo nemmeno se torneremo l'anno prossimo.»

Cerco di mandare giù il nodo che mi stringe la gola. «Forse tutto questo non ha senso. E so benissimo che di solito non ragiono così, ma... lui mi piace tanto.»

A giudicare dall'espressione atterrita di mio padre, se qualcuno stesse assistendo alla scena, potrebbe pensare che io gli abbia appena comunicato di essere incinta. Scuote la testa. «Sierra, sii...»

«Prudente? È questa la parola che stai cercando?»

Distoglie lo sguardo. Il paradosso di cui nessuno osa parlare è che lui e mia madre si sono incontrati nello stesso identico modo. In questo stesso vivaio.

Gli tolgo un altro ago di pino dai capelli e gli schiocco un bacio sulla guancia. «Spero che tu pensi che di solito lo sono.»

Caleb si avvicina al bancone e posa la targhetta di un abete. «La prossima famiglia riceverà un albero che è uno spettacolo» afferma. «L'ultima volta che sono stato qui l'ho subito notato.»

Mio padre gli sorride e gli dà un'affettuosa pacca sulla spalla, poi si allontana senza dire una parola.

«Questo significa che lo stai conquistando» spiego. Tiro fuori una scatola di biscotti a forma di slitta da sotto la cassa e Caleb alza le sopracciglia. «Smettila di farti venire l'acquolina in bocca. Questi sono destinati alla famiglia cui consegneremo l'albero.»

«Fermati un attimo. Li hai fatti per loro?» Lo giuro, è come se il suo sorriso illuminasse l'intero tendone.

Dopo aver regolarmente consegnato l'albero e i biscotti, Caleb mi chiede se voglio assaggiare i migliori pancake della città. Alla mia risposta affermativa, mi porta in una tavola calda aperta ventiquattro ore su ventiquattro, la cui ultima ristrutturazione probabilmente risale a metà degli anni Settanta. Una lunga fila di finestre illuminate da una calda luce arancione incorniciano una decina di séparé. Ci sono soltanto due persone sedute ai lati opposti del locale.

«È necessaria l'antitetanica per mangiare qui dentro?» chiedo.

«Questo è l'unico posto in città dove ti servono un pancake grosso come la tua testa» spiega Caleb. «E non dirmi che non è sempre stato il tuo sogno.»

Un cartello scritto a mano attaccato alla cassa invita i clienti ad accomodarsi da soli. Seguo Caleb verso un tavolino accanto alla finestra, camminando sotto le decorazioni natalizie rosse appese al soffitto con le lenze da pesca. Ci infiliamo in un salottino con dei sedili il cui rivestimento in vinile verde ha visto tempi migliori, ma verosimilmente non in questo secolo.

Dopo aver ordinato il pancake "famoso in tutto il mondo", intreccio le mani sul tavolo e guardo Caleb. Fa scorrere il pollice sul bordo di un grande bricco di sciroppo d'acero posto accanto ai tovaglioli, continuando ad aprire e chiudere il coperchietto.

«Qui non passa la banda» azzardo. «Se parliamo, dovrei riuscire a sentirti senza problemi.»

Caleb smette di giocherellare con il bricco e si appoggia allo schienale. «Vuoi davvero conoscere la mia storia?»

Sinceramente non lo so. Lui sa che ho sentito delle voci in giro. Forse però non corrispondono alla verità. E se la verità è migliore rispetto a quello che si vocifera, dovrebbe essere felice di potermela dire.

Si pizzica la cuticola del pollice.

«Puoi cominciare spiegandomi perché non hai ancora usato il tuo nuovo pettine» dico. La mia battuta cade nel vuoto, ma spero che lui capisca che ce la sto mettendo tutta.

«L'ho usato stamattina» dice facendosi scorrere le dita tra i capelli. «Forse quello che mi hai regalato era difettoso.»

«Ne dubito.»

Beve un sorso d'acqua. Dopo un silenzio che si prolunga per parecchi secondi, mi chiede: «Possiamo iniziare da te che mi racconti quello che hai sentito dire?».

Mi mordo il labbro inferiore, riflettendo su come esprimermi. «Le parole esatte?» dico. «Dunque, ho saputo che hai aggredito tua sorella con un coltello.»

Caleb chiude gli occhi. Il suo corpo dondola avanti e indietro quasi impercettibilmente. «Cos'altro?»

«Che lei non vive più qui.» Mi sento in difetto nel notare il coltellino per il burro appoggiato sul tovagliolo, accanto alle sue mani.

«Vive in Nevada con nostro padre. È al primo anno di liceo.»

Guarda verso la cucina, forse sperando che la cameriera venga a interrompere la nostra conversazione. O forse sperando di arrivare fino in fondo al racconto senza interruzioni.

«E tu vivi con tua madre» continuo.

«Sì. Ovviamente le cose non sono cominciate così.»

La cameriera posa sul tavolo due tazze e le riempie di caffè. Entrambi aggiungiamo una bustina di zucchero e un po' di panna liquida.

Prosegue il suo racconto continuando a mescolare il caffè. «Quando i miei genitori si sono separati, mia madre l'ha presa malissimo. Ha perso un sacco di chili e ha pianto molto, il che è normale, immagino. Sia io che Abby siamo rimasti con lei mentre loro due cercavano di sistemare le cose.»

Beve un sorso. Io prendo la tazza e soffio via il vapore.

«Ci hanno assegnato un avvocato, come avviene in certi casi.» Beve un altro sorso e poi fissa la tazza tenendola con entrambe le mani. «È lì che tutto è cominciato. Io sostenevo che saremmo dovuti rimanere con mia madre. Ho convinto Abby che era quello che dovevamo fare. Le ho detto che lei aveva bisogno di noi e che papà se la sarebbe cavata da solo.»

Sorseggio il mio caffè mentre Caleb continua a guardare dentro la sua tazza.

«Ma lui non stava affatto bene» aggiunge. «Probabilmente lo sapevo fin dall'inizio, ma speravo che si sarebbe rimesso in sesto. Forse, se l'avessi visto ogni giorno, con l'aria ferita e abbattuta come quella di mia madre, avrei scelto di stare con lui.»

«Perché pensi che non stesse bene?»

La cameriera posa i nostri pancake sul tavolo. Sono davvero grossi come le nostre teste, ma questo dettaglio non aiuta a instaurare una conversazione leggera, come Caleb probabilmente aveva sperato scegliendo questo posto. Eppure costituiscono una distrazione per entrambi mentre continuiamo a chiacchierare. Verso un po' di sciroppo sul mio pancake e, con forchetta e coltello, comincio a tagliarlo a metà.

«Prima della separazione, in famiglia andavamo pazzi per questo periodo dell'anno» racconta Caleb. «Facevamo davvero di tutto, riempivamo la casa di addobbi e partecipavamo a tutte le iniziative organizzate dalla parrocchia. A volte perfino il pastore Tom veniva con noi a cantare di casa in casa. Ma ho scoperto che per mio padre tutto questo era svanito dopo il suo trasferimento in Nevada. La sua casa era diventata un luogo buio e deprimente. Non solo non c'erano luci di Natale, ma gran parte delle lampadine normali erano bruciate. Non aveva nemmeno aperto la metà degli scatoloni nonostante fossero passati mesi dal trasloco.»

Caleb mangia un po' di pancake senza alzare gli occhi dal piatto. Prendo in considerazione l'idea di dirgli che non è necessario che mi racconti altro. Qualsiasi cosa sia accaduta, mi piace il Caleb che è seduto di fronte a me ora.

«Dopo la prima visita nella sua nuova casa, Abby continuava ad assillarmi sulle condizioni di mio padre. Ce l'aveva a morte con me perché l'avevo convinta a scegliere di stare con la mamma e lui si era lasciato andare. E non smetteva di rimproverarmelo. Mi ripeteva: "Guarda che cosa gli hai fatto".»

Sono tentata di dirgli che la reazione di suo padre non è responsabilità sua, ma questo probabilmente lo sa già. Sono sicura che sua madre gliel'avrà ripetuto migliaia di volte. O almeno spero che l'abbia fatto.

«Quanti anni avevi?» chiedo.

«Ero in terza media. Abby in prima.»

«Ricordo bene com'ero io in prima media. Forse tua sorella cercava semplicemente di immaginare come si sarebbero incastrati i tasselli della vostra nuova vita.»

«Ma dava la colpa a me perché non si incastravano. E io davo la colpa a me stesso perché in parte era vero. Ma ero solo un ragazzino di terza media. Come potevo sapere qual era la cosa migliore per ciascuno di noi?»

«Forse la cosa migliore non esisteva.»

Per la prima volta da quando ha iniziato a parlare, Caleb alza lo sguardo. Abbozza un sorriso, e anche se dura solo per qualche istante, ho la certezza che lui finalmente si è reso conto che voglio davvero capire.

Beve un altro goccio di caffè chinandosi verso la tazza anziché portarsela alle labbra. Non l'ho mai visto così fragile. «Jeremiah era mio amico – il mio migliore amico – da anni e sapeva quanto Abby fosse arrabbiata con me per questa faccenda. La chiamava la Strega Malvagia dell'Ovest.»

«Un vero amico» dico. Taglio un altro po' di pancake.

«Lo diceva anche davanti a lei, il che naturalmente la rendeva ancora più furiosa.» Caleb ridacchia, ma d'un tratto si blocca e guarda fuori dalla finestra. Il suo riflesso contro il vetro buio mi appare distante. «Un giorno sono esploso. Non potevo più sopportare le sue accuse. Sono esploso e basta.»

Con la forchetta sollevo un pezzo di pancake intriso di sciroppo, ma non me lo porto alla bocca. «Che cosa significa?»

Lui mi guarda. Ogni parte del suo corpo trasmette sofferenza e dolore, piuttosto che un'eventuale rabbia residua. «Non potevo più sentire altro. Non so come descrivere altrimenti il mio stato d'animo. Un giorno Abby mi urlò contro le stesse cose che mi urlava sempre, che avevo rovinato la vita di papà, e la sua, e quella di mia madre. E dentro di me qualcosa... è saltato.» La sua voce si incrina. «Sono corso in cucina e ho preso un coltello.»

Rimango con la forchetta a mezz'aria, i miei occhi inchiodati ai suoi.

«Quando lei se n'è accorta, si è precipitata in camera sua, veloce come un fulmine, e io l'ho inseguita.»

Ora tiene la tazza con una mano. Con l'altra stropiccia distrattamente il tovagliolo fino a nascondere il coltellino del burro. Non saprei dire se è consapevole di questo gesto. Se lo è, non so se l'ha fatto a mio o a suo beneficio.

«È entrata nella sua stanza, ha sbattuto la porta e...» Si appoggia allo schienale, chiude gli occhi e si mette le mani in grembo. Il tovagliolo si srotola. «Ho colpito più volte il battente con il coltello. Non volevo farle del male. Non le avrei *mai* fatto del male. Ma non riuscivo a smettere di avventarmi sulla porta. La sentivo urlare e piangere con la mamma al telefono. Alla fine ho lasciato cadere il coltello e mi sono accasciato sul pavimento.»

«Oh, mio Dio» mi esce come un sussurro, o forse è solo immaginazione.

Lui alza lo sguardo verso di me. I suoi occhi *implorano* comprensione.

«Quindi l'hai fatto davvero.»

«Sierra, te lo giuro, non mi è mai capitato niente del genere, né prima né dopo. E te lo ripeto, non le avrei mai fatto del male. Non ho neppure controllato se aveva chiuso la porta a chiave, perché non era quello che mi importava. Probabilmente in quel momento sentivo solo il bisogno di dimostrare che quella situazione stava facendo soffrire anche me. Non ho mai fatto male fisicamente a nessuno in vita mia.»

«Continuo a non capire perché.»

«Volevo solo spaventarla, credo. Tutto qui. E l'ho fatto. Quell'episodio ha spaventato *me*. Ha spaventato mia madre.»

Nessuno dei due dice nulla.

Tengo le mani strette fra le ginocchia. Tutto il mio corpo è contratto.

«Così Abby si è trasferita da mio padre, e io sono rimasto qui a convivere con le conseguenze del mio gesto e le chiacchiere che ha suscitato.»

Sono senza respiro. Non so come conciliare il Caleb che ho conosciuto e con il quale adoravo passare il mio tempo con la persona distrutta che ho davanti. «La vedi ancora? Tua sorella, intendo.»

«Quando vado a trovare mio padre, o quando viene lei qui da noi.» Guarda il mio piatto, notando che non ho più toccato il pancake. «Per quasi due anni, ogni volta che tornava a casa, andavamo da un consulente familiare. Sostiene di avermi capito e di avermi perdonato, e credo che sia sincera. È una ragazzina fantastica. Sono sicuro che ti piacerebbe.»

Finalmente riprendo a mangiare. Non ho più appetito per la verità, ma non saprei cosa fare.

«Una parte di me continua a sperare che lei cambi idea e torni a vivere qui, ma non potrei mai chiederle una cosa del genere» dice. «Deve essere *lei* a desiderarlo. E in Nevada si trova bene. Ha una nuova vita là ora, e nuovi amici. Se c'è un risvolto positivo in tutta questa vicenda, è che mio padre può contare su di lei, e io ne sono felice.»

«Non sempre c'è bisogno di trovare un risvolto positivo, ma mi fa piacere che tu ne abbia trovato uno.»

«Purtroppo questa storia ha avuto un impatto enorme su mia madre. Per colpa mia – senza dubbio, stavolta – sua figlia se n'è andata. Mia madre ha perso l'occasione di vedere sua figlia crescere, e questo per colpa mia. Vivrò per sempre con questo rammarico.»

Dal modo in cui contrae la mascella, capisco che ha pianto più di una volta per questo motivo. Rifletto su quello che mi ha detto. Su quanto dev'essere stato difficile per la madre e la sorella, oltre che per lui. So che queste rivelazioni dovrebbero spaventarmi un po', ma per qualche strano motivo non mi spaventano, perché so che Caleb non farebbe male a nessuno. Tutto in lui me lo fa credere.

«Perché i tuoi genitori si sono separati?» chiedo.

Lui si stringe nelle spalle. «Sono abbastanza convinto che ci sono tantissime cose che non so, ma una volta mia madre mi ha detto che con lui si sentiva sempre sotto esame, in attesa che le dicesse che cosa aveva fatto di sbagliato. Credo che abbia passato molto tempo a sentirsi inadeguata, quando stavano insieme.»

«E tua sorella? Tuo padre la tratta nello stesso modo?»

«Niente affatto» dice Caleb, e finalmente ride. «Abby gli risponde a tono. Se ha da ridire su com'è vestita, lei comincia a parlare di libertà di scelta e alla fine lui si rimangia tutto e si scusa.»

Ora rido anch'io. «Mi piace. Così si fa.»

La cameriera passa a versarci altro caffè, e vedo le rughe di preoccupazione ripresentarsi sulla fronte di Caleb.

Alza lo sguardo sulla ragazza. «Grazie.»

Quando lei si allontana, chiedo: «Cosa c'entra Jeremiah in tutto questo?».

«Ha avuto la sfortuna di trovarsi a casa mia quel giorno.» Si mette di nuovo a guardare fuori dalla finestra. «Ed è rimasto sconvolto tanto quanto noi. Quando è andato a casa ha raccontato tutto ai suoi, e fin qui niente di male. Ma a quel punto sua madre ha stabilito che non potevamo più essere amici.»

«E ancora insiste a non volere che vi frequentiate?»

Le dita di Caleb sfiorano appena il bordo del tavolo. «Non

posso biasimarla. So di non essere pericoloso, ma in fondo lei sta solo proteggendo suo figlio.»

«Lei *pensa* di proteggerlo» puntualizzo. «C'è differenza.»

Caleb distoglie lo sguardo dalla finestra e fissa il tavolo. «Però la biasimo per aver spifferato tutto agli altri genitori. Mi ha trasformato in una *cosa* da evitare. Se ne senti parlare ad anni di distanza, è per via della sua famiglia. Mentirei se dicessi che non mi ha fatto male... molto male.»

«Non avrei mai dovuto venire a saperlo così» rifletto ad alta voce.

«E ha pure esagerato» aggiunge. «Probabilmente per assicurarsi che gli altri genitori non pensassero che stava reagendo in maniera eccessiva. Ecco perché per gente come Andrew io continuo a essere il maniaco dal coltello facile.»

Per la prima volta vedo la rabbia che cova ancora dentro di sé per questa situazione. Chiude gli occhi e alza una mano. «Anzi, ritiro tutto. Non voglio che tu giudichi la famiglia di Jeremiah. Non so per certo se è stata sua madre a esagerare. La storia potrebbe essersi gonfiata via via che circolava.»

Penso agli avvertimenti di Heather, all'espressione sgomenta di Rachel ed Elizabeth nell'apprendere la notizia. Tutti hanno reagito immediatamente. Tutti si sono subito fatti un'opinione senza aver mai ascoltato la versione di Caleb.

«Anche se è stata lei, non importa» continua. «Aveva un motivo per dire quello che ha detto. Tutti avevano un motivo. Questo non cambia quello che ho fatto.»

«Comunque non è giusto.»

«Da tempo ormai, ogni volta che attraverso i corridoi della scuola o faccio una passeggiata in città e chiunque mi conosca mi guarda ma non dice nulla – perfino se il suo sguardo non significa *nulla* –, mi chiedo che cosa ha sentito o a cosa sta pensando.»

Scuoto la testa. «Mi dispiace tanto, Caleb.»

«La cosa stupida è che sono convinto che io e Jeremiah avremmo potuto rimanere amici. Lui era presente. Ha visto tutto. Di sicuro si è spaventato, ma mi conosceva abbastanza bene da sapere che non avrei mai colpito Abby. Semplicemente, questa faccenda va avanti da troppo tempo. Ero più giovane di quanto sia Abby oggi quando è accaduto.»

«Sua madre non può essere ancora in apprensione perché suo figlio, che ormai è grande e grosso, ti frequenta» obietto. «Senza offesa, ma ti supera di qualche centimetro.»

Lui fa una risata. «E invece lo è. E anche sua sorella. Cassandra è praticamente la sua ombra. Quando lui tenta di avvicinarsi, lei è lì, pronta a tirarlo via.»

«E ti sta bene che questa cosa continui?»

Mi guarda con aria smarrita. «La gente pensa quello che vuole. Ho dovuto accettarlo. Posso combattere il pregiudizio, ma è veramente logorante. Posso sentirmi in colpa per quello che ho fatto, ma è una tortura. Oppure posso decidere che è peggio per loro.»

Non importa come scelga di vederla, è chiaro che la situazione lo logora e lo tormenta ancora.

«Sì, peggio per loro» ripeto. Allungo una mano e la poso sulla sua. «E sono sicura che ti aspetteresti parole più solenni da me, ma sei un ragazzo fantastico, Caleb.»

Mi sorride. «Anche tu sei fantastica, Sierra. Non tutte le ragazze sarebbero così comprensive.»

«Perché, di quante ragazze hai bisogno, scusa?» azzardo nel tentativo di alleggerire l'atmosfera.

«Quello è l'altro problema.» Il suo sorriso svanisce di nuovo. «Non solo dovrei spiegare il mio passato a lei – ammesso che non ne abbia ancora sentito parlare – ma dovrei spiegarlo anche ai suoi genitori. Se vivono qui, finirebbero comunque per sentire le voci che circolano sul mio conto.»

«Ti è capitato spesso di dover dare spiegazioni?»

«No, perché non ho mai frequentato nessuna abbastanza a lungo da capire se valeva la pena di farlo.»

Mi manca il respiro. E *io* ne valgo la pena? È questo che intende dire?

Tiro indietro le mani. «È per questo che sei interessato a me? Perché sai che me ne andrò?»

Abbassa le spalle, sconfitto. «Vuoi la verità?»

«È quello che stiamo cercando di fare stasera.»

«Sì, all'inizio sì, pensavo che avremmo potuto evitare la parte melodrammatica e semplicemente frequentarci.»

«Ma io avevo sentito delle voci su di te. Tu lo sapevi, eppure hai continuato a ronzarmi intorno.»

Mi accorgo che sta trattenendo un sorriso. «Forse è stato per il modo in cui hai utilizzato il verbo "perlustrare" in una frase.» Appoggia le mani in mezzo al tavolo con i palmi rivolti verso l'alto.

«Sono sicura che è stato quello» dico. Metto le mie mani sulle sue. Entrambi ci siamo liberati di un peso questa sera.

«Senza dimenticare che fai anche grossi sconti sugli alberi di Natale» aggiunge con un sorriso disarmante.

«Oh, è *questo* il motivo per cui mi giri intorno. E se decidessi che è ora di farteli pagare a prezzo pieno?»

Si appoggia allo schienale. Intuisco che si sta chiedendo se sia il caso di continuare a scherzare. «Suppongo che dovrei iniziare a pagarli a prezzo pieno.»

Sollevo un sopracciglio. «Allora lo fai solo per me.»

Lui fa scorrere i pollici sulle mie nocche. «Sì, lo faccio solo per te, Sierra.»

13

Dopo aver atteso che mi allacciassi la cintura, Caleb mette in moto il furgone. «Ora tocca a te» mi dice quando usciamo dal parcheggio del fast food. «Raccontami di una volta in cui sei stata tu a perdere il controllo.»

«Io? Oh, io non perdo mai il controllo.»

Dal suo sorriso capisco che sa che sto scherzando.

Ci immettiamo nell'autostrada in silenzio. Faccio correre lo sguardo dai fari delle auto che incrociamo all'imponente profilo di Cardinals Peak appena fuori città. Poi osservo di nuovo Caleb, e i contorni del suo viso sembrano addolcirsi in un'espressione felice che lascia subito spazio alla preoccupazione. Si sta forse domandando se ora lo vedo sotto un'altra luce?

«Ti ho dato parecchie munizioni poco fa» mi dice.

«Da usare contro di te?» chiedo.

Non ricevendo risposta, sono un po' dispiaciuta che lui possa pensarmi capace di farlo. Forse nessuno di noi due conosce l'altro abbastanza bene da sentirsi sicuro di qualcosa.

«Non lo farei mai» dichiaro. Sta a lui adesso credermi oppure no.

Percorriamo più di un chilometro prima che lui finalmente risponda con un semplice: «Grazie».

«Ho l'impressione che l'abbiano già fatto in molti.»

«Ed è per questo che ho smesso di dirlo alla maggior parte della gente. Credano quello che vogliono, io sono stanco di spiegare. Le uniche persone cui devo qualcosa sono Abby e mia madre.»

«Non eri tenuto a dirlo nemmeno a me. Avresti potuto decidere di...»

«Lo so. Ma desideravo dirti tutto.»

Rimaniamo in silenzio per il resto del tragitto verso il vivaio, e io spero che si senta meno oppresso ora. Ogni volta che dolorosamente tiro fuori la verità con le mie amiche, provo sempre una sensazione di leggerezza. E questo succede solo perché mi fido di loro. E Caleb può fidarsi di me. Se sua sorella sostiene di averlo perdonato, perché io dovrei avere delle riserve su di lui? A maggior ragione, sapendo quanto è rammaricato per quello che è successo.

Entriamo nel parcheggio. Le lucine a forma di cristallo di neve che delimitano il perimetro del vivaio sono spente, ma i lampioni sono ancora accesi per ragioni di sicurezza. L'interno della roulotte non è illuminato e le tende sono chiuse.

«Prima che tu te ne vada c'è qualcos'altro che devo sapere.»

Lasciando il motore acceso, Caleb si volta verso di me.

«Per Natale andrai a trovare Abby e tuo padre?»

Lui abbassa lo sguardo, ma sulle sue labbra affiora un sorriso. Sa che glielo sto chiedendo perché non voglio che se ne vada. «Quest'anno è il turno di mia madre» dice. «Sarà Abby a venire qui.»

Non voglio nascondere del tutto il mio entusiasmo, ma cerco di mantenere un certo distacco. «Mi fa piacere.»

Lui mi guarda. «Vedrò mio padre durante le vacanze di Pasqua.»

«Pensi che a Natale si sentirà solo?»

«Un po', ne sono certo. Ma un altro aspetto positivo del fatto che Abby viva con lui è che lo costringe a entrare nello spirito natalizio. Lo porterà a comprare un albero di Natale questo fine settimana.»

«Tua sorella è davvero un tipo esuberante.»

Caleb fissa il parabrezza. «Fino a poco tempo fa non vedevo l'ora di passare le feste con loro l'anno prossimo, ma ora non so. Credo che una grande parte di me non voglia partire fino all'ultimo minuto prima di Natale.»

«Per via di tua madre?»

A ogni secondo che passa senza ricevere una risposta, mi sento sempre più evanescente. Sta dicendo che vuole rimanere per me? Vorrei chiederglielo – *dovrei* chiederglielo – ma ho troppa paura. Se mi dicesse di no, mi sentirei ridicola per averlo pensato. Se invece mi dicesse di sì, dovrei dirgli che l'anno prossimo tutto potrebbe cambiare.

Scende dal furgone e fa il giro per venirmi ad aprire la porta. Mi prende la mano e mi aiuta a scendere. Indugiamo per qualche istante con le dita intrecciate, a pochi centimetri l'uno dall'altra. Mi sento più vicina a lui di quanto mi sia mai sentita con qualsiasi altro ragazzo. Anche se non resterò qui a lungo. Anche se non so quando tornerò.

Gli chiedo di passare domani. Mi promette di farlo. Lascio andare la sua mano e vado alla roulotte, sperando che il silenzio che troverò all'interno mi aiuti a calmare la mia mente in subbuglio.

Da tre anni a questa parte, il giorno prima dell'inizio della pausa invernale vado a scuola con Heather. Tutto era iniziato come una sfida durante una delle nostre maratone cinematografiche; eravamo curiose di scoprire se la sua scuola l'avrebbe permesso. Mia madre aveva chiamato per informarsi, e poiché la preside del liceo era stata la mia insegnante nella scuola elementare che frequentavo ogni inverno, non aveva avuto nulla in contrario. "Sierra è una brava ragazza" aveva detto.

Heather si applica l'eyeliner guardandosi in un piccolo specchio fissato all'anta del suo armadietto. «Ne avete parlato mentre mangiavate i pancake?» chiede.

«Pancake giganti, direi. Rachel mi aveva consigliato di affrontare l'argomento in un luogo pubblico, così...»

«Che cosa ti ha detto?»

Mi appoggio all'armadietto vicino. «Non sta a me raccontartelo. Tu continua a dargli una possibilità, okay?»

«Ti sto lasciando uscire con lui non accompagnata. Direi che questo significa dargli una possibilità, no?» Riavvita il tubetto dell'eyeliner. «Quando ho sentito dire che voi due scorrazzate per la città consegnando abeti come Babbo Natale e consorte, ho immaginato che le voci fossero esagerate.»

«Ti ringrazio.»

Heather chiude l'armadietto. «Quindi, ora che fate sul serio, dovrei ricordarti perché ho tanto insistito per un flirt natalizio.»

Entrambe lanciamo un'occhiata in fondo al corridoio zeppo di studenti, dove Devon sta chiacchierando con un gruppetto di amici.

«Hai superato quella faccenda della Reginetta d'Inverno?» chiedo.

«Credimi, l'ho fatto strisciare a terra» dice. «E anche parecchio. Però guardalo! Dovrebbe essere qui con me. Mi viene da pensare che se ci tenesse davvero...»

«Piantala! Ma ti senti? Prima vuoi rompere con lui, ma dici che non potresti mai fargli una cosa simile proprio sotto Natale. Eppure, quando lui non ti dà tutte le sue attenzioni, ti senti derelitta.»

«Io non mi sento...! Aspetta, è come dire che sono depressa?»

«Sì.»

«Bene, allora. Mi sento derelitta.»

È tutto chiaro ora. Non si è mai trattato del fatto che Devon è noioso. Il punto è che Heather ha bisogno di sentirsi desiderata.

La seguo lungo il corridoio fino all'aula della prossima lezione. Riceviamo le occhiate di studenti e insegnanti che si chiedono chi sono, o di gente che, riconoscendomi, si rende conto solo in quel momento che siamo di nuovo nel periodo natalizio.

«Tu e Devon passate molto tempo insieme, e so che vi date anche parecchio da fare, ma lui sa che ti piace davvero?»

«Lo sa. Ma non so se io piaccio a lui. Cioè, lui dice di sì. E mi chiama tutte le sere, ma per parlarmi di fantacalcio e di cavolate, come che cosa vorrei per Natale.»

Lasciamo il corridoio affollato ed entriamo in classe per la lezione di inglese. L'insegnante mi saluta con un cenno del capo e un sorriso, e poi indica una sedia già sistemata vicino al banco di Heather.

Proprio mentre suona l'ultima campanella, Jeremiah si fionda nell'aula e prende posto davanti a noi. Il mio cuore comincia a battere più forte. Rivedo quello sguardo triste sul suo viso il giorno della parata, quando è passato davanti a Caleb.

Mentre l'insegnante accende la lavagna interattiva, Jeremiah si volta verso di me e con voce profonda mi dice: «Così sei la nuova ragazza di Caleb».

Mi sento avvampare e per un attimo mi irrigidisco. «Chi l'ha detto?»

«Non siamo in una grande città» spiega. «E conosco un sacco di ragazzi della squadra di baseball. La reputazione di tuo padre è leggendaria.»

Mi copro il viso con le mani. «Oh, Signore.»

Lui ride. «Non preoccuparti. Sono felice che tu esca con lui. È, come dire, perfetto.»

Lo osservo attentamente. L'insegnante dice qualcosa a proposito di *Sogno di una notte di mezza estate*, e gli studenti intorno a me spulciano fra i loro appunti. Mi sporgo in avanti e sussurro: «Perché è perfetto?».

Jeremiah ruota leggermente la testa. «Per via della sua fissa per gli alberi. E perché tu sei la ragazza che vende gli alberi. Forte.»

«Non mettermi nei casini» mi sussurra Heather. «Devo tornare qui domani.»

Con tutta la discrezione cui riesco a fare appello, chiedo a Jeremiah: «Perché hai smesso di frequentarlo?».

Lui abbassa lo sguardo sul banco, e poi affonda il mento nella spalla voltandosi verso di me. «Ti ha detto che eravamo amici?»

«Mi ha detto molte cose. È davvero un bravo ragazzo, Jeremiah.»

«È complicato» bisbiglia guardando davanti a sé.

«Davvero? O è la tua famiglia a renderlo complicato?»

Lui trasale leggermente e poi mi lancia un'occhiataccia, come a dire: "Ma cosa vuole questa?".

Penso a cosa direbbero i miei genitori se sapessero che Caleb si è abbandonato a quell'esplosione di rabbia, anche se è un episodio che risale ad anni fa. Da che riesco a ricordare, hanno sempre sottolineato l'importanza del perdono, la convinzione che le persone possono cambiare. Voglio credere che terrebbero fede a quelle parole, ma trattandosi di me e del ragazzo che mi piace, non so come reagirebbero.

Sbircio Heather e mi stringo nelle spalle come per scusarmi, ma questa potrebbe essere l'unica occasione per parlare con Jeremiah. «Hai parlato con loro dopo quello che è successo?»

«Non vogliono che io sia coinvolto in questo tipo di problema.»

Mi riempie di tristezza – e di rabbia – constatare che i suoi genitori o chiunque altro possano considerare Caleb un *tipo* di problema. «D'accordo, ma vorresti tornare a essere suo amico se potessi?»

Guarda di nuovo dritto davanti a sé, verso l'insegnante che traffica con il computer. Poi si volta. «Ero presente. Ho visto come sono andate le cose. Caleb era completamente fuori di sé, ma non credo che le avrebbe fatto male.»

«Non credi?» ripeto. «Sai benissimo che non l'avrebbe fatto.»

Si aggrappa nervosamente al banco. «No, non lo so» dice. «E comunque tu non c'eri.»

Le sue parole sono come un pugno in pieno viso. Se le cose stanno così, non dipende soltanto dalla famiglia di Jeremiah. Dipende anche da lui; e ha ragione, io non c'ero.

«Perciò nessuno ha il diritto di cambiare, è così?»

Heather mi dà dei colpetti sul braccio e io mi ritraggo. Jeremiah fissa una pagina bianca del suo quaderno per tutta la durata della lezione, senza scrivere neanche una parola.

Non vedo Caleb fino alla fine della mattinata. Quando esce dall'aula di matematica è in compagnia di Luis e Brent. Li guardo mentre si scambiano pacche sulle spalle e si congedano prendendo direzioni diverse. Non appena si accorge di me, mi viene incontro sorridendo.

«Sai, di solito la gente cerca di *uscire* da scuola» dice. «Com'è andata oggi?»

«Ci sono stati dei momenti interessanti.» Mi appoggio alla parete. «So che probabilmente dirai che non hai mai usato l'aggettivo "arduo", ma se dovessi descrivere la mia giornata, la definirei più o meno così.»

«Non l'ho mai usato, in effetti.» Si appoggia al muro accanto a me, tira fuori il cellulare e inizia a digitare qualcosa. «Più tardi lo cercherò sul dizionario.»

Noto Heather che si sta avvicinando a noi. Qualche passo più indietro, Devon sta parlando al telefono.

«Andiamo in centro a fare un po' di shopping. Volete venire con noi?» chiede.

Caleb mi guarda. «Decidi tu. Oggi sono libero.»

«Certo» dico alla mia amica. Poi mi rivolgo a lui. «Lascia guidare Devon, così nel frattempo puoi cercare la tua parola del giorno.»

«Continua pure a sfottermi e non avrai più la tua cioccolata alla menta» conclude. Poi, come se fosse la cosa più naturale del mondo, mi prende per mano e seguiamo i nostri amici fuori.

14

Caleb mi lascia andare la mano solo per poter aprire la porta posteriore dell'auto di Devon. Attende che io mi sia seduta, chiude la portiera e fa il giro dall'altra parte. Dal sedile del passeggero, Heather si volta e mi rivolge un sorriso d'intesa.

Io le do l'unica risposta adatta in una situazione come questa: «Non fiatare».

Poi inarca le sopracciglia in modo allusivo, e per poco non scoppio a ridere. Ma apprezzo molto che abbia deciso di smettere di avere delle riserve su Caleb. O forse, semplicemente, le fa piacere stare in compagnia durante il tragitto in macchina con Devon.

«Allora, cosa si compra?» chiede Caleb.

«Regali di Natale» risponde Devon. Mette in moto e poi guarda Heather. «Almeno credo. Giusto?»

Lei chiude gli occhi e appoggia la testa contro il finestrino.

A questo punto mi sento in dovere di dare a Devon qualche suggerimento su come si comporta un fidanzato modello. «Okay, dimmi, per chi hai intenzione di fare acquisti, Devon?»

«Per la mia famiglia, penso. E tu?»

L'impresa si prospetta più difficile di quanto pensassi, così cambio tattica. «Heather, se potessi ricevere un regalo per Natale, che cosa vorresti? Qualsiasi cosa.»

Heather, che non è ridicolmente inconsapevole come il suo ragazzo, ha intuito le mie intenzioni. «Gran bella domanda, Sierra. Sai, non sono mai stata molto esigente, quindi forse...»

Devon si mette a trafficare con la radio. Faccio appello a tutte le mie forze per non sferrare un calcio al suo sedile. Caleb guarda fuori dal finestrino, sforzandosi di non ridere. Per lo meno lui ha capito cosa sta succedendo.

«Forse cosa?» incalzo Heather.

Lei lancia un'occhiataccia a Devon. «Sarebbe carino ricevere qualcosa di pensato apposta per me, per esempio una giornata dedicata alle mie attività preferite: un film, una passeggiata, magari un picnic su Cardinals Peak. Qualcosa di così semplice che perfino un idiota potrebbe arrivarci.»

Devon cambia di nuovo la stazione radio. Ora vorrei appioppargli una sventola su quella zucca vuota, ma sta guidando, e l'incolumità degli altri passeggeri mi sta troppo a cuore.

Caleb si piega in avanti e posa una mano sulla spalla di Devon. «Sembra un'idea molto divertente, Heather. Forse qualcuno ti regalerà questa giornata memorabile.»

Devon lo guarda nello specchietto retrovisore. «Mi hai chiamato?»

Heather si avvicina a pochi centimetri dal suo viso. «Stavamo parlando di quello che desidero per Natale, Devon!»

Lui le sorride. «Tipo una di quelle candele profumate? Ti piacciono così tanto!»

«Ottimo spirito di osservazione» commenta lei, abbandonandosi contro lo schienale. «Sono sparse praticamente ovunque sul cassettone e sulla scrivania.»

Devon sorride e le dà un colpetto sul ginocchio, poi torna a concentrarsi sulla strada.

Caleb e io iniziamo a ridere piano finché, non riuscendo più a trattenerci, scoppiamo in una risata fragorosa. Mi appoggio alla sua spalla, asciugandomi le lacrime all'angolo degli occhi. Alla fine anche Heather si associa, seppur timidamente. Perfino Devon si mette a ridere, anche se proprio non capisco perché.

Ogni inverno una coppia in pensione apre un negozietto stagionale nel centro città chiamato Candle Box. È quasi sempre ubicato in locali di volta in volta diversi che comunque rimarrebbero inutilizzati durante le vacanze. Rimane aperto più o meno nello stesso periodo del nostro vivaio, con la differenza che i proprietari vivono qui per il resto dell'anno. Gli scaffali e i tavoli addobbati a festa sono carichi di candele profumate e decorative arricchite da pigne, brillantini e altri elementi immersi nella cera. Ma ciò che spinge a entrare nel negozio coloro che altrimenti si limiterebbero a passarci davanti è la possibilità di seguire dal vivo la fabbricazione delle candele che avviene nella vetrina prospiciente la strada.

La donna siede su uno sgabello, circondata da vaschette di cera sciolta di vari colori. Intinge ripetutamente lo stoppino nella cera per creare la candela che si ispessisce a ogni immersione, alternando strati di rosso e di bianco. Per finire, la tuffa nella cera bianca e poi la appende a un gancio facendo un cappio nello stoppino. Quando la cera è ancora calda, fa scorrere un coltello lungo la candela e ripiega verso il basso i lembi ottenuti, simili a foglie, esponendo i diversi strati di bianco e di rosso. A un paio di centimetri dal fondo, smette di incidere la cera e appiccica la punta delle foglie contro la candela. Il processo continua, piegando le foglie prima in un senso e poi nell'altro, fino a ricoprire tutta la superficie con un motivo ondulato.

Potrei restare a guardare questa operazione per ore.

Caleb, però, continua a interrompere il mio stato di ipnosi.

«Quale preferisci?» mi chiede sollevando dei vasetti di vetro davanti ai miei occhi. Prima mi fa annusare una candela con l'immagine di una noce di cocco sull'etichetta, poi un'altra con i mirtilli.

«Non so. Ne ho annusate troppe. Mi sembra che abbiano tutte lo stesso odore ormai.»

«Ma figurati! I mirtilli e la noce di cocco non hanno niente in comune.» Una alla volta, mi mette di nuovo le candele sotto il naso.

«Trovami qualcosa con la cannella. Adoro le candele alla cannella.»

Caleb spalanca la bocca simulando orrore. «Sierra, la cannella è un profumo da principianti. A tutti piace la cannella! L'obiettivo è evolvere verso qualcosa di più sofisticato.»

Gli faccio un sorrisetto. «Ah, è così?»

«Certo. Aspetta qui.»

Non faccio in tempo a farmi rapire completamente dalla lavorazione delle candele che lui torna con un altro vasetto. Copre l'etichetta con la mano, ma la cera è di un rosso intenso.

«Chiudi gli occhi» mi ordina. «Concentrati.»

Faccio come mi ha chiesto.

«Che profumo ha?»

Scoppio a ridere. «Il profumo di qualcuno che si è appena lavato i denti ed è proprio qui davanti a me.»

Caleb mi scuote il braccio e io, con gli occhi ancora chiusi, inspiro profondamente. Poi li riapro e guardo dritto nei suoi. Lui è vicino, troppo vicino. La mia voce è flebile, quasi un sussurro. «Dimmi. Mi piace.»

Mi rivolge un sorriso divertito. «C'è un po' di menta, un po' di pino. E anche un lieve sentore di cioccolato, credo.» Sull'etichetta, in lettere dorate, c'è scritto PER UN NATALE MOLTO SPECIALE. Rimette il coperchio sul vasetto della candela. «Mi fa pensare a te.»

Mi umetto le labbra. «Posso regalartela?»

«È una decisione difficile» mormora, mentre i nostri volti si sfiorano. «Credo che impazzirei se la accendessi nella mia stanza.»

«Ragazzi!» ci interrompe Devon. «Io e Heather andiamo a farci fare una foto con Babbo Natale al centro commerciale. Venite anche voi?»

Heather deve aver intuito che tra me e Caleb stava per succedere qualcosa, perché afferra la mano di Devon e lo trascina via. «Lascia stare. Ci vediamo dopo.»

«No, veniamo con voi» dice Caleb.

Mi tende la mano e io la prendo. Non desidero altro che sparire da qualche parte insieme a lui, senza essere disturbati. Invece andiamo a farci fotografare seduti in grembo a uno sconosciuto.

Quando arriviamo al centro commerciale, la coda si snoda dalla casa di pan di zenzero di Babbo Natale, attraverso il cortile e intorno a una fontana dei desideri con un orso di bronzo che pesca nell'acqua.

Devon lancia una monetina che colpisce la zampa dell'animale. «Tre desideri!» esclama.

Mentre i due ragazzi chiacchierano, Heather mi si avvicina e mi sussurra all'orecchio: «Ho come l'impressione che vi avrebbe fatto piacere rimanere un po' da soli prima».

«È la gioia del Natale» dico. «Sei sempre circondato – completamente circondato – da amici e parenti.»

Quando finalmente arriviamo davanti alla casetta, un tipo paffuto vestito da elfo conduce Devon e Heather da Babbo Natale, che se ne sta abbarbicato su un enorme trono di velluto rosso. Gli si siedono in grembo stringendosi un po'. L'uomo ha una barba bianca vera e accoglie entrambi fra le sue braccia come se fossero dei bambinetti. È una cosa infantile, ma adorabile. Appoggio la testa sulla spalla di Caleb e lui mi avvolge in un abbraccio.

«Da piccolo mi piaceva farmi fotografare con Babbo Natale» mi dice. «I miei genitori vestivano me e mia sorella con due magliette coordinate e usavano la foto come biglietto natalizio per i parenti.»

Mi domando se ricordi come questo abbiano un sapore un po' agrodolce per lui ora.

Mi guarda negli occhi e mi sfiora la fronte con un dito. «Vedo le rotelline che girano vorticosamente qui dentro. No, non è un problema parlare di mia sorella.»

Io sorrido e appoggio la fronte sulla sua spalla.

«Comunque grazie. Apprezzo molto che tu stia cercando di capirmi.»

Devon e Heather si avvicinano alla cassa, presidiata da un altro elfo. Quando tocca a noi sederci in grembo a Santa Claus, Caleb tira fuori il pettine viola e se lo fa passare più volte fra i capelli.

Un elfo con una macchina fotografica si schiarisce la voce. «Siamo pronti?»

«Scusi» dico, distogliendo lo sguardo da Caleb.

L'elfo scatta diverse foto. Iniziamo con qualche faccia buffa, ma poi ci abbandoniamo contro il petto di Babbo Natale, il quale ci asseconda con un'allegria che non dà segni di cedimento. Butta lì perfino un «Ho, ho!» prima di ogni scatto.

«Mi scusi se siamo pesanti» gli dico.

«Non avete pianto e nemmeno fatto pipì» osserva lui. «Questo depone a vostro favore.»

Quando saltiamo giù dalle sue ginocchia, Babbo Natale regala a ciascuno di noi un bastoncino di zucchero. Poi ci avviamo verso la cassa per guardare le foto sullo schermo del computer. Scegliamo quella che ci ritrae tra le braccia di Santa Claus, e Caleb ne compra una copia anche per me. Nell'attesa delle stampe, chiede anche un portachiavi con foto.

«Sul serio? Hai intenzione di andare in giro su quel furgone così virile con l'immagine di Babbo Natale sul portachiavi?»

«Prima di tutto, è una foto di *noi due* con Babbo Natale. Secondo, è un furgone violetto, e tu sei la prima persona che lo definisce virile.»

I nostri amici ci aspettano davanti al cottage, Devon con il braccio intorno alle spalle di Heather. Ci dicono che vogliono mangiare qualcosa, così decidiamo di seguirli, ma sono costretta a guidare Caleb tenendolo per il braccio perché lui è impegnato ad armeggiare con il portachiavi. Riesco a pilotarlo abilmente evitandogli un potenziale scontro. Poi, osservando la sua espressione concentrata mentre fa scivolare la nostra foto in un oggetto che vedrà ogni giorno, mi distraggo a tal punto che andiamo a sbattere contro un ragazzo facendogli cadere il cellulare di mano.

«Oops. Scusa.»

Caleb lo raccoglie e glielo restituisce. «Non c'è problema.»

«A scuola quel tipo ha sempre il muso sul telefono. Dovrebbe cercare di alzare gli occhi ogni tanto» borbotta Devon.

«Mi stai prendendo in giro?» esclama Heather. «Tu sei proprio l'ultima persona che...»

Devon alza una mano a mo' di scudo. «Sto scherzando!»

«Stava parlando con Danielle» dice Caleb. «Ho letto il nome sul display.»

«Ancora?» Heather mi aggiorna rapidamente. «Danielle vive nel Tennessee. Si sono conosciuti al campo estivo di teatro, e si sono presi una cotta pazzesca.»

«Come se la cosa potesse durare» dico.

Gli occhi di Caleb si stringono e io sussulto, pentendomi immediatamente del mio commento. Stringo più forte il suo braccio, mentre lui mantiene lo sguardo fisso davanti a sé. Mi sento uno schifo, ma non penserà davvero che possa esistere un futuro per una relazione a distanza?

La nostra – quella fra Caleb e me – non può che finire in un modo che farà soffrire entrambi. Per giunta, conosciamo già la data in cui questo avverrà. Più tiriamo avanti la cosa, più dolorosa sarà la ferita.

Perciò che cosa ci faccio qui?

Mi blocco. «Scusate, devo proprio tornare al lavoro.»

Heather si piazza davanti a me. Ha capito benissimo che cosa mi è preso. «Sierra...»

Tutti si fermano, ma solo Caleb si rifiuta di guardarmi.

«Non ho aiutato abbastanza i miei genitori negli ultimi giorni. E comunque ho mal di stomaco, quindi...»

«Vuoi che ti riaccompagniamo a casa?» chiede Devon.

«Torno a piedi con lei» dice Caleb. «Anche a me è passata la fame.»

Percorriamo in silenzio buona parte del tragitto di trenta minuti verso casa. Caleb deve aver capito che non mi fa davvero male lo stomaco, perché non mi chiede neppure come sto. Quando arriviamo in prossimità del tendone, però, comincia a farmi male sul serio. Avrei dovuto tenere la bocca chiusa.

«Ho come l'impressione che la storia di mia sorella ti disturbi più di quanto tu non voglia ammettere» dice.

«Non è affatto vero.» Mi fermo e gli prendo la mano. «Caleb, non sono il tipo di persona che vuole farti pesare il tuo passato.»

Si passa le dita fra i capelli. «Allora perché hai detto quella frase poco fa riguardo le relazioni a distanza?»

Prendo un respiro profondo. «Tu pensi seriamente che tra loro funzionerà? Non per essere cinica, ma due vite, due gruppi di amici, due Stati diversi? I pronostici sono contro di loro, fin dall'inizio.»

«Cioè sono contro di noi.»

Gli lascio la mano e distolgo lo sguardo.

«Conosco quel ragazzo da prima che incontrasse Danielle, e sono felice che stia con lei. Non è una situazione facile, non si vedono tutti i giorni né vanno a ballare insieme, ma parlano continuamente.» Si interrompe e, per un brevissimo istante, i suoi occhi si stringono. «Non ti facevo così pessimista, davvero.»

Pessimista? Sento montare la rabbia. «Questo dimostra che ci conosciamo da poco.»

«È vero, ma io ti conosco da abbastanza tempo.»

«Ah sì?» Non riesco a nascondere il sarcasmo nel mio tono di voce.

«Lui e Danielle hanno un grosso ostacolo sul loro cammino, ma lavorano per superarlo» continua Caleb. «Sono sicuro che si conoscono meglio della maggior parte delle persone. Stai dicendo che dovrebbero concentrarsi sull'unica cosa che rende difficile la loro relazione?»

Lo guardo, incredula. «Dici sul serio? Parli tu che eviti le ragazze di qui perché non vuoi essere costretto a dare spiegazioni sul tuo passato. Questo non è focalizzarsi sulla parte difficile?»

Caleb è sopraffatto dalla frustrazione. «Non ho detto questo. Ho detto che non ero mai stato con nessuno abbastanza a lungo da capire se ne valesse la pena oppure no. Ma tu sì, tu ne vali la pena. L'ho capito subito.»

Le sue parole mi fanno girare la testa. «Davvero? Pensi che fra noi possa funzionare?»

I suoi occhi sono risoluti. «Sì.» Subito dopo si addolciscono, e il sorriso che mi rivolge è dolce e sincero. «Sierra, mi sono addirittura pettinato per te.»

Abbasso lo sguardo e rido, poi mi scosto i capelli dal viso.

Lui fa scorrere il pollice sulla mia guancia. Io sollevo il mento verso di lui e trattengo il respiro.

«Mia sorella arriverà nel fine settimana.» La sua voce tradisce una punta di nervosismo. «Vorrei fartela conoscere. E anche mia madre. Che ne dici?»

Lo guardo intensamente prima di rispondergli. «Sì.» E con quell'unica parola è come se rispondessi a una decina di altre domande che non c'è neppure bisogno di esprimere ad alta voce.

15

Non appena salgo sulla roulotte mi butto sul letto. Sistemo sul tavolo la fotografia di me e Caleb con Babbo Natale e la guardo in tralice, la testa appoggiata sul cuscino ricavato dal maglione.

Poi mi inginocchio e la sollevo all'altezza delle cornici che ho portato da casa. Prima la mostro a Elizabeth, e con la mia migliore imitazione della sua voce, le chiedo: «Perché ti comporti così? Sei lì per vendere alberi e uscire con Heather».

«L'ho fatto, ma...» rispondo.

Torno nei panni di Elizabeth. «Questa storia non può portare da nessuna parte, Sierra, non importa quello che dice lui, e cioè che bisogna concentrarsi su ciò che è possibile.»

Chiudo gli occhi e li stringo. «Non so, ragazze. Magari potrebbe, invece.»

Passo a Rachel. La prima cosa che fa è emettere un fischio di apprezzamento indicando la fossetta di Caleb.

«Già. Fidati, questo non rende le cose più facili.»

«Qual è il peggio che può capitarti?» dice. «Ti ritroverai con il cuore spezzato. E allora? Ho la sensazione che succederà comunque.»

Mi lascio di nuovo cadere sul letto stringendo la foto di Caleb al petto. «Lo so.»

Esco per vedere se c'è bisogno di me nel tendone. Non c'è ressa, perciò mi preparo una cioccolata calda nella mia tazza pasquale e poi torno nella roulotte per fare un po' di compiti. Passando davanti agli abeti di Fraser più alti, incrocio Andrew che trascina un tubo per innaffiare. Dopo il battibecco dell'altro giorno, decido di essere gentile con lui per mantenere un rapporto decente sul lavoro.

«Ti preoccupi sempre che abbiano abbastanza acqua» esordisco. «Grazie. Hanno un bell'aspetto.»

Andrew mi ignora completamente. Avvita il nebulizzatore sulla pompa e inizia a irrorare gli alberi. Alla faccia della cordialità.

Una volta rientrata nella roulotte, tiro fuori il portatile e rileggo l'analisi di un capitolo che ho buttato giù ieri sera tardi. Controllando la posta elettronica, trovo un'email di Monsieur Cappeau che mi rimprovera per aver saltato la nostra ultima ora di conversazione, così fisso un altro appuntamento e poi spengo tutto.

Sbirciando dalle tende, vedo papà che si avvicina a Andrew e gli fa cenno di passargli la canna. Gli fa vedere come vuole che siano bagnati gli alberi e poi gliela ripassa. Andrew annuisce e mio padre sorride dandogli una pacca sulla spalla. Poi si inoltra nel nostro boschetto. Invece di riprendere a innaffiare, Andrew lancia una rapida occhiata in direzione della roulotte.

Io, per tutta risposta, lascio ricadere la tendina.

Decido di preparare la cena, così affetto le verdure che ho comprato da McGregor's e le metto tutte insieme in una pentola per fare una minestra. Mentre la zuppa cuoce a fuoco lento, vedo un altro furgone carico di rifornimenti fermarsi davanti al tendone. Zio Bruce scende dalla cabina con un balzo. Alcuni dei nostri collaboratori si affrettano a salire la scaletta per scaricare gli alberi, mentre lo zio si dirige di corsa verso la roulotte e apre la porta con impeto.

«Wow, che profumino!» esclama attirandomi in un abbraccio affettuoso. «Là fuori c'è solo odore di resina e di ragazzotti.»

Poi si scusa e sparisce in bagno. Nel frattempo io continuo a occuparmi della zuppa aggiungendo un pizzico delle spezie che ho trovato nell'armadietto e mescolando gli ingredienti con un cucchiaio di legno. Zio Bruce fa un assaggio prima di tornare al lavoro. Mi appoggio al bancone della cucina e fisso la porta che si chiude alle sue spalle. Questi sono i momenti che mi fanno desiderare di vivere così per il resto dei miei giorni. Quando i miei genitori saranno troppo vecchi, spetterà a me decidere le sorti della nostra azienda agricola e se gestire altri vivai.

Una volta scaricato il cassone, papà rimane fuori a dirigere gli operai, mentre mia madre e mio zio mi raggiungono. Sono così entusiasti della zuppa che la sorbiscono in fretta come lupi affamati senza accennare al fatto che mi sono sottratta al lavoro pesante.

Servendosi un secondo piatto, lo zio ci racconta di zia Penny, che ha avvolto di lucine il loro albero di Natale senza prima provarle nella presa. «Come si fa?» si lamenta. Quando alla fine le ha accese, ha scoperto che metà erano bruciate, così ora hanno un albero molto meno luminoso di come si aspettavano.

Dopo che zio Bruce è uscito per dare il cambio a papà, mia madre va nella piccola camera da letto per fare un sonnellino prima dell'ora di punta. Quando rientra papà, gli offro subito un piatto di minestra. Lui indugia sulla soglia, visibilmente agitato, come se volesse parlarmi di qualcosa. Invece scuote la testa e si dirige verso la camera da letto.

Il pomeriggio seguente, approfittando di un momento di calma, rispondo a una chiamata di Rachel.

«Non crederai mai a quello che è successo!» dice.

«Un attore ha letto il tuo post sul ballo d'inverno e ha accettato l'invito?»

«Ehi, a volte gli attori lo fanno – è tutta pubblicità – quindi continuo a sperare. Ma quello che sto per dirti è molto meglio.»

«Dai, sputa!»

«La ragazza del *Canto di Natale*, quella che interpreta il Fantasma del Natale Passato, si è beccata la mononucleosi! Cioè, non è una bella notizia. Ma io la sostituirò, e questa sì che lo è!»

Rido. «Se non altro, hai ammesso che la mononucleosi non è una buona cosa.»

Ride anche Rachel. «Lo so, lo so, ma ha la mononucleosi, mica un cancro. In ogni caso, so che è una cosa dell'ultimo minuto, ma quella di domenica sera è l'unica replica non ancora sold out.»

«Cioè... domani?»

«Ho già controllato, potresti prendere un treno a mezzanotte e...»

«Mezzanotte di stasera?»

«Arriveresti qui con largo anticipo.»

Devo essere rimasta in silenzio troppo a lungo, perché Rachel mi domanda se sono ancora in linea.

«Chiedo, ma non posso prometterti niente.»

«No, certo, però provaci. Ho voglia di vederti. E anche Elizabeth. Puoi dormire da me, ho già chiesto il permesso ai miei genitori. E poi potresti raccontarci lo scoop su Caleb. Sei stata troppo misteriosa su quel fronte.»

«Abbiamo parlato di sua sorella. Credo che mi abbia raccontato tutto.»

«Quindi immagino che non sia un accoltellatore psicopatico.»

«Non sono scesa nei dettagli con nessuno perché è un po' complicato. Non so bene come mi sento, e nemmeno come vorrei sentirmi.»

«Sembra una situazione complicata già solo ad ascoltarla» dice Rachel. «Figuriamoci a pensarci su.»

«Ora che so che non è sbagliato essere attratta da lui, sono ossessionata da un dubbio: basta questo a rendere giusto quello che provo? Rimarrò qui solo per un paio di settimane.»

«Hmm...» Sento Rachel premere un tasto sul bordo del cellulare. «Quindi non prevedi di dimenticarlo una volta che sarai partita.»

«A questo punto, non so se sia possibile.»

Dopo aver chiuso la chiamata torno nel tendone, dove mia madre è intenta ad appendere delle ghirlande appena confezionate. Sopra la camicia da lavoro indossa un grembiule verde scuro con la scritta IT'S BEGINNING TO SMELL A LOT LIKE CHRISTMAS. L'abbiamo regalato a papà la vigilia di Natale dell'anno scorso. Gli prendiamo sempre qualcosa di spiritoso prima di tornare a casa, dove ci aspettano i regali veri.

La aiuto a sistemare qualche rametto nelle ghirlande finché, non riuscendo più a trattenermi, le chiedo: «Domenica posso andare a vedere Rachel che recita la parte dello Spirito del Natale Passato?».

Mia madre si blocca per un istante. «Hai parlato di Rachel e di un fantasma, o...»

«È un pessimo momento, lo so. Questo fine settimana ci sarà parecchio da fare qui. Non devo andarci per forza, se manda all'aria tutti i turni di lavoro.» Non accenno al fatto che non ho particolarmente voglia di andare. Non voglio sprecare due potenziali giorni con Caleb standomene chiusa in un treno tutta sola.

La mamma si avvicina al banco e con un taglierino lacera il nastro adesivo di una scatola di cartone. «Ne parlerò con tuo padre» dice. «Magari riusciamo a trovare un modo.»

«Oh...»

Dopo aver aperto lo scatolone, mi passa dei sacchettini bianchi pieni di decorazioni argentate che sistemo sul ripiano sotto le coroncine.

«Alcuni ragazzi si sono resi disponibili per fare più ore» prosegue. «Potremmo aumentare il loro orario di lavoro per qualche giorno, mentre tu sei via.» Posa lo scatolone vuoto sotto il bancone e si pulisce le mani nel grembiule. «Puoi badare alla cassa al posto mio per un attimo?»

Questo significa che sta andando a parlare con mio padre.

«In realtà» dico chiudendo gli occhi, «non ho tutta questa voglia di andare.» Le sorrido a denti stretti.

Lei fa una risatina. «Allora perché me l'hai chiesto?»

Mi passo una mano sul viso. «Perché pensavo che mi avresti detto di no. Pensavo che avreste avuto bisogno di me qui. Ma ho detto a Rachel che ci avrei almeno provato.»

L'espressione di mia madre si addolcisce. «Tesoro, che cosa sta succedendo? A noi fa piacere che tu ci dia una mano, lo sai, ma non vorremmo mai che rinunciassi a qualcosa per occuparti dell'azienda di famiglia.»

«Appunto, è un'azienda di *famiglia*. Un giorno potrei rilevarla io.»

«E noi ne saremmo felicissimi, naturalmente» dice mia madre. Mi attira in un abbraccio e poi mi guarda dritta negli occhi. «Ma se ho capito bene, qui non stiamo semplicemente parlando dell'azienda di famiglia o di una recita.»

Evito il suo sguardo. «Rachel è importante per me. Lo sai questo. Anche se il Fantasma del Natale Passato non pronuncia nemmeno una battuta, mi piacerebbe vederla andare in scena. Ma il fatto è che... Caleb vorrebbe farmi conoscere la sua famiglia questo weekend.»

La mamma studia la mia espressione. «Se fossi tuo padre, prenoterei quel biglietto del treno immediatamente.»

«Lo so. Mi sto comportando da stupida?»

«I tuoi sentimenti non sono stupidi» mi rassicura. «Ma è bene che tu sappia che papà ha delle serie riserve su Caleb.»

Aggrotto la fronte. «Puoi spiegarmi perché?»

«L'ho convinto a darti fiducia, ma non posso nasconderti che sono un po' preoccupata anch'io».

«Mamma, dimmi la verità» la incalzo, guardandola negli occhi. «Andrew vi ha detto qualcosa?»

«Ha parlato con tuo padre. E tu dovresti fare altrettanto.»

«Ma è il *Canto di Natale*!» insiste Rachel.

Sono sdraiata sul letto con il cellulare all'orecchio e una mano sulla fronte. Rachel mi guarda dall'alto nella foto in cui finge di sfuggire ai paparazzi. «Non è che non voglio venirti a vedere» le spiego. Potrei dire che i miei genitori non mi lasciano partire, ma noi due siamo sempre state sincere l'una con l'altra.

«Allora sali su quel treno!» mi esorta. «Giuro che se c'entra quel ragazzo...»

«Si chiama Caleb. E sì, è per lui. Rachel, vuole presentarmi la sua famiglia questo fine settimana. Dopodiché avremo soltanto pochi giorni prima di...» Sento un *clic*. «Ci sei?»

Butto il cellulare sul tavolo, mi metto il cuscino sulla bocca e urlo. Dopo essermi concessa un minuto per sfogare la rabbia, decido di usare l'energia per affrontare mio padre e chiedergli che cosa gli ha detto Andrew.

Lo trovo mentre trasporta un alberello verso un'auto.

«No, ho già troppe cose in ballo stasera.» Dal tono brusco con cui mi risponde capisco che non è disposto a parlare. «Io e tua madre dobbiamo controllare i dati di vendita, e... No, Sierra, non posso.»

Quando Heather chiama per sapere se mi va di preparare i biscotti insieme ai ragazzi questa sera, non mi do nemmeno la pena di chiedere il permesso ai miei. La mamma ha dichiarato di non volere che gli affari di famiglia interferiscano nella mia vita, perciò, quando Devon passa a prendermi, le dico semplicemente che esco, salto in macchina e me ne vado.

Entrando nel parcheggio del supermercato Caleb chiede a Devon di parcheggiare sul lato opposto rispetto al vivaio degli Hopper, in modo da evitare qualsiasi conversazione imbarazzante sul motivo per cui ultimamente non si è più fatto vedere.

«Dovresti comprare qualcosa anche da loro» gli suggerisco. «Mi piacciono gli Hopper. Certo, in quel caso dovrei revocarti lo sconto, ma...»

Heather ride. «Sierra, penso che tu debba spiegargli il significato della parola "revocare".»

«Ah ah. Divertente» dice Caleb. «So che cosa significa... nel contesto.»

Il mio cellulare segnala l'arrivo di un messaggio di Elizabeth, che leggo subito nascondendo il display con la mano. Mi invita a riflettere su quali amici saranno al mio fianco negli anni a venire. Ovviamente, dopo avermi riattaccato in faccia, Rachel l'ha chiamata. In un secondo SMS Elizabeth mi confessa di essere molto delusa perché sto facendo tutto questo per un tipo che conosco appena.

«Tutto a posto?» chiede Caleb.

Spengo il telefono e me lo infilo in tasca. «Una piccola crisi di gelosia nell'Oregon.»

Quei messaggi suonano aggressivi, considerando che il mittente è Elizabeth. Pensano che la mia decisione sia stata facile? O che Caleb possa non importarmi? Non è facile, ma non ho intenzione di diventare quel tipo di ragazza. Rimarrò qui ancora per poco, e non voglio cancellare dal calendario gli ultimi giorni che potrei trascorrere con lui.

Quando scendiamo dalla macchina, Caleb si solleva ostentatamente il colletto a coprire le orecchie e infossa la testa fra le spalle per non farsi notare dal signor Hopper. Anche se siamo troppo lontani perché lui ci veda, faccio la stessa cosa anch'io, e poi ci affrettiamo dentro il supermercato.

Heather piega la lista della spesa e la divide in due con uno strappo. Ne consegna metà a me e Caleb, e tiene l'altra metà per sé, poi prende Devon per il braccio. Ci accordiamo per incontrarci alla cassa numero otto quando abbiamo finito. Io e Caleb iniziamo dirigendoci verso il reparto latticini in fondo al negozio.

«Sembravi un po' scossa quando siamo passati a prenderti» dice Caleb. «Va tutto bene?»

Non posso fare altro che stringermi nelle spalle. No, non va tutto bene. Rachel è arrabbiata con me perché non sono andata a vedere il suo spettacolo. Mio padre non mi perdonerebbe mai di essere qui in questo momento.

«Una scrollata di spalle? Tutto qui?» chiede Caleb. «Tante grazie. Meriteresti un dieci e lode in comunicazione.»

Non voglio parlare di questo mentre facciamo la spesa, perciò ora Caleb ce l'ha con me. Mi precede di qualche passo, camminando impettito, ma davanti al banco frigo si ferma di colpo e cerca la mia mano.

Seguo il suo sguardo finché individuo Jeremiah, che sta infilando nel carrello una confezione di latte formato famiglia. D'un tratto una donna che potrebbe essere sua madre fa un'inversione per evitarci, invece ci ritroviamo tutti faccia a faccia. Osservo meglio la donna. La riconosco: è venuta al vivaio qualche giorno fa. Quando le ho chiesto se potevo aiutarla, ha bofonchiato qualcosa sui nostri prezzi e ha proseguito il suo giro.

Jeremiah rivolge a entrambi un sorriso di cortesia.

Sua madre continua a spingere ostinatamente il carrello per superarci. Invece di "Ciao", dice semplicemente «Caleb». La sua voce è tesa.

Quella di Caleb, invece, è dolce. «Salve, signora Moore.» Prima di farla passare, aggiunge: «Questa è la mia amica Sierra».

La signora Moore mi guarda, sempre tentando di farsi strada con il carrello. «Lieta di conoscerti, cara.»

Incrocio il suo sguardo. «I miei genitori sono i proprietari di un vivaio di alberi di Natale» dico. Accenno ad avviarmi nella stessa direzione in cui stanno andando loro e lei si blocca. «Se non sbaglio, è passata da noi recentemente.»

Lancia un'occhiata a Jeremiah con un sorriso esitante. «A proposito, non abbiamo ancora comprato l'albero quest'anno.»

Avverto la tensione della stretta di Caleb, ma faccio del mio meglio per ignorarlo e continuare la conversazione. Proseguo per qualche passo affiancandomi al carrello e trascinando Caleb con me. «La aspettiamo da noi, allora» dico. «Mio zio ha portato un nuovo carico. Sono tutti abeti di taglio fresco.»

La donna guarda di nuovo Caleb, stavolta con meno freddezza, ma si rivolge a me. «Magari farò un salto, uno di questi giorni. È stato un piacere conoscerti, Sierra.» Continua il suo giro spingendo il carrello davanti a sé, e Jeremiah la segue lungo la corsia.

Gli occhi di Caleb sono appannati. Gli stringo il braccio per fargli capire che sono con lui, e anche per scusarmi di aver forzato la situazione. Ma mi appare evidente che lui e Jeremiah non avrebbero mai dovuto smettere di essere buoni amici.

Prima che io possa anche solo iniziare a esprimere i miei pensieri, sento una voce arrabbiata alle mie spalle. «Mio fratello non ha bisogno dei tuoi casini, Caleb. È un bravo ragazzo, lui.»

Mi volto di scatto. La sorella di Jeremiah se ne sta lì con le mani sui fianchi ad aspettare la reazione di Caleb, senza parlare. Quando lui abbassa lo sguardo, io faccio un passo verso di lei.

«Tu chi sei?» chiedo. «Sei Cassandra, giusto? Senti, Cassandra, anche Caleb è un bravo ragazzo. Tu e tuo fratello fareste meglio a mettervelo bene in testa.»

La ragazza guarda alternativamente me e Caleb, forse domandandosi perché lui non si difenda da solo. Inclino la testa da una parte, pronta a chiederle la stessa cosa a proposito di Jeremiah.

«Io non ti conosco» ribatte «e tu non conosci mio fratello.»

«Ma conosco Caleb» insisto.

Scuote la testa. «Lui non si farà invischiare in questa faccenda. Non un'altra volta.» E si allontana lungo la corsia.

Stringo la mano di Caleb mentre la guardiamo sparire dietro l'angolo. «Mi dispiace tanto» sussurro. «So che ti sai difendere da solo. Ma non ho potuto trattenermi.»

«La gente è libera di pensare quello che vuole» commenta. Terminato lo scontro, vedo la calma tornare lentamente dentro di lui. Nel corso degli anni ha chiaramente imparato a farsi scivolare addosso momenti come questi, e ora mi guarda con aria d'intesa. «Allora, ti sei tolta un peso dallo stomaco?»

«Ero pronta a fare a pugni, se fosse stato necessario.»

«Ecco perché non ti ho lasciato andare la mano.»

Heather e Devon ci raggiungono. Lui regge un cestello con uova, glassa e confettini di zucchero.

«Possiamo finalmente andare a fare i biscotti?» chiede, e poi, guardando le nostre mani vuote: «Dov'è la vostra roba? Era una lista corta!».

Dopo aver raccolto i vari ingredienti, ci avviamo tutti insieme alla cassa. Jeremiah, sua madre e Cassandra sono due postazioni più in là. Nessuno di loro ci saluta, ma il modo in cui guardano ovunque *tranne* dove siamo noi dice tutto.

«Non ti dà fastidio che lui non ti degni nemmeno di uno sguardo?» chiedo a Caleb.

«Certo che sì. Ma è colpa mia, quindi lascia perdere.»
«Stai scherzando? Sono quei tre che dovrebbero...»
«Ti prego, lascia stare.»
Mentre Caleb, Heather e Devon appoggiano la spesa sul nastro, io fisso insistentemente la famiglia di Jeremiah. La madre lancia una prima occhiata nella mia direzione, e poi una seconda, con tutta evidenza in imbarazzo nel sentirsi sotto osservazione.
«Passi domani!» le urlo. «Faremo uno sconto speciale per i nostri amici e i loro parenti.»
Cassandra mi guarda stringendo gli occhi a fessura, ma tiene la bocca chiusa. Caleb finge di essere impegnato a scegliere un pacchetto di chewing-gum dall'espositore.
Devon ha l'aria confusa. «C'è uno sconto anche per me?»

Il mattino dopo sono sorpresa quando vedo Jeremiah presentarsi al vivaio con Cassandra. Ha l'aria di uno che si è appena buttato giù dal letto e si è infilato i pantaloni della tuta, una felpa e un berretto con la visiera. Lei, invece, ha l'aria di una che si è alzata non appena è suonata la sveglia, ha preso un caffè, ha fatto colazione, si è pettinata e truccata, e poi è andata a svegliare suo fratello.
Jeremiah va subito a curiosare fra gli abeti, mentre Cassandra entra nel tendone.
«Immagino che siate venuti per lo sconto» dico.
«Mia madre non se lo sarebbe mai lasciato sfuggire» borbotta, ma sono sicura che Cassandra ci avrebbe rinunciato volentieri.
«Siete i benvenuti.»
Abbassa leggermente la testa, ma continua a guardarmi negli occhi. «Allora, perché fate questo sconto?»
«Sinceramente speravo che venissero i tuoi genitori, in modo da poter parlare con loro.»
Lei incrocia le braccia. «Che cosa potresti aggiungere che non sia già stato detto?»
«Che Caleb non avrebbe mai fatto male a una mosca. Ho l'impressione che questo non sia stato detto.»
«E tu ne sei convinta?»
«Assolutamente.»
«Ma stai scherzando!» ribatte lei con una risata sarcastica.

«Jeremiah l'ha visto inseguire sua sorella con un coltello in mano!»

«Lo so. E so anche che Caleb se lo rimprovera ogni giorno. Convive con questo peso ogni singolo giorno. E anche la sua famiglia.»

La ragazza abbassa lo sguardo e scuote la testa. «I miei genitori non accetteranno mai che...»

«Lo capisco, ma forse sono un po' iperprotettivi. Mio padre costringe i ragazzi che lavorano qui a pulire i bagni se si azzardano anche solo a rivolgermi uno sguardo incuriosito.»

«È un po' diverso rispetto a flirtare con qualcuno. Lo sai questo, vero?»

In quell'istante Jeremiah entra nel tendone. Ha in mano il tagliandino identificativo di un albero, ma non si intromette nella nostra conversazione.

«E comunque penso che non si tratti soltanto dei tuoi genitori. Jeremiah e Caleb erano grandi amici e dovrebbero esserlo ancora. Il punto è che non hanno avuto l'occasione di chiarirsi prima che si aprisse questo solco fra loro.»

Rimango in attesa di una replica che non arriva. Cassandra si guarda le unghie, ma se non altro è ancora qui.

«Dovresti vederlo a scuola» continuo. «Ogni cosa che fa dimostra chi è Caleb oggi. Sai che dona alberi di Natale alle famiglie in difficoltà? E sai perché? Perché questo le rende felici.»

Finalmente mi guarda in faccia. «O perché ha rovinato la sua, di famiglia?»

Io vacillo.

Cassandra abbassa gli occhi e li chiude. «Non avrei dovuto dirlo.»

Non so come ribattere. In un certo senso, forse ha ragione. Caleb non distribuisce alberi gratis sperando di vincere una medaglia d'oro. Spera solo di trovare un po' di pace, di rimediare ai suoi errori.

A questo punto Jeremiah si avvicina e posa una mano sulla spalla di sua sorella. «Tutto bene qui?»

Lei si volta. «E se succedesse di nuovo, Jeremiah? E se mentre sei con lui qualcuno lo provocasse deliberatamente e lui perdesse il controllo? Pensi che riusciresti a evitare di rimanere coinvolto?»

«Ha fatto un errore e ha pagato. Dopo tutto questo tempo è ancora devastato dalle conseguenze. Ti piace esserne complice?»

Cassandra sbircia suo fratello. «La mamma non approverebbe mai.»

Jeremiah mi guarda, e con un tono per niente accusatorio mi dice: «Tu pensi di conoscerlo».

«Sì. Io so chi è ora.»

«Mi dispiace» conclude Cassandra, rivolgendosi prima a Jeremiah e poi a me. «So che vorresti che le cose andassero diversamente, ma mio fratello verrà sempre prima di tutto.»

Si volta ed esce dal tendone.

16

Seguo con lo sguardo Cassandra e Jeremiah che risalgono in macchina con un abete scontato legato sul tettuccio. Jeremiah tiene il braccio penzoloni fuori dal finestrino e mi rivolge uno stanco cenno di saluto prima di lasciare il vivaio.

Ha l'aria di sentirsi come mi sento io, ma una parte di me si aggrappa alla speranza che quella conversazione interrotta continuerà. Un giorno, forse, qualcuno mi ascolterà.

«Che cosa è successo?» chiede mia madre.

«È complicato.»

«Cosa? Si tratta di Caleb?»

«Possiamo evitare di parlarne?»

«Sierra, devi affrontare tuo padre. Continuo a ripetergli che deve fidarsi di quello che fai, ma se non vuoi aprirti con me, non lo farò più. Andrew gli ha detto che...»

«Non mi importa cosa gli ha detto Andrew» sbotto «e non dovrebbe importare nemmeno a te.»

Lei incrocia le braccia. «Questo tuo stare sulla difensiva mi preoccupa, Sierra. Ti rendi conto della situazione in cui ti stai cacciando?»

Chiudo gli occhi e rilascio un profondo sospiro. «Mamma, secondo te qual è la differenza tra un pettegolezzo e un'informazione attendibile?»

Ci pensa su. «Direi che se le persone cui ti rivolgi non sono coinvolte direttamente, allora è un pettegolezzo.»

Mi mordo il labbro inferiore. «Allora ti racconterò tutto, perché non voglio che giudichi Caleb sulla base di quello che vi ha riferito Andrew. Ti garantisco che non l'ha detto a fin di bene. L'ha detto per ferire Caleb o per farmela pagare per averlo respinto.»

Mi rendo conto che sono davvero sul punto di farle saltare i nervi. «Mi pare di capire che c'è qualcos'altro che dovrei sapere...» Mi esorta ad andare a cercare papà mentre lei si occupa di trovare qualcuno che badi alla cassa.

Nel parcheggio mio padre e Andrew stanno caricando un albero sull'auto di una signora. Poiché sporge dal bagagliaio per metà, legano il portellone con una corda per tenerlo abbassato. La cliente si appresta a dare la mancia a papà, ma lui la blocca, indicandole Andrew. Quest'ultimo, dopo averla accettata, rientra nel vivaio.

«Ehi, tesoro» mi saluta papà. Si ferma davanti a me, e Andrew, che lo segue a ruota, si ferma a sua volta.

Lo guardo e gli dico seccamente: «Tu puoi tornare a lavorare».

Andrew se ne va con un sorrisetto spavaldo. Sa che sta creando guai. Immagino che sia quello che si fa di solito quando ti piace qualcuno che non ti ricambia.

«Sierra, era proprio necessario?» mi redarguisce mio padre.

Mi trattengo dal giustificato istinto di alzare gli occhi al cielo. «È per questo che dobbiamo parlare.»

Io, mamma e papà stiamo percorrendo Oak Boulevard. Le auto sfilano accanto a noi e di tanto in tanto ci sorpassa un ciclista. Faccio un respiro profondo e mi sgranchisco le braccia, cercando il coraggio per affrontare questa conversazione. Una volta partita, però, il resto viene fuori facilmente, e i miei genitori mi lasciano parlare senza interrompermi. Dico tutto quello che so di Caleb, della sua famiglia, del suo amico Jeremiah e della sua iniziativa benefica. Per qualche strano motivo, ci metto più tempo ad arrivare fino in fondo alla storia rispetto a quando me l'aveva riferita lui. Forse perché sento il bisogno di aggiungere molti dettagli per spiegare chi è Caleb oggi.

Quando finisco, il solco sulla fronte di mio padre è ancora più profondo. «Quando ho sentito dire che Caleb ha aggredito sua...»

«Non l'ha aggredita!» esclamo. «L'ha inseguita, ma non l'avrebbe mai...»

«E tu pretendi che io accetti una cosa simile?» protesta lui. «È stato veramente difficile permetterti di frequentare quel ragazzo dopo aver scoperto quello che ha combinato, ma ho voluto fidarmi di te. Pensavo che avessi un po' di buon senso, Sierra, ma ora sono preoccupato, perché ti stai comportando da ingenua, stai prendendo alla leggera qualcosa che...»

«Ti sto parlando con sincerità. Questo non conta niente?»

«Tesoro, non sei stata tu a raccontarci tutto per prima» precisa mia madre. «È stato Andrew.»

Papà si scambia un'occhiata con lei. «Nostra figlia esce con un ragazzo che ha aggredito» alza una mano per impedirmi di interromperlo «un ragazzo che ha *inseguito* sua sorella con un coltello in mano.»

«Quindi non c'è spazio per il perdono?» insisto. «Ottima lezione, papà. Sgarri una volta e sei fregato per tutta la vita.»

Lui mi punta un dito contro. «Questo non è...»

Interviene mia madre. «Sierra, resteremo qui ancora per una settimana. Se tale situazione mette tanto a disagio tuo padre, è proprio il caso di continuare?»

Mi fermo di colpo. «Non è questo il punto! Io non conoscevo Caleb quando è successo quello che è successo, e nemmeno voi. Ma apprezzo tanto la persona che è diventata oggi, e voi dovreste fare altrettanto.»

Si sono fermati entrambi, ora. Mio padre tiene le braccia conserte e lo sguardo fisso sulla strada. «Perdonami se non mi sta bene che la mia unica figlia esca con un tipo che ha un passato violento.»

«Se non sapessi cos'è accaduto anni fa e lo conoscessi per quello che è ora, saresti qui a pregarmi di sposarlo.»

Mia madre spalanca la bocca, sconcertata. So di essermi spinta un po' troppo in là, ma la mia frustrazione aumenta di minuto in minuto.

«Hai conosciuto la mamma in questo stesso posto» continuo. «Pensate che la vostra reazione sia dovuta anche solo in parte al timore che mi possa succedere la stessa cosa?»

Mia madre si mette una mano sul cuore. «Ti giuro che l'idea non mi ha mai neppure sfiorato» mi assicura.

Papà continua a fissare la strada, ma i suoi occhi sono vuoti. «E io ti giuro che per poco non mi prende un colpo.»

«Odio tutto questo» dico. «È stato etichettato con questa... *cosa*... da tante persone da ormai troppo tempo. Persone che preferiscono pensare il peggio, anziché parlare direttamente con lui. O semplicemente perdonarlo.»

«Se avesse *usato* quel coltello» dice la mamma, «non potremmo nemmeno prendere in considerazione...»

«Lo so» concordo. «Nemmeno io.»

A ogni auto che passa, oscillo fra l'impressione di averli convinti e quella di averli persi completamente.

«Ma mi avete anche insegnato a credere che ciascuno di noi può diventare una persona migliore.»

Con lo sguardo sempre rivolto altrove, papà aggiunge: «E che sarebbe sbagliato ostacolare questo processo di miglioramento».

«Già.»

Mia madre gli prende la mano. Guardandosi negli occhi, senza parlare, capiscono da che parte stare. Finalmente si voltano verso di me.

«Non conoscendolo bene come lo conosci tu» inizia mio padre, «ti renderai conto che venire a sapere di quell'episodio increscioso ci ha messo in grande apprensione. E vorrei tanto dargli una possibilità, ma non vedo perché, dal momento che fra due settimane non saremo neanche più qui.»

Non lo dice chiaramente, ma vuole sapere perché non posso lasciar cadere la cosa e basta. Perché devo farli star male a tutti i costi?

«Non c'è motivo di preoccuparsi» li tranquillizzo. «L'hai detto tu stesso, io lo conosco. E sai di avermi insegnato a essere prudente in queste situazioni. Non devi per forza fidarti di lui, basta che non lo giudichi. E che ti fidi di me.»

Papà sospira. «Ma c'è bisogno di farti coinvolgere fino a questo punto?»

«Mi pare che sia già coinvolta parecchio» osserva la mamma pacatamente.

Lui si guarda le mani, continuando a stringere quella della mamma. Poi alza gli occhi verso di me, ma riesce a sostenere il mio sguardo solo per un istante. Infine si incammina verso il vivaio.

Io e mia madre restiamo a guardarlo mentre si allontana.

«Bene, se non altro ciascuno di noi ha espresso ciò che prova» commenta. Mi stringe la mano e non la lascia andare per tutto il tragitto di ritorno verso casa.

Ogni volta che do a Caleb il beneficio del dubbio, lui se ne conferma degno. Ogni volta che mi schiero dalla sua parte, so di essere nel giusto. Ci sono mille ragioni per cui potrei gettare la spugna, ma ogni volta che non lo faccio, cresce la voglia di impegnarmi ancora di più per far sì che fra noi funzioni.

Quella sera ci metto una vita per prepararmi alla cena a casa di Caleb. Cambio outfit almeno tre volte e alla fine opto per un paio di jeans e un maglioncino di cashmere color panna che, naturalmente, sono le prime cose che avevo provato. Quando sento bussare alla porta, mi soffio via i capelli dal viso e mi do un'ultima occhiata nello specchio. Apro la porta e trovo Caleb sorridente davanti a me, con indosso dei jeans blu scuro e una maglia nera con una striscia grigia trasversale sul davanti.

Fa per dire qualcosa, ma poi si trattiene e mi squadra da capo a piedi. Se il suo sguardo indugiasse su di me per un secondo di più, non saprei reggere. Deve dirmi qualcosa, *qualsiasi* cosa. Infine sussurra: «Sei bellissima».

Mi sento avvampare. «Non c'è bisogno che tu mi dica questo.»

«Sì, invece. Che tu sappia accettare o meno un complimento, sei bellissima.»

Incrocio il suo sguardo e sorrido. «Grazie.»

«Non c'è di che.» Mi offre la mano per aiutarmi a scendere i gradini e ci avviamo verso il suo furgone. Non vedo papà, ma mia madre sta servendo un cliente. Quando si volta nella mia direzione, le indico il parcheggio per farle capire che sto per uscire.

Andrew sta risistemando la rete intorno al cilindro di plastica che serve ad avvolgere gli alberi. Sento i suoi occhi su di noi mentre attraversiamo il vivaio.

«Fermati un attimo» dico a Caleb.

Lui si volta verso Andrew, che ora ci sta fissando ostentatamente. «Andiamo» mi dice. «Non importa.»

«Importa a me» ribatto.

Caleb mi lascia andare la mano e prosegue verso il furgone. Si siede e chiude la portiera, e io indugio un istante per assicurarmi che non se ne stia andando. Mi fa cenno con impazienza di fare quello che devo fare, così mi dirigo con decisione verso Andrew.

Lui continua a trafficare con la rete ed evita di guardarmi in faccia. «Serata romantica?»

«Ho parlato di Caleb con i miei genitori. Naturalmente non sono riuscita a farlo con i miei tempi, ma quando sono stata costretta... a causa tua.»

«E ciononostante ti lasciano andare» commenta lui. «Bell'esempio di premure parentali.»

«Perché si fidano più di me che di te, com'è naturale che sia.»

Mi guarda dritto negli occhi. C'è troppo astio dentro. «Avevano il diritto di sapere che la loro figlia esce con un... qualsiasi cosa sia.»

Sento la furia montare dentro di me. «Non sono affari che ti riguardano. *Io* non ti riguardo.»

Nel frattempo Caleb si è avvicinato. Ora è alle mie spalle e mi prende la mano. «Sierra, andiamo.»

Andrew ci guarda con disgusto. «Ovunque siate diretti, spero che non vi servano qualcosa che richiede di essere tagliato. Per il bene di entrambi.»

Caleb si irrigidisce. «Perché così non ci sono coltelli in giro?» chiede. «Ottima osservazione.»

Mio padre assiste alla scena nascosto fra due alberi. Mia madre gli si avvicina con aria preoccupata, e lui scuote la testa.

La mascella di Caleb si contrae mentre lui guarda altrove, come se temesse di scattare da un momento all'altro e sferrare un pugno a Andrew. Una parte di me, quella piena di rabbia, vorrebbe che lo facesse, ma deve stare calmo. Voglio constatare che può farcela, e voglio che i miei genitori lo vedano con i loro occhi.

Flette le dita e si strofina energicamente la nuca. Guarda Andrew negli occhi, ma nessuno dei due parla. Andrew sembra spaventato, e tiene una mano aggrappata alla rete come se fosse l'unica cosa che gli impedisce di indietreggiare. Notando la sua espressione impaurita, Caleb passa dalla rabbia a un atteggiamento accomodante. Cerca di nuovo la mia mano, allaccia le sue dita alle mie e mi accompagna al furgone.

Restiamo in silenzio per qualche istante, cercando di calmarci entrambi. Mi sento in dovere di dire qualcosa, ma non so da dove né come iniziare. Infine lui mette in moto.

Quando il vivaio è ormai un puntino lontano nello specchietto retrovisore, Caleb rompe il silenzio dicendomi che è andato a prendere Abby alla stazione tre ore prima. Mi guarda e sorride. «Non vede l'ora di conoscerti.»

Mi rendo conto che non mi ha raccontato molto di come stanno le cose fra loro. Vanno meglio, ora che lei vive con suo padre? C'è un'atmosfera tesa quando torna?

«Anche mia madre non vede l'ora di conoscerti. Non fa che ripetermelo da quando ci siamo visti per la prima volta.»

«Davvero?» Non riesco a nascondere un sorriso. «Da quando ci siamo visti per la prima volta?»

Lui fa spallucce come per minimizzare, ma il suo sorrisetto compiaciuto lo tradisce. «Può darsi che le abbia accennato di una certa ragazza che avevo visto al vivaio, quando ho portato a casa l'albero.»

Mi chiedo che cosa mai possa aver detto su di me senza avere la possibilità di andare in brodo di giuggiole per una fossetta.

Casa sua si trova a tre minuti di tragitto dall'autostrada. Entrando nell'area residenziale, intuisco la sua agitazione. Non so se sia per via di sua sorella, di sua madre o di me, ma quando accostiamo al marciapiede è a pezzi. La casa è piccola, ma ha due piani. Davanti alla finestra del soggiorno c'è un albero di Natale addobbato di luci colorate, con una stella dorata come puntale.

«Il fatto è che non ho mai portato a casa nessuno in questo modo.»

«Cioè come?» chiedo.

Caleb spegne il motore e guarda casa sua, poi me. «Come definiresti questa serata? È un appuntamento, è...?»

La sua agitazione è davvero adorabile.

«Potrà sembrarti scioccante detto da me, ma a volte credo che sia un bene non definire ogni cosa.»

Lui abbassa gli occhi sullo spazio che ci divide. Spero che non pensi che mi sto tirando indietro.

«Non preoccupiamoci di trovare una parola per definire il nostro rapporto» dico. «Stiamo insieme, è questo che conta.»

«*Insieme*. Mi piace» dice lui, ma il suo sorriso è appena accennato. «Sono più preoccupato per il poco tempo che ci resta, però.»

Ripenso all'"in bocca al lupo per lo spettacolo" che ho mandato ieri sera a Rachel. Non ha ancora risposto al mio messaggio. Ho chiamato Elizabeth, ma non mi ha risposto nemmeno lei. Caleb ha ragione a essere preoccupato. Io stessa sono preoccupata. Per quanto tempo una persona può essere in due posti contemporaneamente?

Spalanca la portiera. «Sarà meglio entrare.»

Raggiungiamo i gradini dell'ingresso e lui mi prende la mano. Ha i palmi sudati e le dita che tremano. Questo non è il ragazzo calmo e rilassato che ho conosciuto il primo giorno. Si sfrega la mano sui jeans. Poi apre la porta.

«Sono arrivati!» urla una voce dal piano superiore.

Abby si precipita giù dalla scala: è molto più bella e sicura di sé di quanto fossi io alla sua età. La cosa più fastidiosamente irresistibile è che lei e Caleb hanno la stessa identica fossetta. Mi mordo la lingua per impedirmi di sottolinearlo, perché sono certa che si sono accorti che l'ho notato. Quando arriva sul pianerottolo, mi tende la mano. Per una frazione di secondo, mentre le nostre dita si sfiorano, la mia mente ripercorre in un lampo tutto ciò che immagino sia accaduto quel giorno fra lei e Caleb.

«Sono felice di conoscerti, finalmente» dice. Il suo sorriso è gentile e aperto come quello di suo fratello. «Caleb mi ha parlato tanto di te. Mi sembra di incontrare una celebrità!»

«Io...» Non so cosa dire. «Be', okay! Anch'io sono felice di conoscerti.»

La madre di Caleb spunta dalla cucina sfoderando un sorriso simile, ma senza fossetta. Di primo acchito, dal modo in cui si trattiene, sembra più riservata rispetto ai suoi figli.

«Caleb, non tenerla sulla porta» dice, e poi, rivolgendosi a me: «Entra, accomodati. Spero che ti piacciano le lasagne».

Abby scende con un balzo gli ultimi gradini e corre in cucina. «E spero anche che tu sia una buona forchetta» aggiunge.

La mamma di Caleb osserva sua figlia, e continua a fissare nella sua direzione anche dopo che la ragazza è fuori dalla sua vista. Alla fine abbassa il capo un istante e si volta verso di noi. «È bello averla a casa» dice, quasi parlando a se stessa.

D'un tratto mi sento sopraffatta dalla sensazione di essere di troppo. La loro famiglia merita di condividere questa prima serata insieme senza un'estranea che distolga l'attenzione da questo momento. Lancio un'occhiata a Caleb, e lui probabilmente si accorge che ho bisogno di parlare.

«Faccio fare un giretto a Sierra prima di cena» dice. «Va bene?»

Sua madre ci fa cenno di andare. «Intanto noi prepariamo la tavola.» Entra in cucina, dove Abby sta staccando un tavolino dalla parete cui è accostato. Le sfiora i capelli mentre le passa accanto, e davanti a quel gesto mi si spezza il cuore.

Seguo Caleb nel soggiorno. Delle spesse tende color mattone incorniciano l'albero di Natale piazzato davanti alla finestra.

«Tutto bene?» mi chiede.

«Tua madre ha così poco tempo per stare con voi due insieme» osservo.

«Tu non interrompi proprio niente» mi rassicura. «Volevo che le conoscessi. Anche questo è importante.»

Sento madre e figlia che parlano in cucina. Le loro voci sembrano allegre. Sono così felici di essersi ritrovate. Quando guardo Caleb, lo scopro a fissare l'albero con uno sguardo incredibilmente triste.

Mi avvicino e studio le decorazioni. Si possono capire molte cose di una famiglia semplicemente osservando il suo albero di Natale. Questo è un'accozzaglia di oggetti che Caleb e sua sorella devono aver realizzato con le loro mani quando erano piccoli, più alcuni ninnoli stravaganti provenienti da varie località del mondo.

Sfioro una Torre Eiffel palpitante di luce. «Tua madre ha visitato tutti questi posti?»

Caleb dà un colpetto con il dito a una sfinge con il berretto da Babbo Natale. «Sai come iniziano le collezioni. Un'amica torna dall'Egitto con un souvenir, un'altra lo vede appeso al nostro albero e porta a casa anche lei qualcosa da un viaggio.»

«Ha delle amiche giramondo. E lei viaggia spesso?»

«No, da quando si è separata. All'inizio era perché non avevamo abbastanza soldi.»

«E poi?»

Caleb guarda verso la cucina. «Quando un figlio decide di andare via di casa, credo sia più difficile lasciare l'altro da solo, anche se per un breve periodo.»

Tocco quella che presumo sia la Torre di Pisa, facendola capovolgere. «Non potevi andare con lei?»

Ride. «Ed ecco che torniamo al problema dei soldi.»

Poi mi accompagna di sopra a vedere la sua stanza. Mi precede lungo lo stretto corridoio verso una camera all'estremità opposta, ma le mie gambe si fermano di colpo davanti a una porta chiusa verniciata di un bianco compatto. Mi avvicino e mi sento mancare il respiro. A livello degli occhi c'è un ventaglio di tagli camuffati con diverse mani di vernice. Istintivamente vi faccio scorrere la punta delle dita.

Sento il respiro affannoso di Caleb. Alzo lo sguardo e mi accorgo che mi sta osservando.

«La porta una volta era dipinta di rosso» dice. «Mia madre ha cercato di smerigliarla e di coprire i danni con la vernice in modo che fossero meno evidenti, ma... eccoli lì.»

All'improvviso ciò che è accaduto quella notte mi appare terribilmente reale. Ora so che Caleb ha inseguito sua sorella dalla cucina su per una rampa di scale. Lei urlava dietro questa porta mentre lui stava proprio qui a menare colpi su colpi con la lama di un coltello. Caleb – la persona più dolce che io abbia mai conosciuto – ha minacciato Abby con un coltello in mano. E l'ha fatto sotto gli occhi del suo migliore amico. Non riesco a conciliare questa versione di Caleb con quella del ragazzo che mi sta guardando in questo preciso momento dalla soglia della sua stanza. La sua espressione è congelata a metà fra la preoccupazione e la vergogna. Vorrei dirgli che non sono spaventata, vorrei fargli sentire la mia vicinanza e rassicurarlo. Ma non ci riesco.

Sua madre ci chiama da sotto. «La cena è pronta!»

Non riusciamo a staccare gli occhi l'uno dall'altra. La porta della sua stanza è aperta, ma non voglio entrare lì dentro. Non adesso. Ora dobbiamo tornare alla normalità, o almeno avvicinarci il più possibile, per sua madre e per Abby. Cammina accanto a me, lasciando che le sue dita mi sfiorino la mano, ma senza prenderla. Do un'ultima occhiata alla porta della camera di sua sorella e poi lo seguo giù dalle scale.

Sulle pareti della cucina sono appesi dei piatti di ceramica colorati, e al centro della stanza c'è un piccolo tavolo apparecchiato per quattro. La cucina di casa nostra, nell'Oregon, è più grande, eppure questa è più accogliente.

«Di solito il tavolo non è in questa posizione» dice la madre, in piedi accanto alla sedia, «ma di solito non siamo così tanti.»

«La vostra cucina è comunque molto più spaziosa della roulotte dove vivo al momento.» Allargo le braccia. «Se facessi così sfonderei il bagno e il microonde in un colpo solo.»

Sua madre ride e si avvicina ai fornelli. Quando apre il forno, la stanza si riempie del delizioso profumo di formaggio fuso, salsa di pomodoro e aglio.

Caleb mi offre una sedia e io, ringraziandolo, prendo posto a tavola. Si siede alla mia destra, ma non appena vede sua sorella, salta di nuovo in piedi e la fa accomodare. Abby sorride e gli dà una pacca sulla spalla e, dalla naturalezza con cui si rapporta a lui, capisco che ha davvero dimenticato il loro difficile passato.

La madre di Caleb porta in tavola una teglia di lasagne. Poi si siede e si posa un tovagliolo sul grembo. «Facciamo alla buona, Sierra. Coraggio, serviti per prima.»

Caleb si allunga per prendere la paletta. «Ti aiuto io.» Mi serve una bella fetta di lasagna condita con abbondante formaggio, e poi ripete l'operazione per Abby e sua madre.

«Hai dimenticato la tua porzione» gli faccio notare.

Lui guarda il suo piatto vuoto e taglia una fetta anche per sé. Abby appoggia un gomito sul tavolo, nascondendo un sorriso mentre guarda suo fratello fare gli onori di casa.

«Quindi sei al primo anno?» chiedo. «Come ti trovi al liceo finora?»

«Sta andando alla grande» dice Caleb. «Cioè, è così, giusto?»

Lo guardo piegando la testa da una parte. Forse, dopo quel momento di imbarazzo davanti alla porta al piano di sopra, sente il bisogno di dimostrare che è tutto a posto.

Abby scuote la testa. «Sì, caro fratellino. Me la cavo magnificamente. Mi trovo bene ed è un'ottima scuola.»

Le sorrido. «Sbaglio o Caleb è un tantino iperprotettivo?»

Lei alza gli occhi al cielo. «È peggio della polizia della felicità, mi chiama sempre per controllare se me la sto passando bene.»

«Abby» interviene la madre, «vediamo di goderci la cena, d'accordo?»

«È quello che stavo cercando di fare» replica lei.

La donna mi guarda, ma il suo sorriso appare ansioso. Poi torna a rivolgersi alla figlia. «Non mi pare il caso di tirare fuori certe cose quando ci sono ospiti.»

Caleb posa una mano sulla mia. «Mamma, stava semplicemente rispondendo a una domanda.»

Ricambio la stretta e guardo Abby. Tiene gli occhi bassi.

Dopo un minuto buono di silenzio, la madre di Caleb comincia a farmi domande per sapere com'è vivere in un'azienda agricola dove si coltivano abeti natalizi. Abby è meravigliata dall'estensione di terreno che possediamo. Sono quasi tentata di invitarla a fare un salto da noi, ma sono sicura che qualsiasi risposta porterebbe a un ulteriore silenzio imbarazzato. Tutti rimangono scioccati quando racconto dell'elicottero di zio Bruce che si libra a mezz'aria sopra la mia testa mentre io aggancio gli alberi.

La madre di Caleb fa correre gli occhi fra lui e Abby. «Non riuscirei mai a lasciar fare ai miei figli una cosa simile.»

Finalmente Caleb sembra rilassarsi. Racconta degli alberi che ha consegnato da solo e di quelli che abbiamo portato a destinazione insieme. Ogni volta che parla, noto che sua madre guarda Abby di sottecchi. Sta forse pensando come sarebbe bello se i suoi due figli crescessero ancora insieme? Quando dico che l'idea di portare dei biscotti fatti in casa alle famiglie bisognose è stata mia, colgo lo sguardo d'intesa fra madre e figlio e il mio cuore accelera il battito. Una volta finito di mangiare, nessuno accenna ad alzarsi da tavola.

Poco dopo Abby ci dice che ha intenzione di comprare un albero con suo padre. La mamma ritira i piatti, e la ragazza inizia a rivolgersi direttamente a me. Io sostengo il suo sguardo, ma noto che Caleb si contempla le mani posate sul tavolo con aria pensosa mentre sua madre mette le stoviglie nella lavapiatti.

La donna continua ad affaccendarsi in cucina finché il racconto di Abby non è finito. Poi porta un vassoio pieno di barrette di Rice Krispies guarnite con confettini rossi e verdi. Abby mi chiede se è difficile stare lontano da casa e dai miei amici per un mese intero ogni anno. Tutti ci serviamo di un dolcetto e io intanto rifletto sulla sua domanda.

«I miei amici mi mancano molto, ma è così da quando sono nata. Se si è cresciuti in un certo modo, penso sia difficile sentire la mancanza di cose che potrebbero essere diverse, non credi?»

«Purtroppo, nel caso di Abby, sappiamo bene come potrebbero essere diverse le cose» ribatte Caleb.

Mi aggrappo al suo braccio. «Non è quello che intendevo dire.»

D'un tratto Caleb posa il suo dolce. «Sapete una cosa? Sono esausto.» Mi guarda e scorgo un lampo di dolore nei suoi occhi. «E poi, è meglio non far stare in pensiero i tuoi genitori.»

È come se mi arrivasse addosso una secchiata di acqua gelida.

Caleb si alza in piedi evitando di incrociare i nostri sguardi e spinge la sedia sotto il tavolo. Io mi alzo a mia volta, un po' frastornata, e ringrazio per la cena deliziosa. Sua madre abbassa gli occhi sul piatto. Abby si limita a scuotere la testa, ma non sono necessarie parole. Caleb si avvia verso la porta di casa e io mi affretto a seguirlo.

Usciamo nella notte fredda. Prima di arrivare al suo furgone, gli afferro il braccio per trattenerlo e gli dico: «Mi stavo divertendo».

«Ho capito che piega stavano prendendo le cose» ribatte lui, cupo.

Vorrei che mi guardasse in faccia, ma è chiaro che non ci riesce. Se ne sta lì, chiuso in se stesso, passandosi le dita fra i capelli. Poi sale sul furgone. Salgo anch'io e chiudo la portiera in silenzio. Ha infilato la chiave nel quadro, ma resta immobile, lo sguardo inchiodato sul volante.

«Mi pare che con Abby sia tutto a posto» dico. «Tua madre ovviamente sente la sua mancanza, ma la persona che sembrava più a disagio là dentro eri tu.»

«Abby mi ha perdonato, e questo aiuta. Ma io non riesco a perdonare me stesso per tutto ciò che ho sottratto a mia madre. Sono cose che ha perduto a causa mia, ed è difficile far finta di niente, con Abby seduta là davanti e tu che parli di calore domestico.»

Poi finalmente mette in moto, fa un'inversione completa, ed entrambi restiamo in silenzio per l'intero tragitto di ritorno. Il vivaio è ancora aperto quando entriamo nel parcheggio. Vedo alcuni clienti che curiosano fra gli alberi esposti e papà che porta un abete appena ricoperto di neve artificiale sotto il tendone. Se tutto fosse andato come speravo, saremmo tornati trovando buio e silenzio. Saremmo rimasti seduti sul pick-up a chiacchierare della nostra bella serata e forse, alla fine, ci saremmo baciati.

Invece Caleb si ferma in una zona poco illuminata del parcheggio e aspetta che io scenda. Lui resta al suo posto, con le mani salde sul volante. Indugio in piedi accanto alla portiera aperta.

Ancora non ha il coraggio di guardarmi negli occhi. «Mi dispiace, Sierra. Non ti meriti questo. Quando ci vediamo qui, c'è sempre Andrew tra i piedi. E hai visto com'è la situazione in casa mia. Non possiamo nemmeno andare a fare la spesa senza qualche incontro sgradevole. Le cose non cambieranno nel poco tempo che ci rimane.»

Non posso credere a quello che sta dicendo. Non riesce nemmeno a voltarsi verso di me. «Eppure io sono ancora qui» dico.

«È troppo.» Mi guarda negli occhi ora. «Non sopporto che tu debba assistere a tutto questo.»

Mi sento quasi venir meno e mi sostengo alla portiera per ritrovare l'equilibrio. «Hai detto che ne valevo la pena. E io ti ho creduto.»

Lui non risponde.

«La cosa che più mi fa male è che anche tu ne vali la pena. Finché non ti renderai conto che è questa l'unica cosa che conta, sarà sempre troppo da sopportare.»

Caleb fissa il volante. «Non posso più farlo» conclude, arrendendosi.

Aspetto che ritiri quello che ha appena detto. Lui non sa quanto ho combattuto per schierarmi dalla sua parte. Con Heather. Con i miei genitori. Con Jeremiah. Ho perfino fatto arrabbiare le mie amiche storiche per poter stare con lui. Se sapesse anche solo la minima parte di tutto questo, però, soffrirebbe ancora di più.

Me ne vado lasciando aperta la portiera ed entro nella roulotte senza voltarmi indietro. Non accendo neppure la luce, mi butto sul letto e soffoco i singhiozzi nel cuscino. Avrei bisogno di parlare con qualcuno, ma Heather è uscita con Devon. E questa volta non posso chiamare né Rachel né Elizabeth.

Scosto la tenda della finestra e guardo fuori. Il furgone è sempre là, con la portiera del passeggero ancora aperta. Nella cabina entra abbastanza luce da permettermi di vedere Caleb con la testa china e le spalle scosse dai sussulti.

Desidero con tutte le mie forze correre fuori e stringermi a lui. Ma per la prima volta da quando l'ho conosciuto, non mi fido del mio istinto. Non appena sento il furgone allontanarsi, ripercorro nella mente tutto ciò che è accaduto fino a quel momento.

Poi mi ricompongo e mi alzo. Mi dirigo verso il vivaio, sforzandomi di pensare ad altro. Aiuto qualche cliente, e anche se so che potrebbe sembrare una recita, tento di mostrarmi serena. Alla fine, però, non ce la faccio più e torno nella roulotte.

Sul mio cellulare trovo due messaggi in segreteria. Il primo è di Heather.

"Devon mi ha regalato la giornata che sognavo!" esclama con una gioia quasi eccessiva da sopportare in questo momento. "E non è nemmeno Natale! Mi ha portato a cena su Cardinals Peak, ti rendi conto? Quindi stava ascoltando!"

Vorrei sentirmi elettrizzata insieme a lei. Se lo merita. Invece sono gelosa nel constatare come possano essere facili le cose per gli altri.

"A proposito" continua, "i tuoi abeti sono in piena forma lassù. Abbiamo controllato."

Le mando un SMS:

Sono felice che tu abbia deciso di stare con Devon ancora per un po'.

Mi risponde:

Si è guadagnato una proroga fino a Capodanno ma gli conviene smettere di parlarmi di fantacalcio, se vuole arrivare fino alla domenica del Super Bowl. E tu? Com'è andata la cena?

Non ribatto.

Poi ascolto un messaggio vocale di Caleb che si apre con un lungo silenzio. "Mi dispiace" inizia. Segue una pausa ancora più lunga, gravida di dolore. Un tormento incessante. "Ti prego, perdonami. Ho buttato tutto all'aria in un modo che non mi sarei mai aspettato. Tu ne vali la pena, Sierra. Posso passare da te domani mentre vado in chiesa?" Tengo il telefono premuto contro l'orecchio per tutta la durata dell'ennesima pausa. "Ti chiamo in mattinata."

Ci sono tantissimi motivi per cui la prossima settimana non sarà facile per noi. Ed è probabile che sarà sempre peggio, via via che ci avvicineremo al Natale – e alla mia partenza.

Gli rispondo tramite un SMS:

Non c'è bisogno che chiami. Vieni e basta.

17

L'indomani mattina sento un colpo alla porta della roulotte. Apro mentre Caleb sta per bussare di nuovo; con la mano libera mi porge un bicchiere di cioccolata da asporto. È il gesto dolce di un ragazzo con gli occhi tristi e i capelli scarmigliati.

Invece di salutarmi con un "Ciao", esordisce con: «Sono stato pessimo».

Scendo un gradino e accetto la mia bevanda preferita. «Non sei stato pessimo. Forse un po' scortese nei confronti di Abby e di tua madre.»

«Lo so» ammette. «E quando sono rientrato a casa, io e mia sorella abbiamo parlato a lungo. Avevi ragione. Lei ha superato tutto, meglio di quanto abbia fatto io. Abbiamo parlato della mamma e di come potremmo rendere le cose più facili anche per lei.»

Comincio a sorseggiare la mia cioccolata calda.

Lui si avvicina. «Dopo aver parlato con lei, sono rimasto sveglio tutta la notte a pensare. Il mio problema adesso non è più aggiustare le cose con Abby o con mia madre.»

«Riguarda te» suggerisco.

«Non sono riuscito a dormire stanotte pensando a questo.»

«A giudicare da come ti stanno capelli, ti credo.»

«Almeno mi sono cambiato la camicia.»

Lo esamino dall'alto verso il basso. I jeans sono spiegazzati, ma la camicia bordeaux con le maniche lunghe è accettabile. «Non posso prendermi tutta la mattina libera, però posso accompagnarti a messa, se vuoi.»

La chiesa non è lontana, ma quasi tutto il tragitto è in leggera salita. Il peso che ancora gravava su di noi dalla sera precedente si scioglie ulteriormente via via che procediamo. Ci teniamo per mano per sentirci ancora più vicini. Di tanto in tanto Caleb strofina il pollice sul mio, e io faccio altrettanto.

«Sono andata in chiesa qualche volta quando ero piccola» dico. «Quasi sempre con i miei nonni, durante le vacanze. Mia madre invece ci andava sempre da ragazza.»

«Io cerco di farlo tutte le settimane. Lentamente anche mia madre sta ricominciando.»

«Perciò a volte ci vai da solo?» chiedo. «Ti sei sentito offeso quando ti ho detto che io non sono praticante?»

Ride. «Se avessi detto che ci vai sempre perché pensi che ti faccia sembrare una brava ragazza, quello sì, potrei considerarlo offensivo.»

Non ho mai parlato di religione con le mie amiche. Potrebbe sembrare imbarazzante farlo con qualcuno che mi piace così tanto, e a cui desidero piacere, ma non lo è.

«Quindi sei credente» dico. «Lo sei sempre stato?»

«Penso di sì. Mi sono sempre fatto tante domande, però, cosa che alcune persone hanno paura di ammettere. Ma mi dà qualcosa su cui riflettere durante la notte. Qualcosa di diverso dalla ragazza per cui sono in fissa.»

Gli sorrido. «È una risposta molto schietta.»

Poi svoltiamo in una stradina laterale, e a quel punto mi appare davanti la chiesa dal campanile bianco. Quella vista mi dà l'impressione di poter scrutare un lato molto intimo di Caleb. Il ragazzo che ho conosciuto poche settimane fa frequenta questo posto ogni domenica, e ora lo sto accompagnando, tenendogli la mano.

Ci fermiamo per far passare una macchina diretta nell'area di parcheggio, che va riempiendosi rapidamente. Alcuni uomini di mezza età con le pettorine arancio catarifrangenti guidano le auto nei rimanenti spazi liberi. Io e Caleb ci dirigiamo verso una porta di vetro istoriato sovrastata da una grande croce di legno. Davanti all'ingresso, una fila di uomini e donne di tutte le età saluta i fedeli che entrano. Su un lato, probabilmente in attesa di Caleb, ci sono Abby e la madre.

«Sierra!» esclama Abby venendomi incontro con slancio.

«Sono così sollevata. Temevo che questa testa di cavolo di mio fratello ti avesse fatto scappare ieri sera.»

Caleb le rivolge un sorrisetto tirato.

«Mi ha portato una cioccolata calda. È difficile dire di no a un'offerta simile.»

Un collaboratore del parroco controlla l'ora sul cellulare e invita tutti a entrare chiudendosi infine la grande porta di vetro alle spalle.

«Pare che stia per iniziare» dice la madre di Caleb.

«In realtà Sierra deve tornare indietro» dice Caleb.

«Mi piacerebbe restare, ma la domenica c'è sempre tanto lavoro, soprattutto la settimana prima di Natale.»

La donna punta un dito verso di lui. «Quasi dimenticavo. Pensi di poterti togliere di torno questo pomeriggio?»

Lui mi guarda, confuso, e poi guarda sua madre.

«Sto aspettando una consegna e voglio che rimanga un segreto. Quest'anno non permetterò che mi rovini la sorpresa.» Si rivolge a me. «Quando era piccolo dovevo nascondere i suoi regali in ufficio perché in casa riusciva a scovare qualsiasi nascondiglio.»

«È terribile!» dico. «I miei genitori potrebbero tenere i regali per me nella loro camera da letto e io farei qualsiasi cosa pur di non entrare là dentro. Perché dovrei rischiare di scoprire quello che mi regaleranno?»

Caleb ignora la mia ingenuità e sfida sua madre. «Non penserai davvero che io non riesca a fiutare la consegna che aspetti?»

«Tesoro...» Gli dà un lieve colpetto sul braccio. «È per questo che l'ho detto davanti a Sierra. Spero che lei ti insegni ad apprezzare il piacere dell'attesa.»

Oh, ho assaporato il piacere dell'attesa con questo ragazzo. «Ti tengo d'occhio» gli dico.

«Inventati qualcosa da fare fino all'ora di cena» gli intima la donna.

Caleb guarda sua sorella. «A quanto pare devo sparire questo pomeriggio. Cosa facciamo di bello, sorellina?»

«Pensateci pure con calma, ma io ora devo entrare. Non voglio sedermi in balconata come l'ultima volta.» La signora mi dà un abbraccio ed entra in chiesa.

Abby suggerisce a suo fratello di procurarmi un volantino

della cerimonia delle candele che si svolgerà la vigilia di Natale. «Devi assolutamente venire con noi. È una cerimonia molto suggestiva.»

Caleb mi chiede di aspettarlo lì mentre si affretta verso l'ingresso.

Abby mi guarda dritto negli occhi. «Gli piaci» mi sussurra in fretta. «Cioè, gli piaci *sul serio.*»

Sento un formicolio in tutto il corpo.

«So che non rimarrai qui ancora per molto» continua, «perciò volevo che tu lo sapessi, nel caso lui fosse una frana nell'esprimere i suoi sentimenti.»

Non so cosa rispondere, e lei, davanti al mio silenzio imbarazzato, scoppia a ridere.

Caleb torna tenendo in mano un volantino rosso. Me lo porge, ma mi ci vuole qualche istante per smettere di fissare i suoi occhi. Sul foglio c'è il disegno di una candela accesa circondata da una coroncina, e alcune informazioni sulla funzione religiosa.

«Dobbiamo andare» dice Abby infilando il braccio sotto quello di Caleb.

"Sì" dico tra me, "anche a me piace tuo fratello. Cioè, mi piace sul serio."

18

Il lunedì mattina chiamo Elizabeth per sapere com'è andato lo spettacolo di Rachel.

«È andato bene» mi risponde. «In realtà dovresti chiederlo a lei, però.»

«Ci ho provato! L'ho chiamata, le ho mandato un messaggio. Voi due avete deciso di farmela pagare cara, eh?»

«Perché hai preferito un ragazzo rispetto a lei, Sierra. Abbiamo capito che ti piace. Fantastico. Ma sinceramente, non è che starai lì per sempre. Perciò sì, Rachel ce l'ha con te. Ma non vuole nemmeno vederti con il cuore spezzato.»

Tengo gli occhi chiusi mentre la ascolto. Nonostante siano arrabbiate, si preoccupano per me. Gemendo, mi lascio cadere pesantemente sul lettino. «È ridicolo, dai. Davvero. Questa relazione non può andare da nessuna parte. Non ci siamo neanche ancora baciati!»

«Sierra, è quasi Natale. Mettigli uno stupido rametto di vischio sopra la testa e bacialo tu!»

«Mi faresti un favore?» le chiedo. «Puoi fare un salto a casa mia? Sul mio cassettone c'è il disco ricavato dal tronco del mio primo albero di Natale. Potresti spedirmelo per posta?»

Elizabeth sospira.

«Voglio solo mostrarglielo» dico. «È un tipo molto legato alle tradizioni, penso che gli piacerebbe vederlo prima che io...»

Mi interrompo. Se finisco la frase, sarò ossessionata da quel pensiero per il resto della giornata.

«Prima che tu parta succederà, Sierra» conclude Elizabeth.

«Lo so. Ti autorizzo a dirmi che sono una stupida.»

Lei rimane in silenzio per un bel po'. «Si tratta del tuo cuore. Nessun altro può avere voce in capitolo.»

Talvolta sembra che non possa avercela nemmeno chi è padrone di quel cuore.

«Forse però dovresti baciarlo prima di prendere qualsiasi decisione importante» dice. «Se è una delusione, sarà più facile lasciarlo andare.»

Rido. «Mi mancate un sacco.»

«Anche tu ci manchi, Sierra. Manchi a tutte e due. Cercherò di far ragionare Rachel. Ci è solo rimasta male.»

Ricado sul letto. «Ho tradito il codice delle ragazze.»

«Non autoflagellarti. Va bene così. Siamo soltanto amiche un po' egoiste che non vogliono dividerti con nessuno, tutto qui.»

Prima di iniziare a lavorare, mi siedo davanti al computer e registro un video dove descrivo – in francese – tutto quello che è successo dopo aver lasciato l'Oregon, da quando ho piantato il mio nuovo albero su Cardinals Peak a quando ho accompagnato Caleb in chiesa. Poi mando il video a Monsieur Cappeau per rimediare a tutte le videochiamate che ho saltato.

Prendo una mela e mi avvio verso il tendone per dare una mano a mia madre. Le vacanze sono iniziate per quasi tutte le scuole ormai, e poiché il tempo scarseggia, il vivaio sarà affollato di ritardatari per tutto il giorno. Negli anni scorsi lavoravo fino a dieci ore al giorno in questa settimana, ma la mamma mi ha detto che papà ha ingaggiato altri studenti come aiuto supplementare, perciò avrò più tempo per me stessa.

Lavoriamo fianco a fianco, rifornendo le scorte negli intervalli fra un cliente e l'altro. Mio padre trascina dentro altri due abeti spruzzati di neve sintetica. Approfittando di un momento di calma, ci riuniamo tutti e tre davanti al distributore di bevande calde. Mi preparo un Peppermint Mocha casalingo e annuncio che ho intenzione di fare altri biscotti per le prossime consegne di Caleb.

«È un'ottima idea, tesoro» dice papà, ma invece di guardare me, scruta fuori dal tendone. «Devo andare a controllare i ragazzi.»

Io e la mamma lo osserviamo mentre si allontana.

«Immagino che questa reazione sia meglio che puntare i piedi» commento. Mio padre ha adottato un approccio del tipo "stiamo a vedere" nei confronti della mia relazione con Caleb. In compenso, dopo aver assistito al nostro scontro, ha suggerito a Andrew di chiedermi scusa. Piuttosto di farlo, lui se n'è andato.

Mia madre accosta la tazza alla mia in una sorta di brindisi. «Magari Caleb metterà da parte un po' delle sue mance e comprerà un regalo di Natale anche per te.»

«Sto pensando di dargli il pezzo di tronco del mio primo albero» le dico mentre sorseggia il suo caffè.

Il suo silenzio è assordante, così mi porto la tazza alle labbra e aspetto. Fuori dal tendone, vedo Luis che trasporta un abete verso il parcheggio. Bevo un altro sorso, chiedendomi cosa ci faccia qui, visto che un albero ce l'ha già.

Quando distolgo lo sguardo, mia madre dice: «È un regalo perfetto per una persona come Caleb».

La abbraccio mentre lei cerca di evitare di rovesciarsi il caffè addosso. «Grazie per non essere prevenuta nei suoi confronti, mamma.»

«Ho fiducia nelle tue capacità di giudizio.» Posa la tazza, e tenendomi per le spalle, mi guarda negli occhi. «Anche tuo padre si fida di te. Però credo che starà con il fiato sospeso finché non ce ne andremo di qui.»

Dietro di lei, Luis sta tornando nel vivaio con indosso i guanti da lavoro. «Ma quello è Luis» dico, indicandolo a mia madre. «Lo conosco.»

«Sì, è uno dei nuovi studenti che abbiamo assunto. Tuo padre dice che lavora sodo.»

Nella successiva pausa fra un cliente e l'altro, riscaldo la mia cioccolata con un'aggiunta di caffè. Una voce alle mie spalle dice: «Me ne prepareresti una, già che ci sei?».

«Dipende.» Mi volto verso Caleb. «Tu che cos'hai intenzione di fare in cambio?»

Fruga nella tasca della giacca e tira fuori un berretto verde lavorato ai ferri a forma di albero di Natale, con le decorazioni in feltro e una stella gialla panciuta sulla punta. Se lo cala bene in testa. «Lo volevo tenere in serbo per dopo, ma se la posta in gioco è una cioccolata calda, me lo metto subito.»

«Perché?» chiedo ridendo.

«L'ho comprato stamattina in un negozio di seconda mano. Sono in pieno spirito sartoriale natalizio.»

Resto a bocca aperta. «Perfino io non so cosa significa.»

Caleb fa un gran sorriso con relativa fossetta e inarca un sopracciglio. «Che cosa, "sartoriale"? Sono scioccato. Dovresti scaricare la app di un dizionario sul cellulare, come ho fatto io. Ti propongono una parola nuova ogni giorno e puoi darti dei punti ogni volta che la usi.»

«Ma tu l'hai usata correttamente?»

«Credo di sì. È un aggettivo. Relativo all'abbigliamento.»

Scuoto la testa, indecisa se ridere o se strappargli di dosso quella cosa orribile. «Signore, la parola "sartoriale" le ha appena fatto guadagnare un doppio bastoncino di zucchero.»

Caleb si offre di aiutarmi a preparare i biscotti a casa sua, così mia madre ci congeda augurandoci buon divertimento. Per la verità, mi dice che è meglio che vada senza chiedere il permesso a mio padre, un consiglio materno che accetto ben volentieri.

«Abby mi ha detto che le piacerebbe unirsi a noi» dice Caleb quando saliamo sul furgone. «Puoi invitare anche Heather, se vuoi.»

«Heather, che tu ci creda o no, sta freneticamente cercando di rimediare un regalo per Devon. Scommetto che sarà un maglione natalizio.»

Caleb spalanca la bocca simulando orrore. «Farebbe una cosa simile?»

«Eccome. Gli comprerà anche qualcosa di più carino, ma se la conosco bene, come prima cosa gli darà il maglione per vedere come reagisce.»

Dopo esserci procurati gli ingredienti al supermercato, Caleb mi fa entrare in casa sua. Ciascuno di noi tiene una borsa stracolma in mano. Abby è sul divano, intenta a chattare con qualcuno al cellulare.

Senza alzare gli occhi dallo schermo, dice: «Sarò da voi fra un minuto. Prima devo assicurarmi che i miei amici non mi diano per dispersa. E togliti quel berretto ridicolo, Caleb».

Caleb posa il suo cappellino sul tavolo della cucina. Ha già predisposto le teglie da forno, i misurini, le tazze e una ciotola di ceramica per l'impasto. «Anche tu mi manderai dei messaggi dall'Oregon per farmi sapere che non ti sei volatilizzata?»

Mi esce una risatina nervosa che riflette il mio reale stato d'animo. Fra meno di una settimana dovrò pensare a come dirgli addio.

Tiro fuori i nostri acquisti dalle borse e li dispongo in bell'ordine sul piano di lavoro.

A un certo punto si sente suonare il campanello, e Caleb urla verso l'altra stanza: «Aspetti qualcuno?».

Abby, probabilmente ancora impegnata a messaggiare, non risponde. Caleb alza gli occhi al cielo e si avvia verso la porta. La sento aprirsi, e poi silenzio.

«Ehi, cosa ci fai tu qui?»

L'altra voce – familiare e profonda – mi giunge chiara dall'ingresso. «È questo il modo di rivolgerti al tuo migliore amico di un tempo?»

Per poco non mi cade di mano una dozzina di uova. Non ho idea di cosa ci faccia qui Jeremiah, ma mi viene voglia di fare il giro d'onore della cucina con le braccia in aria per festeggiare.

Quando i due ragazzi mi raggiungono, ho riacquistato un'espressione di calma apparente. «Ehi, Jeremiah.»

«Ehi, ragazza del vivaio.»

«Be', faccio anche altre cose.»

«Fidati, lo so» dice lui. «Se non fosse per te, che hai insistito e ti sei immischiata, probabilmente non sarei qui.»

Caleb sorride, facendo correre lo sguardo fra me e il suo amico. Non gli ho mai raccontato della visita di Jeremiah e Cassandra al vivaio.

«Certo, le cose non sono ancora perfette» prosegue, «ma ho preso posizione contro Cassandra e mia madre, e... eccomi qui.»

Caleb si volta verso di me con gli occhi pieni di domande e di gratitudine inespresse. Si passa una mano sulla fronte guardando fuori dalla finestra.

Io comincio a rimettere gli ingredienti nelle borse. Questo momento non riguarda me, né dovrebbe riguardarmi. «Parlate pure, ragazzi. Io mi trasferisco a casa di Heather.»

Con lo sguardo sempre fisso alla finestra, Caleb comincia a dirmi che non è necessario che me ne vada, ma io lo interrompo.

«Meglio che parli con il tuo amico» gli suggerisco, senza

nemmeno tentare di nascondere un sorriso. «Avete aspettato fin troppo tempo.»

Quando mi volto, dopo aver finito di riporre gli ingredienti, mi accorgo che Caleb mi sta guardando con un'espressione piena di amore.

«Ci vediamo più tardi.»

«Per le sette va bene?» chiede. «Voglio mostrarti una cosa.»

Sorrido. «Non vedo l'ora.»

Mentre sto per uscire, sento Jeremiah esclamare: «Mi sei mancato, amico».

Il mio cuore si gonfia di gioia, faccio un bel respiro, e apro decisa la porta.

Dopo aver consegnato il nostro ultimo albero insieme a una scatola di biscotti di Natale, Caleb e io facciamo un giro in macchina mentre lui mi aggiorna sul suo ricongiungimento con Jeremiah.

«Non so esattamente quando ci vedremo la prossima volta, perché lui ora ha il suo giro di amicizie e io ho il mio. Ma ci vedremo, il che mi sembra fantastico. Pensavo che non sarebbe mai più successo.»

«Lo è. È fantastico.»

Parcheggiamo davanti alla casa di Caleb. «È merito tuo» dice. «*Tu* sei fantastica.»

Vorrei che questo momento non finisse mai, noi due vicini sul suo furgoncino, pieni di gratitudine l'uno per l'altro. Invece lui apre la porta facendo entrare una folata di aria fredda.

«Andiamo» mi dice, invitandomi a scendere.

Aggira il furgone per arrivare sul marciapiede e io mi sgranchisco le dita per scaricare la tensione prima di aprire la portiera. Una volta scesa, proseguiamo a piedi tenendoci per mano.

Passiamo davanti a quattro villette e poi svoltiamo in un vicoletto. L'accesso è illuminato da un unico lampione. Il terreno è di asfalto ruvido, con un canaletto di scolo di cemento liscio che scorre nel mezzo.

«Lo chiamiamo il Vicolo dei Garage» mi informa.

Più ci inoltriamo nella stradina, più la luce del lampione si affievolisce. Su entrambi i lati ci sono dei brevi passaggi che conducono ai garage. Delle alte recinzioni in legno delimitano i cortili posteriori impedendo alle luci delle case di arrivare fin lì. Per poco non inciampo nel canale di scolo, ma Caleb mi sostiene per il braccio.

«C'è un'atmosfera un po' spettrale in questo posto.»

«Spero che tu sia pronta, perché sto per darti una delusione ancora più grande.» Cerca di far assumere un'espressione seria al suo viso in penombra, ma riesco a intravedere un lieve sorriso.

Si ferma nel punto in cui il vicolo si interseca con il vialetto di casa sua, facendomi voltare in modo da dare le spalle al garage. La grande porta di metallo è quasi sepolta all'ombra della sporgenza del tetto. Mi prende la mano e mi tira avanti. Un sensore di movimento installato sopra la porta fa scattare la luce.

«Mia madre ti aveva avvisato. Sono terribile, quando si tratta di sorprese» dice.

Gli do una spinta. «Non dirmi che l'hai fatto!»

«Non di proposito! Non questa volta. Stavo cercando le corde elastiche in garage, e il mio regalo era lì che mi aspettava.»

«Hai rovinato la sorpresa di tua madre?»

«È stata colpa sua!» protesta. «Era proprio là, in bella vista! Ma penso che sarai contenta, perché così posso condividere la sorpresa con te. Non le dirai niente, giusto?»

Non posso crederci. Si sta comportando come una piccola peste, ed è troppo carino per meritare un rimprovero. «Fammi vedere cos'è.»

19

La luce azionata dal sensore di movimento rimane accesa, e Caleb si avvicina al quadro elettrico montato di fianco alla porta del garage. Solleva uno sportellino di plastica che ripara un tastierino numerico.

«Quando eravamo piccoli» racconta con il dito sospeso sopra il primo numero «ogni anno chiedevo a Babbo Natale lo stesso regalo. Alcuni miei amici ce l'avevano e io ero molto invidioso, ma non l'ho mai ricevuto. Dopo un po' ho smesso di chiederlo, e probabilmente tutti hanno pensato che ormai ero diventato grande e mi ero messo il cuore in pace. Ma non era affatto così.»

Il suo sorriso è radioso.

«Fammelo vedere!»

Caleb digita rapidamente un codice a quattro cifre e richiude lo sportellino. Indietreggia di un passo, e la porta del garage si alza lentamente. Sono abbastanza sicura che non ha chiesto una decappottabile quand'era piccolo, anche se questo renderebbe la serata molto divertente. Quando la porta è semiaperta, mi abbasso per curiosare nello spiraglio. All'interno filtra abbastanza luce da farmi intravedere... *un tappeto elastico*? Quasi cado sulle ginocchia per il gran ridere.

«Che c'è da ridere? Saltare è divertente!» esclama Caleb.

Lo guardo, ma lui sa esattamente perché mi sto sbellicando dalle risate. «Hai appena detto questo? "Saltare è divertente"? Ma quanti anni hai?»

«Sono abbastanza maturo da fregarmene.» Aspetta che la porta sia completamente aperta, poi entra in garage. «Vieni.»

Osservo le basse travi di legno del soffitto. «Non possiamo saltare qui dentro» obietto.

«Certo che no. Quanti anni hai *tu*?» Caleb afferra un lato del tappeto elastico e flette le ginocchia. «Aiutami a portarlo fuori.»

Pochi centimetri alla volta, lo trasciniamo nel vialetto.

«Non temi che tua madre possa sentirti?» chiedo. L'euforia che traspare dalla sua espressione mi fa pensare che ne varrebbe la pena. In barba a tutti gli insegnamenti sul valore dell'attesa.

«È alla cena aziendale. Rientrerà tardi.»

«E Abby?»

«È andata al cinema con un'amica.» Si toglie le scarpe spingendo sul tallone con il piede e poi si lancia sul tappeto. Prima ancora che io mi sia slacciata una scarpa, lui sta già saltellando come una gazzella ubriaca. «Non startene lì impalata, salta su.»

Mi tolgo l'altra scarpa, mi isso sul bordo e comincio a dondolarmi sui piedi. Nel giro di qualche minuto acquistiamo un ritmo mentre giriamo in tondo rincorrendoci e ridendo. Uno va su e l'altro viene giù. Caleb continua a saltare sempre più in alto per darmi più slancio e presto entrambi prendiamo un abbrivio sufficiente perché lui si esibisca in uno spericolato salto mortale all'indietro.

È bellissimo vederlo così libero e spensierato. Non che sia sempre serio, ma ora è diverso, come se stesse recuperando qualcosa che ha perduto.

Nonostante le sue insistenze, mi rifiuto di tentare una rovesciata. Dopo un po', sentendoci stanchi, decidiamo di fare una pausa e ci lasciamo cadere sulla schiena. Il cielo notturno è trapunto di stelle. Ansimiamo entrambi, sollevando e abbassando il petto sempre più lentamente via via che riprendiamo fiato. Dopo un minuto di quasi totale immobilità, la luce del garage si spegne.

«Guarda quelle stelle» sussurra Caleb.

Il vialetto è buio e la notte è silenziosa. Sento soltanto i nostri respiri, qualche grillo che frinisce in mezzo all'edera e il cinguettio lieve di un uccellino dal giardino di un vicino di casa. Poi, dalla parte di Caleb, sento il cigolio metallico di una molla.

Rimanendo ferma in modo che la luce non si accenda, chiedo: «Cosa stai facendo?».

«Mi sto spostando molto, molto lentamente. Voglio tenerti la mano al buio.»

Muovo la testa con estrema cautela per controllare la mia mano. Le sagome dei nostri corpi sono scure contro il tappeto elastico ancora più scuro. Le sue dita si avvicinano furtivamente alle mie. Sempre in attesa di riprendere fiato, attendo il contatto.

Una scintilla azzurra scocca fra noi facendomi scostare bruscamente di lato. «Ahia!»

La luce si accende all'improvviso e Caleb scoppia in una risata isterica. «Scusami, scusami tanto!»

«Fai bene a scusarti. Non è stato per niente romantico!»

«Puoi darmi la scossa anche tu. Questo è romantico, no?»

Ancora distesa sulla schiena, strofino i piedi avanti e indietro sul tappeto e poi mi avvicino al suo orecchio. *Pzzt!*

«Ahi!» Caleb si porta la mano al lobo, ridendo. «Questo sì che fa male!»

Si rialza e comincia a trascinare i piedi sulla superficie del tappeto disegnando un grande cerchio. Poi mi alzo anch'io e ripeto gli stessi movimenti mentre lo guardo negli occhi.

«Ah, si fa la lotta qui?» chiedo. «Avanti, fatti sotto.»

«Puoi contarci.» Punta un dito davanti a sé e fa uno scatto in avanti per afferrarmi.

Io mi butto da una parte per scansarlo e lo colpisco sulla spalla. «Due volte! Ti ho beccato due volte.»

«Okay, ora basta essere gentili.»

Balzo dall'altra parte del tappeto elastico, ma lui è proprio dietro di me con le dita tese, pronto ad acchiapparmi. Tenendo d'occhio i suoi piedi, faccio un saltello sul posto e atterro esattamente nell'istante in cui lui fa un passo avanti. Perde l'equilibrio e cade a pancia in giù, e io ne approfitto per dargli la scossa sulla nuca.

Lancio le mani in aria. «Ti ho steso!»

Caleb, atterrato, mi rivolge un sorrisetto maligno. Mi guardo intorno, ma non c'è via di scampo. Spicca un salto rialzandosi prima sulle ginocchia e poi sui piedi, e mi placca. Rimbalziamo una volta insieme, poi compie una torsione su se stesso facendomi planare su di lui. Respiro con affanno. Le sue mani si serrano dietro la mia schiena, stringendomi forte. Io alzo la testa quel tanto che basta per vedere i suoi occhi, soffio via i miei capelli dalla sua faccia, e ridiamo entrambi. Pian piano le risate si calmano, e respiriamo affannosamente, il petto e il ventre dell'uno premuti contro quelli dell'altro.

Mi sfiora la guancia e mi attira verso di sé. Sento le sue labbra morbide sulle mie, addolcite da un lieve sapore di menta. Mi accosto a lui e mi perdo nel suo bacio. Poi scivolo sul tappeto e lui si piazza sopra di me. Gli allaccio le braccia intorno al collo e ci scambiamo un bacio ancora più profondo. Quando ci stacchiamo per riprendere fiato, ci guardiamo intensamente negli occhi.

Ci sono migliaia di pensieri che mi ronzano in testa, minacciando di distogliermi da questo momento. Ma invece di preoccuparmi, chiudo gli occhi, mi abbandono, e concedo a me stessa di credere in noi.

Torniamo al vivaio restando in silenzio per tutto il tragitto. Mi scopro quasi ipnotizzata dall'ondeggiare del portachiavi con la foto di me e Caleb in braccio a Babbo Natale. Se soltanto questa settimana non finisse mai...

Quando entriamo nel parcheggio, Caleb mi prende la mano. Lancio un'occhiata verso la roulotte e vedo la tendina della stanza dei miei genitori chiudersi con uno svolazzo.

Lui mi stringe la mano più forte. «Grazie, Sierra.»

«Di cosa?»

Sorride. «Di aver saltato sul tappeto elastico con me.»

«Oh, è stato un piacere.»

«E per aver reso queste ultime settimane le più belle della mia vita.»

Si china in avanti, e ancora una volta mi perdo nel suo bacio. Faccio scivolare le labbra dalla mandibola all'orecchio e gli sussurro: «È lo stesso per me».

Con le guance accostate, restiamo immobili ascoltando i rispettivi respiri. Una settimana ancora e momenti come questo smetteranno di accadere. Vorrei mettere il fermo immagine su questo istante e scolpirlo nel mio cuore perché non sbiadisca mai.

Una volta scesa dal furgone, mi fermo a guardare i fanalini di coda che si allontanano lungo la strada e resto a fissare nel vuoto anche molto tempo dopo che sono spariti nel buio.

Mio padre si materializza dietro di me. «Devi chiuderla qui, Sierra. Desidero che tu non lo veda più.»

Mi volto di scatto.

Lui scuote la testa. «Non è per la faccenda di sua sorella. Non è solo questo. È per tutto l'insieme.»

La sensazione calda e coinvolgente che mi ha accompagnato per tutta la serata svanisce lentamente, sostituita da un pesante terrore. «Pensavo che l'avessi accettato.»

«Presto ce ne andremo, lo sai. E sai anche che ti sei legata troppo a questo ragazzo.»

Non riesco a trovare la voce e nemmeno le parole per urlare. Perché, adesso che le cose stavano finalmente andando per il verso giusto, deve per forza rovinare tutto? No. Non gli permetterò di farmi questo.

«Cosa dice la mamma?» chiedo.

Mio padre si volta leggermente verso la roulotte. «Anche lei non vuole vederti soffrire.» Poiché non rispondo, si accinge a rientrare in quel luogo soffocante che un tempo consideravo la mia seconda casa.

Io invece mi dirigo verso il boschetto di conifere. Dietro di me sento i passi di mio padre che sale i gradini di metallo e il cigolio della porta che si chiude alle sue spalle. Non posso entrare là dentro. Non ancora. Così mi inoltro fra gli alberi, con gli aghi che mi graffiano le maniche e i pantaloni. Mi siedo per terra, sulle zolle fredde, dove le luci esterne non possono raggiungermi.

Provo a immaginarmi di nuovo a casa, dove sono cresciuti questi stessi alberi che ora mi circondano, a guardare lo stesso cielo.

Rientrata nella roulotte, non chiudo occhio per tutta la notte. Quando apro le tende la prima volta, il sole non è ancora sorto. Rimango distesa sul letto a guardare le stelle che cominciano a spegnersi, sentendomi sempre più smarrita.

Decido di contattare Rachel. Non ci parliamo da quando ho snobbato il suo spettacolo, ma lei mi conosce meglio di chiunque altro, e io ho soltanto bisogno di spiegarle quello che provo. Le mando un messaggio di scuse. Le dico che mi manca. Le dico che Caleb piacerebbe anche a lei, ma che i miei genitori pensano che mi stia affezionando troppo.

Alla fine mi risponde:

Posso aiutarti?

Emetto un profondo sospiro e chiudo gli occhi, grata di avere un'amica come Rachel nella mia vita.
Le scrivo:

Mi serve un miracolo di Natale.

Nella lunga pausa che segue, assisto al sorgere del sole.
Rachel mi risponde:

Dammi un paio di giorni.

Caleb si presenta la mattina dopo con un ampio sorriso e un pacchetto avvolto nella pagina domenicale dei fumetti, tenuto insieme da una quantità esagerata di scotch.

Dietro di lui vedo mia madre che ci osserva. Benché sia visibilmente poco entusiasta della visita, continua a occuparsi del cliente.

«Che cos'è?» chiedo, cercando di soffocare il timore che mio padre torni dalla sua corsetta della pausa pranzo. «Cioè, oltre a essere un invito a insegnarti come si fanno i pacchetti.»

«C'è solo un modo per scoprirlo.»

Il pacchetto è floscio, e quando strappo la carta capisco il motivo. È quello stupido berretto natalizio lavorato a maglia che indossava l'altro giorno. «No, credo che questo appartenga a te.»

«Lo so, ma ho notato quanto eri invidiosa» dice Caleb trattenendo a stento un sorriso. «Ho pensato che gli inverni nell'Oregon sono più freddi dei nostri.»

Probabilmente è convinto che non lo indosserò mai, ragione per cui me lo metto immediatamente.

Me lo cala bene sulle orecchie, e stringendomi il viso fra le mani si china per baciarmi. Lo lascio fare, ma tengo le labbra chiuse. E siccome lui non desiste, sono costretta a staccarmi da lui.

«Scusami» dice. «Non dovrei farlo qui.»

Sento qualcuno che si schiarisce la voce. «Devi tornare al lavoro, Sierra» mi ammonisce mia madre.

Caleb, chiaramente imbarazzato, distoglie lo sguardo. «Quindi ora mi tocca andare a pulire i gabinetti?»

Nessuno ride.

Mi lancia un'occhiata. «Che cosa sta succedendo?»

Abbasso gli occhi e vedo avvicinarsi la punta delle scarpe di mia madre.

«Caleb, Sierra ci ha raccontato cose meravigliose su di te.»

La guardo, pregandola silenziosamente di essere gentile.

«E so quali sono i suoi sentimenti nei tuoi confronti» aggiunge senza nemmeno accennare un sorriso. «Ma ce ne andremo di qui fra una settimana e, con ogni probabilità, l'anno prossimo non torneremo.»

Non stacco gli occhi dai suoi, ma quando mi accorgo che Caleb si volta verso di me, il mio cuore si spezza. Toccava a me dirglielo, *se* necessario, e poiché non c'è niente di certo, non era ancora necessario.

«Suo padre e io non siamo contenti che questa relazione vada avanti senza che nessuno di voi due sappia qual è la nostra posizione al riguardo.» Mi guarda in tralice. «Tuo padre sarà di ritorno a momenti. Finiamola qui.»

Quindi si allontana, e io rimango da sola con Caleb. Sul suo viso leggo un misto di senso di tradimento e resa.

«Tuo padre non vuole vedermi?» chiede.

«Pensa che la nostra relazione stia diventando troppo seria. Non devi aver paura, è soltanto iperprotettivo.»

«Iperprotettivo perché non tornerete?»

«Non c'è ancora niente di sicuro» balbetto. Non riesco più a sostenere il suo sguardo. «Avrei dovuto dirtelo io.»

«Bene, ora hai l'occasione per farlo. Cos'altro mi stai tenendo nascosto?»

Una lacrima mi solca la guancia. Non mi ero nemmeno accorta che stavo piangendo, ma se è così, non mi importa. «Andrew gli ha parlato, ma è tutto a posto.»

«Come sarebbe a dire che è tutto a posto?» ribatte lui con tono freddo.

«Perché ho già parlato con i miei e ho spiegato che...»

«Spiegato cosa? Perché adesso che stiamo parlando, non c'è nulla che sia a posto.»

Mi asciugo le guance. «Caleb...»

«Questo non cambierà, Sierra. Non nei pochi giorni che passerai ancora qui. Perciò perché sprechi il tuo tempo con me?»

Gli prendo la mano. «Caleb...»

Lui fa un passo indietro, mettendo una distanza fra noi.

«Ti prego, non...» sussurro.

«Ho detto che ne valevi la pena, Sierra, ed è così. Ma non so se si può dire altrettanto di tutto il resto. E di sicuro non ne valgo la pena neppure io.»

«Sì, Caleb, tu...»

Mi volta le spalle ed esce, dirigendosi con passo deciso verso il suo furgone.

Il giorno dopo mio padre torna dall'ufficio postale con un piccolo pacco espresso che deposita accanto alla cassa. Non ci parliamo da ventiquattr'ore. Non è mai successo, ma non riesco a perdonarlo. Nella parte alta del pacchetto c'è un cuore rosso che incornicia il nome del mittente, Elizabeth Campbell. Dopo aver servito altri due clienti, strappo l'involucro.

Dentro trovo una busta e una scatolina rossa scintillante grande come un disco da hockey su ghiaccio. Sollevo il coperchio, tolgo un quadratino di ovatta, ed ecco la sezione del tronco del mio primo albero, spessa circa tre centimetri. Intorno al bordo c'è ancora un sottile strato di corteccia rugosa, e al centro spicca l'albero di Natale che vi ho disegnato sopra quando avevo undici anni. Due giorni fa, guardando questo oggetto, mi sarei sentita in ansia al pensiero di come avrebbe reagito Caleb se glielo avessi donato. Ora non sento più nulla.

Una cliente si avvicina alla cassa e io richiudo in fretta la scatola. Quando la signora se ne va, apro la busta. È stata Elizabeth a mandarmi quel ricordo così prezioso per me, ma il messaggio che lo accompagna è scritto da Rachel: "Spero che questo ti aiuti a realizzare il miracolo di Natale che invocavi".

Insieme al biglietto ci sono due inviti per il gran ballo d'inverno. In cima spicca la scritta in vistosi caratteri rossi L'AMORE SOTTO LA NEVE. Sulla sinistra c'è una coppia che danza dentro una sfera di vetro, sotto una pioggia di brillantini argentati che cadono tutt'intorno.

Chiudo gli occhi.

20

Durante la pausa pranzo vado nella roulotte e faccio scivolare la scatolina rossa sotto il cuscino del letto. Prendo la bustina della foto ricordo con Caleb infilata nel telaio della finestra e vi nascondo gli inviti al ballo d'inverno.

Prima di perdere il coraggio di farlo, cerco mio padre e gli chiedo se possiamo fare quattro passi insieme. Ci ho rimuginato abbastanza. Lo aiuto a caricare un abete sull'auto di un cliente e poi ci allontaniamo insieme dal vivaio.

«Ho bisogno che tu riveda la tua decisione» gli dico. «Sostieni che non è solo per via del passato di Caleb, e voglio crederti.»

«Bene, perché...»

Lo interrompo. «Hai detto che dipende anche dal fatto che ci resta meno di una settimana e che io mi sto innamorando di lui. E hai ragione, è così. So che questo ti mette a disagio per un milione di ragioni, ma so anche che non avresti niente da ridire se non potessi usare il suo passato come pretesto.»

«Non lo so, forse sì, ma comunque...»

«E anche se questo mi fa arrabbiare, perché non è giusto nei suoi confronti, mi dà fastidio che tu ti stia dimenticando dell'unica persona che dovrebbe essere la più importante per te in questa faccenda.»

«Sierra, sei tu la sola persona cui sto pensando, credimi. Sì, è difficile vedere la propria bambina innamorarsi. E sì, è difficile ignorare il passato di questo ragazzo. Ma più di qualsiasi altra cosa, tesoro, non posso starmene qui con le mani in mano mentre ti fai spezzare il cuore.»

«Non dovrebbe essere una mia decisione?»

«Sì, se riesci a mettere in conto tutto.» Smette di camminare e si sofferma a guardare la strada. «Tua madre e io non ce lo siamo ancora detto, ma lo sappiamo entrambi. È quasi certo che l'anno prossimo non torneremo.»

Poso una mano sul suo braccio. «Mi dispiace tanto, papà.»

Continuando a fissare la strada, mi attira a sé e io appoggio la testa sul suo petto. «Anche a me» dice con un sospiro.

«Quindi siete preoccupati soprattutto per come mi sentirò quando ce ne andremo.»

Mi fissa intensamente, e in quell'istante capisco di essere davvero la parte più importante per lui in questa vicenda. «Tu non immagini quanto sarà difficile.»

«Allora dimmelo tu» lo incalzo. «Perché tu lo sai. Come ti sei sentito quando hai conosciuto la mamma e poi sei dovuto partire?»

«È stato terribile. In un paio di occasioni ho pensato che non ce l'avremmo fatta. Ci siamo perfino presi una pausa e abbiamo frequentato altre persone. E, maledizione, ne sono uscito praticamente distrutto.»

La mia domanda successiva è esattamente il punto cui volevo arrivare. «E ne è valsa la pena?»

Mi sorride e poi si volta indietro a guardare il nostro vivaio. «Certo.»

«Bene, allora.»

«Sierra, tua madre e io avevamo già avuto altre relazioni serie prima. Questa invece è la prima volta che ti innamori.»

«Non ho mai detto di essermi innamorata!»

«Non è necessario che tu lo dica» ribatte lui ridendo.

Lo stringo più forte.

Poi mi guarda e sospira. «Presto avrai il cuore spezzato» insiste. «Ne sono sicuro. Ma non ti farò stare ancora peggio sottraendoti i pochi giorni che ti rimangono da trascorrere con quel ragazzo.»

Gli butto le braccia al collo e gli dico che gli voglio bene.

«Lo so» mi sussurra. «E sai che io e la mamma saremo qui per aiutarti a rimettere insieme i cocci.»

Con il suo braccio sulla mia spalla e il mio intorno ai suoi fianchi, torniamo lentamente al vivaio.

«Desidero che tu rifletta su una cosa, però. Pensa a come finirà questo periodo fra voi due. Perché finirà. Non dimenticarlo mai.»

Poi lui raggiunge mia madre nel tendone, e io corro nella roulotte per chiamare Caleb.

«Vieni qui a comprare un albero» gli dico. «So che hai delle consegne da fare.»

È ormai buio pesto quando vedo Caleb entrare nel parcheggio. Luis e io gli andiamo incontro con un grande abete, molto pesante.

«Spero che questo vada bene, ovunque tu sia diretto» dice Luis.

Caleb salta giù dal furgone e corre ad abbassare la sponda ribaltabile sul retro. «Credo che questo sfori il mio budget, anche con uno sconto.»

«No» lo rassicuro. «Questo è gratis.»

«È un regalo dei suoi genitori» spiega Luis. «Stanno riposando in questo momento, perciò...»

«Ci sono anch'io, Luis. Posso dirglielo io.»

Luis arrossisce e torna al vivaio, dove una cliente sta aspettando che il suo albero venga avvolto nella rete. Caleb, nel frattempo, mi guarda con aria confusa.

«Ho parlato con mio padre.»

«E?»

«I miei genitori si fidano di me. E apprezzano moltissimo quello che fai, quindi hanno deciso di donarti questo per contribuire alla causa.»

Caleb lancia un'occhiata verso la roulotte e sul suo volto appare un debole sorriso. «Be', quando torneremo potrai fargli sapere com'è stato accolto il loro dono.»

Dopo la consegna – l'abete entra a stento nella piccola casa del bambinetto di cinque anni, pazzo di felicità – Caleb si dirige verso Cardinals Peak. Si ferma davanti al cancelletto di ferro e scende lasciando il motore acceso.

«Aspetta qui, vado ad aprirlo» dice. «Possiamo salire in cima, se ti va. Mi piacerebbe vedere i tuoi alberi.»

«Allora spegni il motore. Saliamo a piedi.»

Lui alza lo sguardo sulla collina.

«Che c'è? Ti spaventa una piccola scalata notturna?» lo schernisco. «Sono sicura che hai una torcia, vero? Ti prego, non dirmi che guidi un furgone e non hai una torcia con te!»

«Sì, in effetti devo averne una da qualche parte.»

«Perfetto.»

Fa retromarcia fino a uno spiazzo sterrato sul lato della strada e prende una torcia dal cassetto portaoggetti. «Ne ho solo una, però. Spero che non ti dispiaccia stringerti un po' a me.»

«Oh, se proprio dobbiamo...»

Salta giù dal furgone e viene ad aprirmi la porta. Entrambi tiriamo su la cerniera del giubbotto osservando il profilo di Cardinals Peak che si erge davanti a noi.

«Mi piace venire qui» dico. «Ogni volta che mi arrampico su questa collina, penso... ho la sensazione che... che i miei alberi siano una profonda metafora personale.»

«Wow!» esclama Caleb. «Mi sa che questa è la cosa più... profonda che ti abbia mai sentito dire.»

«Oh, piantala. Dammi quella torcia, piuttosto.»

Me la passa, ma continua a commentare: «Dico sul serio. Ti dispiace se uso quest'espressione a scuola? La mia prof di inglese ne sarà entusiasta».

Gli do una spallata. «Ehi, sono cresciuta in una tenuta agricola dove si coltivano alberi di Natale. Avrò pur il diritto di concedermi un po' di sentimentalismo, anche se non so bene come esprimermi.»

Mi piace la naturalezza con cui ci prendiamo in giro. I problemi sono ancora là – non possiamo ignorare una data sul calendario – ma abbiamo trovato il modo di godere della reciproca compagnia, qui e adesso.

Stasera fa più freddo rispetto a quando sono venuta quassù con Heather il giorno del Ringraziamento. Caleb e io non parliamo molto durante l'arrampicata; ci limitiamo a stemperare l'aria fresca con il calore della vicinanza. Prima dell'ultimo tornante lo conduco fuori dal sentiero, e con la luce della torcia gli faccio strada nella boscaglia alta fino al ginocchio. Lui mi segue per alcuni metri senza lamentarsi.

Una falce di luna getta ombre profonde su questo versante della collina. Quando il sottobosco si dirada, sposto lentamente il fascio luminoso in mezzo ai miei alberi, catturandone un paio per volta all'interno del raggio stretto.

Caleb mi raggiunge e mi mette un braccio intorno alle spalle, accostando delicatamente i nostri corpi. Quando lo guardo, noto che è intento a osservare gli alberi. Poi si stacca da me e si inoltra nella mia piccola piantagione con l'aria felice, dividendo la sua attenzione fra loro e me.

«Sono bellissimi» esclama. Si avvicina a un giovane abete e ne inala il profumo. «Sa di Natale.»

«Sono così rigogliosi perché Heather viene quassù ogni estate per potarli.»

«Non diventano così spontaneamente?»

«Non tutti. Papà ama ripetere che anche loro, come noi, hanno bisogno di un aiutino per entrare nello spirito delle feste.»

«La tua famiglia ha un debole per le metafore» osserva Caleb. Mi si avvicina alle spalle e mi avvolge in un caldo abbraccio, appoggiando il mento nell'incavo del mio collo.

Restiamo a contemplare il mio boschetto in silenzio per qualche minuto.

«Mi piacciono» conclude. «Sono la tua famigliola sempreverde.»

Mi scosto leggermente di lato per guardarlo negli occhi. «Ora chi è che sta facendo il sentimentale?»

«Hai mai pensato di decorarli?» chiede.

«Una volta Heather e io l'abbiamo fatto, nel modo più ecologico possibile, naturalmente. Abbiamo usato pigne, bacche e fiori, e delle stelle fatte di becchime impastato con il miele.»

«In pratica avete portato dei doni ai passerotti. Un'idea molto carina.»

Mentre ci accingiamo a scendere attraverso il folto del sottobosco, mi volto per ammirare ancora una volta – probabilmente l'ultima prima della partenza – il mio boschetto personale. Stringo la mano di Caleb, non sapendo quante altre possibilità avrò di farlo nella mia vita. Lui indica un punto lontano, verso il vivaio della mia famiglia. Da quassù sembra un piccolo rettangolo di luce soffusa. I lampioni e le lucine disposte a ghirlanda accendono il verde scuro degli abeti. Ecco il tendone e la roulotte color argento metallizzato. Scorgo delle sagome che si muovono fra gli alberi, un mix di clienti, aiutanti, e forse mamma e papà. Caleb sguscia di nuovo alle mie spalle e mi avvolge fra le braccia.

"Questa è casa mia" penso. "Laggiù... e qui."

Facendo scorrere la mano lungo il mio braccio che regge la torcia, Caleb indirizza lentamente il fascio di luce fra gli alberi. «Ne ho contati cinque» dice. «Non avevi detto che erano sei?»

Ho un tuffo al cuore. Torno a puntare la torcia sul mio boschetto. «Uno, due...» Mi sento mancare quando mi fermo a cinque. Torno indietro di corsa, spostando rapidamente il raggio avanti e indietro sul terreno davanti a me. «Manca il primo! Quello grande.»

Mentre calpesta la folta boscaglia per raggiungermi, Caleb sbatte il piede contro qualcosa di solido. Indirizzo la luce in basso e mi porto immediatamente la mano alla bocca. Mi inginocchio accanto al ceppo, che è tutto ciò che rimane del mio albero più vecchio. Sulla superficie di taglio ci sono delle goccioline di linfa ormai secche.

Caleb si inginocchia accanto a me, mi libera le mani dalla torcia stringendole fra le sue. «Qualcuno se n'è innamorato» dice, tentando di consolarmi. «Forse ora l'albero è a casa di questa persona, tutto addobbato e bellissimo. È come un dono che...»

«Un dono che avrei voluto fare io. Non che qualcuno potesse prendersi liberamente.»

Mi aiuta a rialzarmi e appoggio la guancia contro la sua spalla. Dopo qualche istante riprendiamo la discesa verso la strada principale. Procediamo lentamente, senza dire nulla. Caleb mi guida pazientemente, facendomi evitare buche e pietre.

D'un tratto si arresta scrutando il terreno a pochi centimetri dal ciglio della strada. Seguo il suo sguardo. La torcia illumina la chioma verde del mio abete che giace coricato sul fianco, lasciato a rinsecchire nella sterpaglia.

«L'hanno abbandonato qui?»

«Credo che il tuo albero abbia opposto resistenza.»

Mi accascio a terra, senza darmi la pena di trattenere le lacrime. «Lo odio, chiunque sia stato!»

Caleb posa una mano sulla mia schiena. Non parla, non mi dice che si sistemerà tutto, e neppure mi giudica perché sono tanto addolorata per un albero. Semplicemente, mi capisce.

Quando alla fine mi rialzo, mi asciuga le lacrime dal viso e mi guarda negli occhi. Continua a stare zitto, ma so che mi sostiene.

«Vorrei tanto riuscire a spiegarti perché mi sto comportando così» dico, ma lui chiude gli occhi e io chiudo i miei, e capisco che non c'è bisogno di giustificazioni.

Guardo di nuovo l'albero. Chiunque l'abbia visto quassù deve averlo giudicato bellissimo. E ha pensato di poterlo rendere ancora più bello. E ci ha provato, ci ha provato davvero, ma quella creatura era troppo bella per lui.

Così l'ha abbandonata.

«Non voglio più restare qui» dico accelerando il passo.

Caleb mi segue, indirizzandomi la luce sui piedi per illuminare il sentiero davanti a me.

Quando Heather chiama per sapere se può passare da me, le racconto dell'albero scomparso su Cardinals Peak e la avverto che non sarei di grande compagnia. Poiché mi conosce bene, mi raggiunge immediatamente. Mi fa notare che quest'anno sono stata un fantasma e che è dispiaciuta di non aver passato molto tempo con me perché ero troppo presa a consegnare gli alberi di Natale. Io le ricordo che, ogni volta che mi ritagliavo un paio di ore libere, lei era sempre con Devon.

«Altro che "Operazione Scarica il Fidanzato"...» commento.

Heather mi aiuta a rifornire il distributore di bevande. «Forse non ho mai voluto realmente scaricarlo, desideravo soltanto che fosse un fidanzato migliore. Eravamo partiti così bene, ma poi era diventato... non so...»

«Troppo accondiscendente?»

Heather alza gli occhi al cielo. «Certo. Usiamo pure una delle tue parole ricercate.»

La aggiorno sulle discussioni che ho avuto con Andrew e mio padre, e sul fatto che sono stati necessari due colloqui chiarificatori per far capire ai miei genitori perché non vedere Caleb nel poco tempo che ci rimane è un'opzione che non mi sfiora neanche.

«Ma guarda, la ragazzina ha imparato a puntare i piedi» commenta Heather. Mi prende la mano e la stringe. «Continuo a sperare che tu possa tornare l'anno prossimo, Sierra. Me se così non fosse, sono felice che la situazione abbia preso questa piega.»

«Già. Ma la strada doveva per forza essere così accidentata?»

«Be', così è tutto ancora più intenso. Prendi me e Devon. Lui era diventato accondiscendente, giusto? Ogni giorno la stessa solfa, una noia tremenda. Avevo già preso in considerazione l'idea di mollarlo, quando c'è stato l'episodio della Reginetta d'Inverno, che ha provocato tensione fra noi. Ma poi Devon mi ha regalato una giornata perfetta. Se siamo arrivati fin qui, è perché ce lo siamo guadagnato. E tu e Caleb vi siete decisamente guadagnati questi ultimi giorni insieme.»

«Penso che abbiamo già dato abbastanza per i prossimi anni» aggiungo. «E Caleb per una vita intera.»

Un'ora dopo Heather mi lascia per andare a lavorare sul suo regalo a sorpresa per Devon. Il resto della giornata scorre lentamente, con i clienti che vanno e vengono alla spicciolata. La sera chiudo la cassa e metto via tutto quello che deve essere ritirato sotto chiave.

Mia madre arriva mentre sto per spegnere i festoni di luci. «Io e tuo padre vorremmo portarti fuori a cena» mi annuncia.

Ci rechiamo in auto da Breakfast Express, e quando entriamo nell'affollata carrozza ferroviaria, Caleb sta versando del caffè a un signore seduto qualche tavolo più in là. Senza nemmeno alzare lo sguardo, dice: «Sono subito da voi».

«Fai pure con comodo» replica papà sorridendo.

Caleb dev'essere esausto. Mentre si dirige verso di noi, ci fissa per qualche secondo prima di rendersi conto di chi siamo. A quel punto, scoppia a ridere e ci consegna i menu.

«Hai l'aria stanca» osservo.

«Un collega si è dato malato, perciò sono qui da stamattina. Se non altro, questo significa più mance.»

Ci fa strada verso un salottino libero vicino alla cucina. Dopo averci fatto accomodare, apparecchia il tavolo.

«Forse domani riesco a comprare due alberi. La gente ne compra ancora, vero, anche se siamo così vicini al Natale?»

«Sì, siamo ancora aperti» risponde papà. «Ma da noi non c'è tanto movimento come qui.»

Caleb si allontana per andarci a prendere da bere. Lo guardo mentre si affretta con quell'aria un po' frenetica ma assolutamente adorabile. Papà, seduto davanti a me, scuote la testa.

«Devi imparare a ignorare tuo padre» mi raccomanda la mamma. «È l'unico modo per sopportarlo.»

Per tutta risposta, lui le stampa un bacio sulla guancia. Dopo vent'anni di matrimonio, mia madre sa come metterlo a posto quando si comporta in modo assurdo, e sa farlo in un modo che a lui piace.

«Mamma, hai mai desiderato fare qualcos'altro oltre a lavorare nell'azienda di famiglia?» le chiedo a bruciapelo.

Lei mi guarda con un'espressione interrogativa. «Non è quello per cui ho studiato, se è questo che intendi dire.»

Caleb torna con tre bicchieri d'acqua e tre cannucce. «Sapete già cosa ordinare?»

«Scusaci» dice mia madre. «Non abbiamo ancora dato una scorsa al menu.»

«Non importa, non c'è problema» dice Caleb. «C'è una coppietta *deliziosa* – si fa per dire – che a quanto pare ha bisogno di tutte le mie attenzioni.»

Sfreccia via, e i miei genitori prendono finalmente il menu in mano.

«Ma ci sono giorni in cui te lo chiedi?» insisto. «Come sarebbe la tua vita se non ruotasse esclusivamente intorno al periodo natalizio?»

Mia madre posa il menu e mi studia. «Hai dei rimpianti, Sierra?»

«No, ma è la mia unica esperienza. Tu almeno hai vissuto qualche Natale normale prima di sposarti. Hai un termine di paragone.»

«Non mi sono mai pentita della vita che ho. Ed è stata una mia scelta, perciò non posso che esserne orgogliosa. Ho scelto questa vita con tuo padre.»

«E finora è stata una vita interessante, questo è sicuro» chiosa papà.

Fingo di leggere il menu. «Anche quest'anno è stato interessante.»

«E ormai mancano pochi giorni» aggiunge la mamma. Quando alzo lo sguardo, scopro che sta guardando mestamente mio padre.

Il pomeriggio seguente il furgone di Caleb fa il suo ingresso nel vivaio con Jeremiah sul sedile del passeggero. A vederli così, mentre ridono e chiacchierano, non sembrano due ragazzi che hanno conosciuto una dolorosa interruzione della loro amicizia.

Li accoglie Luis, che si toglie il guanto da lavoro per stringere loro la mano. Scambiano qualche parola prima di avviarsi verso il tendone.

«Ciao, ragazza del vivaio!» esclama Jeremiah salutandomi con il pugno. «Il mio amico qui mi ha detto che potrebbe farvi comodo un paio di braccia in più per smantellare tutto. Dove devo firmare per candidarmi?»

«Non hai degli impegni con la tua famiglia?» gli chiedo.

«Ci scambiamo i regali alla vigilia, prima della messa. La mattina dopo dormiamo fino a tardi e guardiamo le partite di football tutto il giorno. Ma in un certo senso ti devo un favore, giusto?»

Faccio correre lo sguardo da lui a Caleb. «Quindi fra voi è tutto risolto?»

Jeremiah abbassa gli occhi. «I miei genitori non sanno esattamente dove mi trovo in questo momento. Cassandra mi sta coprendo.»

«Lo sta coprendo a una condizione» precisa Caleb. «A Capodanno questo ragazzo sarà l'autista ufficiale della squadra delle cheerleader al gran completo.»

Jeremiah ride. «È un duro lavoro, ma posso farcela.» Comincia ad allontanarsi da noi retrocedendo. «Vado a cercare tuo padre per chiedergli quando si comincia a smontare la baracca.»

«E tu?» chiedo a Caleb. «Ci aiuterai anche tu a raccogliere le nostre cose?»

«Passerei volentieri la giornata qui, se potessi» mi risponde, «ma abbiamo delle tradizioni che mi dispiacerebbe trascurare. Mi capisci, vero?»

«Certo. E sono felice che possiate stare tutti insieme» dico. Lo penso davvero, ma non sarò felice di veder arrivare la mattina di Natale. «Se riesci a trovare un po' di tempo per fare una scappata, sarò a casa di Heather, ci scambiamo i regali con lei e Devon.»

Caleb sorride, ma i suoi occhi riflettono la stessa tristezza che sento io. «Ci proverò.»

Nessuno dei due sa cos'altro dire mentre aspettiamo che Jeremiah torni indietro. La partenza sembra così reale ora... e così vicina. Un paio di settimane fa questo giorno sembrava lontano anni luce. C'era tutto il tempo di vedere cosa sarebbe successo e fino a che punto ci saremmo lasciati coinvolgere. Ora è come se tutto fosse arrivato troppo tardi.

Caleb mi prende per mano e mi conduce dietro la roulotte, lontano da tutti. Prima che possa chiedergli che cosa ha intenzione di fare, ci ritroviamo avvinghiati a baciarci. Ci baciamo come se fosse l'ultima volta. Non riesco a smettere di chiedermi se questa lo è davvero.

Quando si ritrae, le sue labbra sono di un rosso intenso e leggermente gonfie. Le mie lo sono altrettanto. Mi prende il viso fra le mani e restiamo così, con la fronte dell'uno premuta contro quella dell'altro.

«Mi dispiace non potervi essere di aiuto a Natale» mi dice.

«Mancano pochi giorni. Non so che cosa faremo.»

«Vieni con me alla cerimonia delle candele, quella di cui ti ha parlato Abby.»

Esito un istante. Non frequento la chiesa da secoli. E comunque mi sembra giusto che lui, la vigilia di Natale, sia circondato da persone che condividono il suo credo e le sue stesse emozioni.

La sua fossetta riappare. «Mi farebbe piacere che ci fossi anche tu. Per favore.»

«Okay» gli rispondo con un sorriso.

E mentre si accinge a tornare verso il vivaio, gli prendo la mano e lo attiro di nuovo a me. «Che c'è?» mi chiede con aria sorpresa.

«Il vocabolo del giorno» dico. «O hai già rinunciato a cercare di far colpo su di me?»

«Non riesco a credere che tu dubiti della mia buona volontà. La verità è che comincio davvero ad appassionarmi a queste parole strane. Come quella di oggi, che è "diafano".»

Sbatto gli occhi, sorpresa. «Un'altra che non conosco.»

Lui alza le braccia al cielo. «Evvai!»

«Okay, la parola è quella» dico alzando un sopracciglio, «ma cosa significa?»

Mi risponde alzando un sopracciglio a sua volta. «Indica qualcosa di delicato o traslucido. Aspetta, sai cosa significa "traslucido", giusto?»

Rido e lo trascino allo scoperto.

Luis ci fa un cenno e si avvicina correndo. «Io e i ragazzi abbiamo scelto un albero perfetto per te» dice a Caleb. È bello vedere Luis diventare parte della grande famiglia del vivaio. «Lo abbiamo appena caricato sul tuo furgone.»

«Grazie, amico» dice Caleb. «Dammi il cartellino così passo a pagarlo.»

Luis scuote la testa. «No, questo lo paghiamo noi.»

Caleb mi guarda, ma non ho idea di cosa stia succedendo.

«Alcuni dei ragazzi del baseball apprezzano molto quello che stai facendo» spiega Luis. «E io pure. Abbiamo pensato che potevamo racimolare qualche dollaro con le nostre mance e comprarlo.»

Do una spallata d'intesa a Caleb. Le sue buone azioni stanno diventando contagiose.

Luis mi guarda, un po' nervoso. «Non preoccuparti, non abbiamo approfittato dello sconto dipendenti.»

«Oh, non c'è problema» lo tranquillizzo.

21

L'antivigilia di Natale Heather passa a prendere Abby e la accompagna al vivaio. Abby ha dato il tormento a Caleb per sapere se poteva aiutarmi perché, a quanto pare, fin da piccola ha sempre desiderato lavorare in un vivaio. Anche se sospetto che non sia proprio così, sono felice di accontentarla.

In fondo al tendone abbiamo piazzato due cavalletti con sopra una tavola in compensato delle dimensioni di una porta dove accumuliamo i residui della potatura. Infiliamo i pezzi più piccoli in sacchetti di carta e li offriamo ai clienti da portare a casa. Potranno servirsene per decorare i davanzali o per preparare dei centrotavola per il pranzo che riunirà tutta la famiglia. Quasi non facciamo in tempo a riempirli che i sacchetti vanno a ruba.

«Cos'è questo regalo misterioso che stai preparando per Devon?» chiedo. «Scommetto che si tratta di un maglione natalizio.»

«Be', ci avevo pensato, in effetti» dice Heather, «ma alla fine ho scelto qualcosa di meglio. Aspetta qui.»

Corre a recuperare la borsa che ha lasciato sul bancone. Abby e io ci scambiamo un'occhiata scettica stringendoci nelle spalle. Tornando verso di noi, Heather esibisce con orgoglio una striscia di lana rossa e verde lunga circa cinquanta centimetri, leggermente bitorzoluta... Una sciarpa?

«Mia mamma mi ha insegnato a lavorare a maglia» spiega.

Mi mordo l'interno della guancia per impedirmi di riderle in faccia. «Natale è fra due giorni, Heather.»

Lei guarda la sua creazione con aria sconfitta. «Non avevo idea che ci volesse tutto questo tempo. Ma non appena arrivo a casa, mi chiudo nella mia stanza e guardo tutorial sul lavoro a maglia finché non l'avrò finita.»

«Se non altro, sarà il modo migliore per appurare quanto è grande l'amore di Devon.»

Abby interrompe per un attimo il suo lavoro. «Fermi tutti: cosa significa "appurare"?»

Io e Heather scoppiamo in un'allegra risata.

«Secondo me» dice Heather infilandosi frettolosamente la sciarpa in tasca, «significa che se Devon mi ama davvero, indosserà questo schifo di sciarpa come se fosse il regalo più bello che abbia mai ricevuto.»

«Significa esattamente questo, ma non è un test molto corretto.»

«Tu la metteresti, se te la regalassi» dice Heather, e ha ragione. «Se lui non sa dimostrarmi la stessa devozione, non merita il suo vero regalo.»

«Che sarebbe?» chiede Abby.

«I biglietti per uno spettacolo di cabaret.»

«Così va meglio» commento.

Heather racconta ad Abby della giornata perfetta che Devon ha organizzato per lei come regalo di Natale anticipato. Un giorno, dice Abby, anche a lei piacerebbe avere un fidanzato che la porti a fare un picnic in cima a Cardinals Peak.

Heather sorride mentre riempie il sacchetto successivo. «Non che non si sia divertito anche lui lassù.»

Le lancio una manciata di rametti e aghi di pino. Non mi pare il caso che approfondisca l'argomento davanti alla sorellina di Caleb.

Dopo che Abby se n'è andata con la madre passata a recuperarla, la conversazione si concentra sulla mia vita amorosa. «Sembra che ci siano ancora molte cose in serbo per noi, ma tra pochissimo io me ne dovrò andare.»

«E l'anno prossimo è ancora un punto interrogativo?» mi chiede Heather.

«Non esattamente. In realtà è molto improbabile che torniamo. Non so che cosa farò se non potrò vederti il prossimo inverno.»

«Non sembrerà nemmeno Natale, questo è certo.»

«Mi sono sempre chiesta come sarebbe stato restare a casa dopo la festa del Ringraziamento. Poter trascorrere un bianco Natale e fare le cose che la gente normalmente fa durante le vacanze. Ma in tutta sincerità, un conto è chiederselo, un conto è desiderarlo.»

Nel frattempo io e Heather abbiamo smesso di riempire i sacchetti.

«Ne hai parlato con Caleb?»

«È un argomento che aleggia fra noi fin dall'inizio.»

«E che mi dici delle vacanze di Pasqua? Non dovresti per forza aspettare secoli per rivederlo.»

«Andrà a trovare suo padre.» Penso ai biglietti per il ballo d'inverno che ho nascosto dietro la nostra foto. Per darglieli dovrei sapere per certo come stanno le cose fra noi. Dovrei sapere cosa vogliamo entrambi. Significherebbe partire da qui portando con me la promessa che lui è impegnato insieme a me.

«Se ce l'abbiamo fatta io e Devon» dice Heather, «anche tu e Caleb potete farcela.»

«Non so se è proprio così. Voi due almeno eravate insieme mentre cercavate di trovare un equilibrio.»

La vigilia di Natale, dopo aver chiuso la stagione di vendita, io e i miei genitori ceniamo nella roulotte. L'arrosto cucinato nella pentola elettrica ha inondato l'ambiente di un profumo delizioso. Il padre di Heather ci ha portato del pane di farina di mais fatto in casa. Seduto a tavola di fronte a me, papà mi chiede cosa penso dell'eventualità di non tornare qui l'anno prossimo.

Spezzo la mia pagnotta a metà. «Non so cosa pensare. Immancabilmente, ogni 24 dicembre ci sediamo qui a mangiare tutti insieme. L'unica cosa diversa stavolta è questa domanda.»

«Questo dal *tuo* punto di vista» dice mia madre. «Da questo lato del tavolo, ogni anno la prospettiva è diversa.»

Mi metto in bocca un pezzetto di pane e lo mastico lentamente.

«Ci sono tante persone che vogliono solo il meglio per te» dice papà. «Qui dentro, in questa città, a casa...»

Mia madre mi prende la mano. «So che può sembrare che ti stiamo tirando tutti in direzioni diverse, ma questo succede perché teniamo a te. Spero che quest'anno ti abbia almeno dimostrato questo.»

E papà, per non smentirsi, aggiunge: «Anche se ti ritroverai con il cuore infranto».

La mamma gli dà una spintarella sulla spalla. «Ai tempi del liceo, Mister Cinismo – tuo padre – ha trascorso un'intera estate qui al camp di baseball dopo avermi conosciuto l'inverno precedente.»

«Ho imparato a conoscerti molto bene in quel periodo» dice papà.

«Quanto puoi conoscere una persona in poche settimane?» ribatte la mamma.

«Piuttosto bene» dico. «Fidati.»

Mio padre posa la mano sulla mia e su quella della mamma. «Siamo orgogliosi di te, tesoro. Qualsiasi cosa succeda all'azienda, la affronteremo tutti insieme, come una famiglia. E qualsiasi cosa tu decida di fare con Caleb, noi... be', noi... possiamo...»

«Noi ti sosterremo» conclude mia madre.

«Esatto.» Papà si appoggia allo schienale e mette un braccio intorno alle spalle della mamma. «Abbiamo fiducia in te.»

Mi sposto all'altro lato del tavolo e stringo i miei genitori in un grande abbraccio che riunisce tutta la famiglia. Mi accorgo che mio padre allunga il collo per guardare la mamma.

Quando torno al mio posto, lei si alza e va in camera da letto a prendere i pochi regali che abbiamo portato da casa. Il più impaziente è papà – è molto simile a Caleb in questo senso – perciò è il primo ad aprire il suo pacchetto.

Allunga il braccio davanti a sé tenendo la scatola a debita distanza. «L'elfo sulla mensola?» esclama arricciando il naso. «È uno scherzo?»

La mamma e io quasi moriamo dal ridere. Mio padre si lamenta di quel pupazzetto tutti gli anni, giurando e spergiurando di non credere alla storia dell'elfo che si nasconde ogni giorno in un posto diverso. Poiché trascorre il mese di dicembre in una roulotte lontano da casa, immaginava di potersi sottrarre alla tradizione.

«L'idea mia e di Sierra era di nasconderlo a casa quando sei partito per venire qui» spiega mia madre.

«Così» aggiungo protendendomi per ottenere il massimo effetto «avresti passato tutto il mese a pensarci su, chiedendoti dove fosse.»

«Sarei impazzito» confessa papà. Tira fuori l'elfo dalla scatola e lo tiene a testa in giù per un piede. «Quest'anno vi siete veramente superate.»

«Be', se c'è un lato positivo» dico, «è che d'ora in poi puoi metterti a cercarlo tutti i giorni a casa.»

«Ecco un altro esempio di come non ci sia bisogno di trovare un lato positivo a tutti i costi» afferma papà.

«Okay, ora tocca a me» dice la mamma.

Ogni anno ama farsi sorprendere da una crema per il corpo con una fragranza nuova. Nonostante l'odore di resina le piaccia, dopo esservi stata immersa per un mese intero le piace iniziare il nuovo anno con un profumo diverso.

Scarta il flacone e legge l'etichetta sul retro. «Cetriolo e liquirizia? Come diamine hai fatto a trovarlo?»

«Sono i tuoi due profumi preferiti» le ricordo.

Toglie il tappo, annusa la crema e se ne spreme un po' sul palmo. «È incredibile!» esclama spalmandosela sulle mani.

Mio padre mi consegna una scatolina argentata.

Tutta eccitata, la apro e sollevo un sottile strato di ovatta. Sotto brilla la chiave di un'auto. «Mi avete regalato una macchina!»

«Tecnicamente è il pick-up di zio Bruce» puntualizza mia madre, «ma faremo rivestire gli interni dei colori che preferisci.»

«Non è adatto per i viaggi lunghi» dice papà, «ma è l'ideale per muoversi nella tenuta e per girare in città.»

«Ti dispiace che sia di seconda mano?» chiede la mamma. «Non potevamo permettercene uno...»

«Grazie.» Capovolgo la scatolina facendomi cadere in mano la chiave. Dopo averla soppesata per qualche istante, mi alzo di nuovo e corro ad abbracciarli con slancio. «È fantastico.»

Per rispettare la tradizione, dopo aver impilato i piatti sporchi nel lavello, ci mettiamo tutti e tre nel lettone e guardiamo *Come il Grinch rubò il Natale* sul mio portatile. Come sempre, arrivati al punto in cui il cuore del Grinch triplica la sua dimensione, mamma e papà dormono già della grossa. Io, invece, sono sveglia come un grillo e ho lo stomaco chiuso perché è arrivato il momento di prepararmi per andare alla cerimonia delle candele con Caleb.

Questa sera non c'è bisogno di provare diversi outfit. Ancora prima di alzarmi dal letto, ho già deciso che indosserò una semplice gonna nera abbinata a una camicetta bianca. In bagno mi stiro i capelli. Mentre mi trucco con cura, vedo riflesso nello specchio il sorriso di mia madre che mi sta osservando. Mi mostra un maglioncino di cashmere rosa.

«In caso faccia freddo» mi dice.

Mi volto di scatto. «Dove l'hai preso?»

«È stata un'idea di tuo padre. Voleva che sfoggiassi qualcosa di nuovo stasera.»

Sollevo la maglia. «È stato papà a sceglierla?»

Lei scoppia a ridere. «Certo che no. E ringrazia la tua buona stella, perché se l'avesse scelta lui probabilmente ti starebbe grande come una tuta da sci. Mi ha chiesto di andarti a comprare qualcosa mentre tu e le tue amiche preparavate i sacchettini di ramoscelli.»

Mi accosto la maglia al petto e mi guardo allo specchio. «Digli che mi piace tantissimo.»

Mia madre sorride davanti alle nostre immagini riflesse. «Se riesco a svegliarlo, più tardi prepariamo i popcorn e ci guardiamo *Bianco Natale* in santa pace.»

Lo fanno tutti gli anni, di solito con me accoccolata in mezzo a loro. «Ho sempre apprezzato il fatto che tu e papà non siate mai diventati insensibili allo spirito natalizio» osservo.

«Tesoro, se mai fosse stato così, avremmo venduto l'azienda e ci saremmo messi a fare altro. Il nostro è un lavoro speciale. Ed è bello sapere che Caleb lo apprezza.»

Sentiamo dei leggeri colpi alla porta. Il cuore mi batte all'impazzata mentre la mamma mi aiuta a indossare il maglioncino senza spettinarmi. Prima che possa abbracciarla ancora una volta, lei è già tornata nella sua stanza chiudendosi la porta alle spalle.

22

Apro la porta aspettandomi di essere travolta dalla vista del bellissimo ragazzo con cui uscirò la vigilia di Natale. Invece Caleb indossa un maglione troppo stretto con il faccione della renna Rudolph sul davanti, abbinato a una camicia color ciclamino e a dei pantaloni di tela. Mi copro la bocca con la mano e scuoto la testa.

«Be', che c'è?» dice lui allargando le braccia.

«Dimmi che non te lo sei fatto prestare dalla madre di Heather!»

«Esatto! È proprio quello che ho fatto. Era uno dei pochi che aveva ancora le maniche.»

«Okay, apprezzo il tuo umorismo, ma credo che non riuscirò a concentrarmi sulla cerimonia con te conciato così.» Caleb contempla perplesso il suo pullover. «Evidentemente non hai idea del perché la mamma di Heather colleziona questa roba.»

Lui sospira e con riluttanza fa per togliersi il maglione, ma rimane incastrato all'altezza delle orecchie e io devo tirare con forza per sfilarglielo completamente dalla testa. Ora sì che somiglia all'affascinante accompagnatore che immaginavo. È una frizzante serata invernale. Molte delle villette davanti alle quali passiamo tengono accese le luci natalizie fino a tardi. Alcune hanno i tetti che sembrano bordati di ghiaccioli scintillanti, e capita perfino di vedere delle renne bianche luminose che pascolano nel prato. Le mie preferite sono le case che rilucono di mille colori.

«Sei bellissima» dice Caleb. Si avvicina la mia mano alla bocca e mi sfiora ogni dito con le labbra.

«Grazie. Anche tu.»

«Vedi? Stai migliorando nell'accettare i complimenti» osserva.

Lo guardo e sorrido. Sulla sua guancia si riflettono le luci bianche e azzurre della casa più vicina.

«Dimmi di stasera. Immagino che ci sarà molta gente.»

«Ci sono due funzioni la vigilia di Natale. La prima è per le famiglie, con una processione e un sacco di bambini di quattro anni vestiti da angioletti. È caotica, chiassosa e praticamente perfetta. La messa di mezzanotte, quella cui parteciperemo noi, è più solenne. È un po' come il grande discorso di Linus in *Un Natale da Charlie Brown*.»

«Mi piace Linus.»

«Bene, perché altrimenti questa serata potrebbe concludersi qui.»

Proseguiamo a piedi mano nella mano, in silenzio, lungo le vie leggermente tortuose. Quando arriviamo alla chiesa, il parcheggio è già al completo. Molte automobili sono allineate sul ciglio della strada e altre persone affluiscono dalle vie laterali.

Davanti alla porta a vetri della chiesa, prima di entrare, Caleb mi trattiene e guardandomi intensamente negli occhi mi sussurra: «Vorrei tanto che tu non dovessi partire».

Gli stringo la mano, ma non so cosa dire. Poi apre la porta e mi fa entrare per prima. L'unica fonte di luce sono le candele che tremolano in cima agli alti bastoni di legno montati accanto a ogni banco. Spesse travi di legno si alzano lungo i muri di entrambi i lati della chiesa, oltre le alte vetrate istoriate di rosso, giallo e blu, per poi convergere al centro della volta ogivale, dando l'effetto di una grande nave rovesciata. Nella parte anteriore della chiesa, l'altare è bordato da una fila di stelle di Natale rosse. Gli stalli del coro sono già occupati dai coristi vestiti di bianco. Sopra di loro, davanti alle canne d'organo in ottone, è appesa una grande corona di agrifoglio. La maggior parte dei banchi è ormai stipata di fedeli, e noi ci sistemiamo verso il fondo. Una donna anziana si avvicina dalla navata laterale e consegna a ciascuno di noi una candela bianca spenta e un disco di cartoncino festonato, grande più o meno come il mio palmo e con un piccolo foro al centro. Osservo Caleb mentre infila la punta della candela nel foro e poi fa scivolare il cartoncino poco oltre la metà.

«Queste sono per dopo» mi spiega. «Il cartoncino serve per trattenere le gocce di cera.»

Ripeto la sua stessa operazione e mi appoggio la candela in grembo. «Verranno anche tua madre e tua sorella?»

Caleb mi indica il coro con un cenno del capo. Madre e figlia sono già sul gradone centrale e ci guardano sorridendo. La donna ha l'aria così felice accanto a sua figlia. Io e Caleb le salutiamo contemporaneamente. Abby accenna a risponderci, ma la madre le scosta la mano perché nel frattempo è arrivato il direttore del coro, che ora è proprio davanti a loro.

«Abby ha sempre avuto un talento naturale per il canto» mi spiega Caleb. «Ha provato con il gruppo soltanto un paio di volte, ma mia madre dice che si è inserita alla grande.»

L'inno di apertura è *Hark! The Herald Angels Sing*. Dopo un paio di altri canti natalizi, il pastore fa un'omelia sincera e sentita sulla storia del Natale e su ciò che questa notte significa secondo lui. La bellezza e la gratitudine che esprimono le sue parole mi toccano profondamente. Mi aggrappo al braccio di Caleb, e lui mi guarda con una tenerezza infinita. Poi, quando il coro inizia a cantare *We Three Kings*, si china e mi sussurra all'orecchio: «Vieni fuori con me». Prendo la candela che ho in grembo e lo seguo all'esterno. Le porte si chiudono alle nostre spalle e ci ritroviamo all'aria aperta, nella sera fredda.

«Che cosa vuoi fare?» chiedo.

Caleb si protende verso di me e mi bacia dolcemente. Io gli sfioro le guance fredde, che fanno sembrare le sue labbra ancora più calde. Mi domando se ogni bacio con lui sarà sempre così nuovo e magico.

Gira la testa di lato, in ascolto. «Senti? Sta per iniziare.»

Ci spostiamo sul fianco della chiesa. I muri e il campanile incombono su di noi. Le strette vetrate sono scure ora, ma io so che sono un tripudio di colori.

«Cosa sta per iniziare?»

«Dentro è buio perché i sacrestani hanno fatto il giro per spegnere le candele» spiega. «Ma ascolta.»

Chiude gli occhi, e io faccio altrettanto. È un suono lieve all'inizio, ma lo sento. Non è solo il coro a cantare, ma l'intera congregazione di fedeli.

Silent night... Holy night.

«In questo momento ci sono due persone davanti all'altare con le candele accese. Soltanto due. Tutti gli altri hanno le stesse che abbiamo noi.» Mi porge la mia candela. La tengo alla base, lasciando il cartoncino rotondo sopra le mie dita chiuse. «Queste due persone partono dalla navata centrale e si dirigono l'una verso sinistra e l'altra verso destra.»

Holy infant, so tender and mild.

Caleb tira fuori una scatola di cerini dalla tasca della giacca, ne stacca uno e lo sfrega sulla sottile striscia di carta abrasiva. Con la fiammella accende lo stoppino della candela e poi scuote il cerino per spegnerlo. «I fedeli seduti nei primi due banchi, quelli più vicini alla navata centrale, accostano le loro candele a quelle già accese. Poi usano la propria fiamma per accendere la candela della persona seduta a fianco.»

Glories stream from heaven afar.

Caleb avvicina la sua candela alla mia e io la inclino leggermente verso la fiamma finché lo stoppino non comincia a bruciare.

«Si continua così, di candela in candela. E si procede retrocedendo una fila dopo l'altra. La luce si propaga da una persona all'altra... lentamente... creando un senso di attesa. L'attesa che quella luce arrivi fino a te.» Osservo la mia fiammella.

With the dawn of redeeming grace.

«La luce passa da un fedele all'altro finché tutta la chiesa brilla del suo riverbero.»

Jesus, Lord, at thy birth.

«Guarda in alto» mi invita dolcemente Caleb. Alzo lo sguardo verso le vetrate istoriate. Ora c'è un caldo barlume che proviene dall'interno. Il vetro riflette lampi di rosso, di giallo, di azzurro. Il canto continua a risuonare e io trattengo il respiro.

Silent night... Holy night.

La strofa viene ripetuta interamente ancora una volta finché, in chiesa e qui fuori, scende un silenzio totale. Con un soffio lieve, Caleb spegne la sua candela. Anch'io spengo la mia.

«Sono felice di essere venuta qui con te» gli dico.

Lui mi attira a sé e mi bacia dolcemente, tenendo le labbra premute contro le mie a lungo. Ancora stretti l'uno all'altro, gli chiedo: «Ma perché sei voluto uscire?».

«Negli ultimi anni non mi sono mai sentito così calmo come quando accendevo la mia candela la vigilia di Natale. Solo per un istante, tutto era perfetto.» Mi stringe a sé, il mento sulla mia spalla, e mi sussurra all'orecchio: «Quest'anno desideravo vivere questo momento da solo con te».

«Grazie» mormoro. «È stato perfetto.»

23

Le porte della chiesa si aprono segnalando la fine della funzione religiosa. È passata la mezzanotte e i fedeli si accingono a tornare nelle loro case. Devono essere stanchi, ma dai loro volti traspare una tranquilla serenità. In una parola: gioia. La maggior parte di loro non parla mentre si avvia alla propria auto, ma c'è un fitto e affettuoso scambio di auguri di Buon Natale.

È Natale ormai. Il mio ultimo giorno. Jeremiah tiene la porta aperta per alcune persone, poi ci raggiunge. «Vi ho visti sgusciare fuori» dice. «Vi siete persi la parte migliore.»

Guardo Caleb. «Ci siamo persi la parte migliore?»

«Penso proprio di no» risponde.

Sorrido a Jeremiah. «No, non ce la siamo affatto persa.»

Jeremiah saluta Caleb con una stretta di mano e lo abbraccia forte. «Buon Natale, amico.»

Caleb non dice nulla. Si limita ad abbracciarlo tenendo gli occhi chiusi.

Jeremiah gli dà una pacca sulla schiena e poi mi avvolge fra le braccia. «Buon Natale anche a te, Sierra.»

«Buon Natale, Jeremiah.»

«Ci vediamo domattina» mi dice, poi rientra in chiesa.

«Faremmo meglio ad avviarci» dice Caleb.

Non trovo le parole per descrivere quanto abbia significato questa serata per me. In questo preciso istante vorrei dire a Caleb che lo amo. Sarebbe il momento giusto, proprio qui, perché è adesso che me ne rendo conto pienamente.

Non posso dirglielo, però. Non è giusto che lui mi senta pronunciare quelle parole per poi vedermi partire subito dopo. Dirle, però, significherebbe anche marchiarle a fuoco nel mio cuore. Mi risuonerebbero in testa per tutto il viaggio di ritorno a casa.

«Vorrei fermare il tempo» dico piuttosto. È il massimo che posso concedere a ciascuno di noi.

«Anch'io» mi dice Caleb prendendomi la mano. «Che cosa ci aspetta? Lo sappiamo?»

Vorrei che lui fosse in grado di dare una risposta a questa domanda. Dire che ci terremo in contatto è troppo insignificante. So che lo faremo, ma poi?

Scuoto la testa. «No, non lo so.»

Quando torniamo al vivaio, Caleb mi bacia e poi indietreggia di un passo. Evidentemente gli sembra giusto cominciare ad allontanarsi. Non c'è miracolo di Natale che possa trattenermi qui o garantirci più di quello che abbiamo ora.

«Buonanotte, Sierra.»

Non riesco ad augurargliela anch'io. «Ci vediamo domani.»

Mentre si avvia verso il furgone con la testa bassa, mi accorgo che sta sbirciando la nostra foto nel portachiavi. Dopo aver aperto la porta, si gira a guardarmi ancora una volta.

«Buonanotte» ripete.

«Ci vediamo domattina.»

La mattina dopo, al risveglio, sono sopraffatta da un insieme di emozioni contrastanti. Faccio una colazione leggera a base di porridge con zucchero di canna prima di andare a casa di Heather. Quando arrivo, la trovo seduta in veranda ad aspettarmi.

«Stai per lasciarmi di nuovo» borbotta senza alzarsi.

«Lo so.»

«E questa volta non sappiamo quando tornerai.» Finalmente si alza e mi stringe in un lungo abbraccio.

Caleb imbocca il vialetto sul suo furgone, con Devon sul sedile del passeggero. I due scendono con dei pacchettini regalo in mano. Qualsiasi cenno di tristezza Caleb abbia manifestato ieri sera prima di andarsene sembra essere sparito.

«Buon Natale!»

«Buon Natale» rispondiamo in coro io e Heather.

I due ragazzi ci danno un bacetto sulla guancia e poi Heather ci fa strada in cucina, dove ci aspetta una torta al caffè con cioccolata calda. Caleb rifiuta la torta perché ha già fatto colazione con un'omelette e un toast alla francese con sua madre e Abby.

«È una tradizione di famiglia» dice, ma intinge un bastoncino alla menta nella cioccolata calda.

«Hai saltato sul tappeto elastico stamattina?» chiedo.

«Sì, Abby e io abbiamo fatto una gara di rovesciate.» Si mette una mano sullo stomaco. «Non è stata una mossa molto intelligente, dopo colazione, ma ci siamo divertiti.»

Heather e Devon ci osservano mentre chiacchieriamo. Potrebbe essere una delle nostre ultime conversazioni, e loro non sembrano avere fretta di interromperci.

«Hai detto a tua madre che avevi già scoperto il suo regalo?»

Lui beve un sorso di cioccolata e sorride. «Ha minacciato di darmi solo buoni regalo d'ora in poi.»

«Be', quest'anno ha trovato il regalo perfetto, però» commento. Mi sporgo per dargli un bacio.

«E visto che siamo in argomento» interviene Heather, «è ora di scambiarci i *nostri* regali.»

Quasi non riesco a guardare il povero Devon che inizia a scartare il suo pacchetto floscio. Tira fuori la sciarpa rossa e verde, sbilenca e ancora troppo corta. Piega la testa di lato, girando e rigirando il dono fra le mani. Poi sorride, forse il sorriso più grande e più spontaneo che io abbia mai visto sulle sue labbra. «Tesoro, l'hai fatta tu questa?»

Heather gli restituisce il sorriso stringendosi nelle spalle.

«Mi piace!» Devon si avvolge la sciarpa intorno al collo, ma gli arriva appena alla clavicola. «Nessuno mi ha mai regalato una sciarpa fatta a mano. Chissà quanto tempo ci avrai messo per farla.»

Heather è raggiante e mi lancia un'occhiata. Io le faccio un cenno di approvazione e lei si getta in grembo a Devon, abbracciandolo. «Sono stata una pessima fidanzata» dice. «Mi dispiace. Ti prometto di migliorare.»

Devon si ritrae, confuso. Tocca la sciarpa. «Ti ho detto che mi piace.»

Heather torna al suo posto e gli porge una busta con i biglietti per lo spettacolo di cabaret. Lui sembra contento, ma non come per la sciarpa, che continua a esibire con orgoglio.

Heather passa una busta anche a me. «Non servirà subito, ma spero che ti faccia piacere.»

Dentro c'è un foglio stampato e piegato in tre. Mi ci vogliono alcuni istanti per capire che si tratta di un biglietto ferroviario dalla California all'Oregon. Da usufruire nelle vacanze di Pasqua! «Verrai a trovarmi?»

Heather improvvisa un balletto frenetico sulla sedia.

Mi avvicino e la abbraccio forte. Sarei curiosa di vedere la reazione di Caleb nell'apprendere che la mia amica verrà a trovarmi, ma so che finirei per dare eccessiva importanza a qualsiasi espressione del suo viso. Così stampo un bacio sulla guancia di Heather e la stringo di nuovo.

Devon posa un pacchettino cilindrico davanti a Caleb e uno uguale davanti a Heather. «So che abbiamo già vissuto la nostra giornata perfetta, ma ti ho preso comunque un pensierino. E anche per Caleb.»

Lui soppesa il pacchetto in mano.

«In realtà riguarda anche te, Sierra» precisa Devon.

Caleb e Heather scartano il regalo contemporaneamente: una candela profumata con la scritta PER UN NATALE MOLTO SPECIALE.

Caleb inala profondamente e poi mi guarda. «Sì. Questa mi farà impazzire.»

Prendo un bastoncino di zucchero, lo metto nella tazza e mescolo. Mi sento travolta dalle emozioni in questo momento. La mattina sta scorrendo troppo velocemente, ma ora tocca a me distribuire i regali. Spingo una delle scatoline sul tavolo verso Heather.

«I pacchetti più piccoli contengono le cose più preziose» dice. Strappa in fretta la carta da regalo e apre un cofanetto di velluto nero. Ne estrae un braccialetto d'argento che ho acquistato in città, sul quale ho fatto incidere le coordinate di latitudine e longitudine: 45.5° N, 123.1° O.

«Sono le coordinate di casa mia. Così potrai sempre trovare la strada per arrivare da me.»

Lei mi guarda e mi sussurra: «Sempre».

Poi è il turno di Caleb. Scarta il suo dono con grande attenzione, togliendo un pezzo di scotch alla volta. Heather mi tira un piccolo calcio sotto il tavolo, ma io non riesco a staccare gli occhi da lui.

«Prima di guardare dentro» lo avverto, «non credere che non mi sia costato nulla.»

Lui mi rivolge il suo classico sorriso con la fossetta e tira fuori la scatolina rossa luccicante.

«Ha richiesto molte cure» proseguo, «e molte lacrime, e dei ricordi cui non rinuncerò mai.»

Caleb osserva la scatola ancora chiusa. Quando la fossetta si attenua, capisco che ha intuito che cosa c'è dentro. Se è così, sa quanto significhi per me separarmene. Solleva il coperchio con cautela. Il disco ricavato dal tronco di abete è a faccia in su, con l'albero di Natale dipinto in bella vista.

Heather tiene le mani allacciate, premute contro le labbra.

Devon mi guarda. «Non capisco.»

Heather gli dà una gomitata. «Poi ti spiego.»

Caleb ha l'aria interdetta e continua a fissare il suo regalo. «Pensavo che questo fosse rimasto nell'Oregon.»

«Lo era. Ma adesso deve stare qui.» Il regalo che è arrivato insieme, ossia i biglietti per un ballo cui non so se parteciperò, è ancora nella roulotte, nascosto sotto la nostra foto con Babbo Natale.

Caleb estrae la sezione di tronco dal contenitore, tenendo l'anello di corteccia con la punta delle dita. «Questo è insostituibile» dice.

«Lo so. Ed è tuo.»

Lui mi porge una scatola di un verde brillante chiusa con un nastro rosso. Sciolgo il nodo e tolgo il coperchio. Appoggiato su un sottile strato di cotone c'è un altro disco, ricavato da un abete più o meno delle stesse dimensioni del mio. C'è un albero di Natale dipinto al centro, con un angelo appollaiato sulla punta. Guardo Caleb, confusa.

«Sono salito di nuovo su Cardinals Peak, dal tuo albero» spiega. «Quello che è stato tagliato. Ho pensato che una parte doveva tornare a casa con te.»

Stavolta sia io sia Heather ci portiamo le mani alla bocca. Devon tamburella le dita sul tavolo.

«Un paio di settimane fa, però, ti avevo comprato un'altra cosa» continua Caleb porgendomi un sacchettino di stoffa dorata semitrasparente. «Nota bene, questo sacchetto è diafano.»

«È decisamente diafano.» Attraverso il tessuto sottile intravedo una collanina d'oro. Allento il nastrino e tiro fuori una catenina con un ciondolo raffigurante un'anatra in volo.

«Un'altra cosa che ogni inverno aspettiamo che torni al Sud» dice Caleb dolcemente.

Incrocio il suo sguardo, e in quell'istante mi sembra che nella stanza non ci sia nessun altro all'infuori di noi.

Heather capisce al volo. «Devon, tesoro, aiutami a cercare un po' di musica natalizia.»

Senza staccare gli occhi dai suoi, scivolo fra le braccia di Caleb e lo bacio. Poi appoggio la testa sulla sua spalla, sognando di rimanere così per sempre.

«Grazie per il regalo» dice.

«Grazie a te.»

Una lenta melodia natalizia comincia a diffondersi dall'altra stanza. Caleb e io non ci muoviamo finché non inizia il terzo brano.

«Posso riaccompagnarti a casa?» mi chiede.

Mi tiro su e mi scosto i capelli dal collo. «Prima mi metti la catenina?»

Caleb me la fa scivolare al collo accertandosi di chiudere bene il fermaglio. Cerco di memorizzare la sensazione delle sue dita che mi sfiorano la pelle. Poi prendiamo le nostre giacche e salutiamo Heather e Devon, che sono rannicchiati l'uno accanto all'altro sul divano.

Durante il breve tragitto di ritorno mi sento sola, anche se Caleb è proprio lì accanto a me. Sembra che ciascuno di noi stia per tornare nel proprio mondo personale. Mi tocco ripetutamente la catenina e noto che Caleb mi guarda ogni volta che lo faccio.

Quando scendo dal furgone è come se i miei piedi fossero incollati a terra. «Non voglio che finisca qui» dico.

«Deve per forza finire qui?» mi chiede lui.

«Tu hai la cena con Abby e tua madre, e noi lavoreremo tutta la sera per smantellare il tendone. Io e la mamma partiremo domattina.»

«Fammi un favore» dice Caleb.

Rimango in silenzio.

«Ti prego, credi in noi.»

Io annuisco mordendomi il labbro. Indietreggio e chiudo la portiera, poi faccio un triste cenno di saluto con la mano. Caleb rimette in moto e si allontana mentre io prego silenziosamente: "Per favore. Fa' che questa non sia l'ultima volta che vedo Caleb".

24

Alcuni dei nostri dipendenti, più Luis e Jeremiah, stanno smontando il tendone. Altri staccano le lucine a forma di fiocco di neve e avvolgono i fili. Io aiuto i clienti che vengono ad acquistare gli ultimi alberi rimasti: per pochi dollari ciascuno possono portarseli a casa e lasciarli essiccare per farne legna da ardere. Gli addetti del parco comunale arrivano con i loro furgoni per caricare gli abeti che verranno immersi nei laghi della zona creando degli habitat artificiali per i pesci.

Mi sorprendo a toccare la catenina con il ciondolo per tutta la mattina e buona parte del pomeriggio. Io e i miei genitori mangiamo un take-away cinese nella roulotte, e un gruppo di aiutanti torna al lavoro dopo la cena in famiglia. Come ogni anno, accendiamo un falò nel vivaio quasi vuoto. Ci sediamo sulle panche di legno e sulle sedie pieghevoli intorno al fuoco e arrostiamo i marshmallow. Luis fa girare una scatola di biscotti di farina integrale e distribuisce la cioccolata per preparare uno *s'more*. Heather e Devon si sono uniti a noi e stanno già battibeccando su cosa fare a Capodanno. Lui vorrebbe guardare la partita in TV, lei invece preferirebbe iniziare l'anno con un'escursione.

Jeremiah si siede accanto a me. «Hai l'aria troppo triste, Sierra. In fondo è Natale.»

«Ho sempre detestato la depressione che mi prende la sera del 25. Quest'anno è stato particolarmente duro.»

«Per via di Caleb?» chiede.

«Per Caleb. Per questa città. Per tutto.» Osservo le persone sedute intorno al fuoco. «È come se mi fossi innamorata del periodo trascorso qui come mai mi era capitato prima.»

«Posso darti un consiglio?»

«Dipende dal consiglio» rispondo, guardandolo dritto negli occhi.

«Ti parla uno che ha perso un sacco di tempo con Caleb e che dovrà lottare per recuperarlo. Posso solo consigliarti di fare tutto ciò che puoi per tenertelo stretto. Sei veramente la persona giusta per lui, e lui è la persona giusta per te.»

Io annuisco, ingoiando il nodo che mi serra la gola. «È la persona giusta per me, lo so. Ma sul piano logico, come può...»

«Al diavolo la logica» ribatte Jeremiah. «La logica non sa quello che desideri.»

«E il mio non è solo un desiderio» dico fissando le fiamme. «È più di questo.»

«Allora sei fortunata, perché qualcuno cui teniamo molto entrambi vuole esattamente la stessa cosa.»

Mi dà un colpetto sulla spalla e mi indica la sagoma scura di Cardinals Peak.

Quasi in cima c'è una miriade di lucine colorate.

Mi metto la mano sul cuore. «Quelli sono i miei alberi?»

«Si sono appena accesi.»

Avverto la vibrazione del telefono in tasca. Guardo Jeremiah e lui si stringe nelle spalle. Tiro fuori il cellulare e leggo un messaggio di Caleb:

Io e la tua famigliola di alberi sentiamo già la tua mancanza.

Balzo in piedi. «È lassù! Devo vederlo.»

I miei genitori sono seduti dalla parte opposta del falò, avvolti in un'unica lunga sciarpa che li scalda entrambi.

«Vi dispiace se...? Io devo...» Indico Cardinals Peak. «Lui...»

Mi sorridono. «Dobbiamo alzarci presto domattina. Non fare tardi» si raccomanda mia madre.

«Fai la brava» aggiunge papà, e io e la mamma ridiamo.

Guardo Heather e Devon. Lui le tiene un braccio intorno alle spalle e lei è rannicchiata sul suo petto. Prima di andare, stringo i miei amici in un doppio abbraccio.

Dopo essersi assicurata che i miei genitori non possano sentire, Heather mi sussurra all'orecchio: «Sapete come scaldarvi, no?».

Guardo Jeremiah. «Puoi darmi uno strappo?»
«Con piacere» risponde.
«Okay, ma prima devo passare a prendere una cosa.»

Il tragitto dal vivaio al cancelletto alla base di Cardinals Peak sembra durare un'eternità. Quando arriviamo sul sentiero sterrato, Jeremiah mi dice: «Ti lascio sola, ragazza del vivaio. Non ho intenzione di fare il terzo incomodo». Entrambi alziamo lo sguardo verso la collina, verso le luci distanti del mio boschetto di conifere. Apre il cassetto portaoggetti e mi passa una piccola torcia.

Lo abbraccio. «Grazie.»

La torcia si accende senza problemi. Salto giù dall'auto e chiudo la portiera. Lui fa inversione e riparte. Quando i fanalini di coda scompaiono nell'oscurità, rimango solo io, con un esile fascio di luce e una collina che incombe su di me. Cardinals Peak è immersa nel buio, rischiarato soltanto dalla luminosa macchia colorata dei miei alberi, e c'è una persona molto speciale lassù ad attendermi.

Percorro il breve tratto prima dell'ultima curva come se avessi le ali ai piedi. Quando svolto, mi ritrovo il furgone di Caleb davanti. Il finestrino del passeggero è aperto e un lungo cavo elettrico scende dalla porta e si snoda attraverso le sterpaglie. Caleb mi dà le spalle, il viso rivolto verso la città. Le lucine natalizie sui miei alberi sono abbastanza intense da consentirmi di spegnere la torcia e di trovare da sola la strada per raggiungerlo. Sta controllando il cellulare, probabilmente in attesa di una mia risposta.

«Sei straordinario» esclamo.

Lui si volta e mi rivolge un sorriso smagliante.

«Pensavo che fossi a cena con la tua famiglia» aggiungo avvicinandomi.

«Lo so, ma a quanto pare ero un po' assente. Abby mi ha ordinato di smettere di vagare per casa con quell'aria depressa e di venirti a cercare. Ho pensato che questo fosse il modo migliore per farti correre da me.»

«Mi hai decisamente trascinato qui.»

Fa un passo verso di me mentre le luci gli danzano sul viso. Ci cerchiamo le mani e ci avviciniamo. Ci scambiamo un bacio, e quell'unico bacio basta per sciogliere tutte le mie insicurezze. Lo voglio. Voglio noi.

«Anch'io ho qualcosa per te» gli sussurro. Infilo la mano nella tasca posteriore dei jeans e prendo una busta piegata.

Indirizzo la torcia sulle sue mani. Le sue dita tremano per il freddo, o forse per la trepida attesa. Mi consola sapere di non essere l'unica su questa collina a essere nervosa. Tira fuori i biglietti per il gran ballo d'inverno, con l'immagine della coppia che danza nella sfera di vetro sotto una cascata di fiocchi di neve. Mi guarda, e so che entrambi abbiamo lo stesso sorriso stampato sul volto.

«Caleb, vuoi essere il mio accompagnatore al ballo?» gli chiedo. «Non ci andrò con nessun altro.»

«Io ti accompagnerei ovunque» dichiara lui con aria solenne.

Ci stringiamo in un abbraccio appassionato.

«Verrai davvero?»

Caleb butta indietro la testa e mi sorride. «Per cos'altro sto risparmiando le mie mance, allora?»

Lo guardo intensamente, e le mie parole suonano come un'affermazione. «Sai che ti amo.»

Lui si china e mi sussurra all'orecchio: «E tu sai che ti amo anch'io».

Mi bacia sul collo e poi si avvicina al furgone. Fa capolino dentro attraverso il finestrino aperto, gira la chiave e accende lo stereo. Le note di *It's the Most Wonderful Time of the Year* risuonano nella fredda notte che ci circonda. Trattengo una risata e Caleb mi sorride.

«Coraggio, dimmi che sono un inguaribile sentimentale.»

«Ricordi? La mia famiglia vive di questo sentimentalismo.»

Osservando la città ai nostri piedi, vedo le fiamme tremolanti del falò intorno al quale si stanno riscaldando i miei genitori e alcuni dei miei amici più cari. Forse in questo stesso istante stanno guardando quassù. Se è così, spero che stiano sorridendo, perché sto sorridendo anch'io.

«Mi concedi un ballo?» chiede Caleb.

«Be', tanto vale cominciare a fare un po' di pratica» dico tendendogli la mano.

Lui me la prende dolcemente e mi fa fare una giravolta, poi iniziamo a ondeggiare insieme. Le luci di Natale brillano sui miei alberi, che danzano con noi nella brezza leggera.

La lista dei bimbi buoni

Ben Schrank, editore, e Laura Rennert, agente letteraria
per avermi sempre sostenuto fin dal mio primo libro, e per essere i terapeuti perfetti per un autore insicuro in caso di necessità.

Jessica Almon, editor
quando avevo dei dubbi, tu ci hai creduto;
quando ero a terra, tu mi hai giustamente spronato a dare di più.
"Mi ricorda una canzone di Taylor Swift!".

Mamma, papà e Nate (e cugini, zie, zii, nonni, vicini di casa, amici...)
per avermi regalato la magia del Natale durante l'infanzia.

Luke Gies, Amy Kearley, Tom Morris, Aaron Porter, Matt Warren, Mary Weber, DonnaJo Woollen
i miei angeli custodi.

Hopper Bros. – Woodburn, Oregon
Heritage Plantations – Forest Grove, Oregon
Halloway's Christmas Trees – Nipomo, California
Thorntons' Treeland – Vancouver, Washington
per avermi fatto visitare i vostri vivai di alberi di Natale e per aver risposto alle mie domande professionali e personali, e anche a quelle sciocche (ma legittime!).

Mondadori Libri S.p.A.

Questo volume è stato stampato
presso ELCOGRAF S.p.A.
Stabilimento - Cles (TN)

Stampato in Italia - Printed in Italy